जलते आंसू

रानू

डायमंड बुक्स

www.diamondbook.in

© प्रकाशकाधीन

प्रकाशक : डायमंड पॉकेट बुक्स (प्रा.) लि.
X-30 ओखला इंडस्ट्रियल एरिया, फेज-II
नई दिल्ली-110020
फोन : 011-40712200
ई-मेल : sales@dpb.in
वेबसाइट : www.diamondbook.in
मुद्रक : रेप्रो (इंडिया)

Jalte Aansoo
By : Ranu

जलते आंसू

एक पहाड़ी इलाका था, बिलकुल पहाड़ी सुन्दरी के समान सुन्दर, वातावरण दूर-दूर तक बर्फ का लबादा ओढ़े हुए था। गिने-चुने बंगले थे यहां, जिनकी छतें बर्फ से ढकी हुई थीं। गगनचुम्बी देवदार और चिनार की टहनियों पर अटकी बर्फ फूल समान खिली हुई थी।

वर्षा रुकी तो वहां के अधिकारी ने दो फुट चौड़ी बर्फ खुदवाकर अलग करते हुए सड़क बनवा दी। यात्रियों तथा यहां के निवासियों को चलने-फिरने की सुविधाएं प्राप्त हुईं तो वह अपने निवास स्थान से निकल पड़े।

जाड़े के मौसम में बर्फवारी का क्या ठिकाना! कभी वर्षा के समान होती तो कभी फूलों के समान झड़ने लगती। आज बर्फवारी रुकने के बाद सभी को चैन मिला था।

परन्तु आज सुबह से ही कीर्ति का दिल बहुत घबरा रहा था। रात भर बर्फवारी के मध्य उसने बड़ा भयानक और विचित्र स्वप्न देखा था। वह जीवन के ऐसे मोड़ पर खड़ी है, जहां एक ओर विकास खड़ा है–उसका पहला पति तथा दूसरी ओर प्रशान्त खड़ा है–उसका दूसरा पति। दोनों ही उसे प्यार करते हैं, दिल की गहराई से। दोनों का प्यार उसके प्रति निःस्वार्थ है। दोनों ही उसे पुकारकर बुला रहे हैं। कह रहे हैं कि कीर्ति, आओ, आ जाओ मेरे पास, तुम्हारा कुछ भी नहीं बिगड़ा है। मैं तुम्हारा आंचल असीमित प्रसन्नता के फूलों से भर दूंगा और वह अपना निर्णय प्रशान्त या विकास के पक्ष में देने में असफल है।

तभी बादल गरज उठा था, इतने जोर से कि चौंकते हुए उसकी आंखें खुल गई थीं। उसके बाद उसे जरा भी नींद नहीं आ सकी थी। पलंग से उठकर वह अपने बंगले की खिड़की पर जा खड़ी हुई थी। खिड़की का परदा उसने सरका दिया था और शीशे के उस पार अंधकार में घूरने लगी थी। बर्फ पड़ रही थी और बर्फ की चमक उस समय दिखाई पड़ जाती, जब बिजली की कौंध से सारा इलाका चमचमा उठता था।

बहुत देर तक वह खिड़की पर खड़ी अन्धकार में अपने अतीत को ढूंढ़ती रही थी। दिल की धड़कन एक अज्ञात भय के कारण कांप-कांप उठती थी। तब वह पलटकर प्रशान्त को देखने लगती थी, जिसका पलंग उसके पलंग के साथ सटा हुआ था। प्रशान्त के साथ उसका नन्हा राजू बेटा भी लेटा हुआ था। दोनों ही लिहाफ ओढ़कर बहुत गहरी निद्रा में सोए हुए थे। उसका वह नन्हा राजू विकास से उत्पन्न हुआ था, परन्तु वास्तविकता से अनभिज्ञ राजू प्रशान्त को ही अपना पिता समझकर डैडी-डैडी पुकारता था। छः वर्ष का नन्हा राजू अपने डैडी को

अपनी मां से अधिक प्यार किया करता था। प्रशान्त भी उसे इतना अधिक प्यार करता था, मानो राजू उसकी अपनी ही सन्तान हो।

सुबह जब बर्फवारी रुकी तो कीर्ति को जरा भी प्रसन्नता नहीं हुई थी और न ही उसे इसका दुःख था जबकि दुःख उसके अतीत का सहारा लेकर दिल का नासूर बन चुका था। अब यदि वह मुस्कराती भी तो अपने लिए कम तथा प्रशान्त और राजू बेटे के लिए अधिक। प्रशान्त ने अपनी मीठी मुस्कान द्वारा मरहम बनकर उसके दामन में प्यार के इतने ढेर सारे फूल भर दिए थे कि उसके दिल का नासूर भर गया था। केवल एक निशानी बाकी रह गयी थी नन्हे बेटे राजू के रूप में, जिसकी एक-एक बात पर वह दिल और जान से निछावर थी। इस निशानी को वह कैसे मिटा सकती थी? कैसे भुला सकती थी कि यह बच्चा उसके पहले पति का है, विकास का।

यदि प्रशान्त से उसकी यहां भेंट नहीं हुई होती तो उसका जीना कठिन हो जाता। नारी को जीने के लिए सहारे की आवश्यकता पड़ती है। यह संसार बड़ा क्रूर है। किसी नारी को अकेले जीने नहीं देता अपना दुःख प्रशान्त से बांटकर उसने जीना सीख लिया था, हंसना सीख लिया था तथा कभी-कभी ठहाके लगाना भी सीख लिया था।

सहसा अपने पीछे एक स्वर सुनकर वह चौंक गई।

"अरे!" उसका पति सामने आकर आश्चर्य प्रकट करते हुए कह रहा था–"तुम अब तक स्कीइंग के लिए तैयार नहीं हुई? मैं तो समझा था कि तुम अपने कमरे में 'स्नोराक' (स्कीइंग करने वाला ऐसा वस्त्र, जिस पर पानी का असर जरा भी नहीं होता) पहन रही होगी।" प्रशान्त 'स्नोराक' पहने तथा अपनी निजी स्की लिए स्कीइंग के लिए तैयार था।

प्रशान्त के साथ उसका नन्हा बेटा राजू भी खड़ा था। छः वर्ष की आयु, अत्यन्त प्यारा, सुन्दर, मां के समान, गोरा-चिट्टा तथा विकास के समान नाक-नक्श। बातें करने में बहुत तेज था वह। अपनी मम्मी से अधिक उसे प्रशान्त से प्यार था।

कीर्ति ने अपने जिगर के टुकड़े को देखा। वह भी 'स्नोराक' पहने तथा अपनी निजी आइस स्केट्स लिए चलने को बड़े शौक से तैयार था। उसके 'स्नोराक' की टोपी उसकी गर्दन के पीछे लटकी हुई थी। कीर्ति ने बहुत प्यार से अपने बेटे की लटों पर हाथ फेरा। मुस्कराई। अत्यन्त कटु मुस्कान थी वह! वह अपने पति से बोली–"आज मेरा मन नहीं है स्कीइंग करने का, आप हो आइए।"

"क्या बात है कीर्ति?" प्रशान्त ने गम्भीरतापूर्वक पूछा–"आज तुम फिर उदास हो। मुझसे कोई भूल हुई है क्या, या मेरे प्यार में तुमने कोई कमी पाई है?"

"नहीं-नहीं।" कीर्ति तड़प उठी, उसने तुरन्त कहा–"आप तो मेरे देवता हैं। भगवान हैं। क्या नहीं दिया है आपने मुझे–नया जीवन, नई खुशियां। आपने खुशियों से मेरा दामन इतना

भर दिया है कि कभी-कभी मुझसे अपना दामन संभाला नहीं जाता। विश्वास नहीं होता कि मैं आपके कदमों की धूल बनने के योग्य भी हूं।”

“तो फिर तुम इतनी उदास क्यों हो?” प्रशान्त ने कहा–“आज इतने दिनों बाद धूप निकली है। लोग घूम-फिरकर बर्फ का आनन्द उठा रहे हैं। फिर तुम अपने साथ इतना बड़ा अन्याय क्यों कर रही हो? हर वर्ष तो तुम मेरे साथ हाथ पकड़कर स्कीइंग करती हुई दूर-दूर तक निकल जाती थीं, फिर आज यह इनकार क्यों?”

कीर्ति से कोई उत्तर नहीं बन पड़ा। वह उदास ही रही।

“मम्मी!” उसके नन्हे राजू ने कहा–“तुमने तो कहा था कि इस बार तुम मुझे बहुत अच्छी तरह आइस स्केटिंग सिखा दोगी। तुम नहीं जाओगी तो मुझे कौन स्केटिंग सिखाएगा?”

“तुम्हारे डैडी जो साथ में हैं।” कीर्ति ने कहा–“आज मेरी तबीयत खराब है।”

“तबीयत खराब है या अतीत याद आने के कारण मन उदास है?” प्रशान्त ने भेद-भरे ढंग से उसी गम्भीरता के साथ पूछा।

“इतने बड़े फिलासफर हो, स्वयं ही अन्दाजा लगा लो।”

“वह तो अन्दाजा पहले ही लगा चुका हूं।” प्रशान्त ने कहा–“मैं जानता हूं कि अतीत से पीछा छुड़ाना आसान काम नहीं है। इसीलिए तो तुम्हें हर प्रकार से प्रसन्न रखने का प्रयत्न करता रहता हूं। चलो, आज मैं स्कीइंग करने नहीं जाऊंगा। हम घर में ही आतिशदान के समीप बैठकर बातें करेंगे।”

“नहीं-नहीं!” कीर्ति ने तुरन्त कहा–“ऐसा मत कीजिए, वरना राजू बेटे को बड़ा दुःख होगा। देखिए न कितने शौक से बेचारा स्केटिंग की तैयारी करके आया है!” कीर्ति ने राजू के सिर पर बहुत प्यार से हाथ फेरा। बात जारी रखते हुए उसने कहा–“और फिर आज इतने दिनों बाद बर्फवारी रुकी है, इसलिए इस समय स्केटिंग तथा स्कीइंग करने के लिए तो वहां भीड़-सी लग गई होगी, बच्चों के लिए स्केटिंग करने के लिए तो वहां मेला-सा लगा होगा। ऐसा कीजिए, आप राजू को लेकर वहां पहुंचिए। मैं कुछ देर ठहरकर वहां आ जाऊंगी।”

“यह बात हुई न!” प्रशान्त चहक उठा, अपने लिए न सही, परन्तु कीर्ति के लिए अवश्य। वह राजू का दिल भी नहीं तोड़ना चाहता था, जिसने उसी समय से बड़ी उत्सुकता तथा अधीरता के साथ स्केटिंग करने की तैयारी आरम्भ कर दी थी, जब से प्रशान्त ने उसे स्केटिंग खरीदकर दी थी, कुछ दिनों पहले ही। उसके बाद बर्फवारी आरम्भ हो गई थी, इसीलिए वह स्केटिंग सीखने से वंचित रह गया था और आज जब बर्फवारी रुकी तो उसका शौक पूरा होने को मचल उठा। बच्चे की बेसब्री उसके माता-पिता ही जानते हैं।

प्रशान्त ने राजू का हाथ पकड़ा और फिर उसे लेकर चला गया। कीर्ति समझ नहीं सकी कि उसने प्रशान्त के साथ न जाकर अच्छा किया या बुरा। कीर्ति भली-भांति जानती थी कि प्रशान्त उसे प्यार करता है। उस पर जान छिड़कता है। उसके गम को अपना लेना चाहता है, अपना भी चुका है। प्रशान्त हंसता भी है तो केवल उसी के लिए। वह स्वयं भी अपने पति के लिए हंसती है, मुस्कराती है, परन्तु उस अतीत का क्या करे, जो कभी-कभी जोंक बनकर उसके मन और मस्तिष्क से चिपक जाता है?

प्रशान्त और राजू चले गए तो कीर्ति उन दोनों को उस समय तक देखती रही, जब तक वह दो फुट चौड़ी खोदी हुई सड़क की ढलान पर जाकर गुम नहीं हो गए। फिर वह बैठक में आई। आतिशदान के समीप एक आराम कुर्सी खींचकर वह बैठ गई, बल्कि कुर्सी में धंस-सी गई और सोचने लगी कि वे दिन कितने सुहाने थे, कितने सुन्दर तथा कितने लापरवाह! यह बंगला उसके नानाजी का था। नानी की मृत्यु पहले ही हो चुकी थी, इसीलिए उसके नानाजी ने अपना शहरी बंगला बेच दिया था और यहां आ बसे थे, ताकि शान्ति से अपने जीवन के अन्तिम दिन बिता सकें। उनके पास कीर्ति की मां के अतिरिक्त कोई भी सन्तान नहीं थी, इसलिए कीर्ति को अपनी बेटी के समान अत्यधिक प्यार किया करते थे।

कीर्ति इस बंगले में अपने विवाह से पहले अनेक बार आ चुकी थी। बचपन में ही उसने आइस स्केटिंग सीख ली थी और बाद में वह स्कीइंग भी सीख गई थी। विवाह के बाद वह अपने पति विकास के साथ केवल एक बार आई थी और वह भी हनीमून के लिए। उस पहाड़ी इलाके से अच्छा स्थान उसे कहां मिल सकता था।

विकास! हां, विकास ही तो उसका नाम था, उसके पहले पति का, जिसके साथ प्रेम के बन्धन में बंधकर उसने प्रेम विवाह भी कर लिया था। कालेज के वे दिन थे, जब विकास की बहन अंजलि कीर्ति के साथ विश्वविद्यालय में शिक्षा प्राप्त कर रही थी। एम.ए. फाइनल था दोनों का। विकास को विश्वविद्यालय छोड़े पांच वर्ष हो चुके थे और अब वह अपने पिता अशोक राय के साथ उनकी फैक्टरी राय एण्ड कम्पनी प्राइवेट लिमिटेड में हाथ बंटाता था।

अशोक राय को लोग राय साहब के नाम से सम्बोधित करते थे, क्योंकि वह लखनऊ शहर के जाने-माने प्रतिष्ठित नागरिकों में से एक थे। आए दिन उनके सुन्दर तथा बड़े बंगले में नेताओं तथा मंत्रियों के साथ बैठक हुआ करती थी। अनेक प्रतिष्ठित नागरिकों ने उन्हें राजनीति में खींचकर विधानसभा सदस्य के लिए खड़ा करना चाहा, परन्तु वह साफ इंकार कर गए थे। एक भाई पहले ही लोकसभा का सदस्य था, इसलिए उन्होंने राजनीति में पैर रखना और भी उचित नहीं समझा। भगवान का दिया सभी कुछ तो उनके पास था—यश और धन। एक बेटा था विकास और एक बेटी थी अंजलि, पत्नी धार्मिक थी, इसलिए वे अपने जीवन, अपने परिवार से पूर्णतया संतुष्ट थे—निश्चिन्त।

कीर्ति से विकास की वह पहली भेंट थी, जब राय साहब के बंगले में अंजलि की वर्षगांठ मनाई जा रही थी। अंजलि ने अपनी सभी सखियों को अपनी वर्षगांठ की पार्टी में बुलाया था, क्योंकि लखनऊ में यह उसकी शायद अंतिम वर्षगांठ थी। एम.ए. (फाइनल) की परीक्षा देने के बाद वह लन्दन जाने का इरादा किए हुए थी। उसके बाद उसे अपनी सखियों के साथ भेंट करने या उनके साथ अपनी वर्षगांठ मनाने का अवसर मिलता भी या नहीं, कौन जानता था! लन्दन से वापस आने के बाद उसकी सखियां विवाह हो जाने के कारण अपनी ससुराल जा सकती थीं। यही कारण था कि अंजलि की यह वर्षगांठ बहुत शान के साथ मनाई जा रही थी।

अंजलि की वर्षगांठ में विकास ने भी अपने गिने-चुने मित्रों को आमंत्रित किया था, ताकि बालरूम डांस में नवयुवतियों को उनकी संगति प्राप्त हो सके और साथ ही वर्षगांठ की रौनक बढ़ जाए।

वर्षगांठ की पार्टी में आने वाले मेहमानों का स्वागत बंगले के बरामदे में प्रवेशद्वार पर अंजलि कर रही थी, जिसका साथ देने के लिए कभी विकास चला आता था तो कभी उसके पिताजी राय साहब।

अचानक एक टैक्सी पोर्टिको के नीचे आकर रुकी। टैक्सी से एक सुन्दरी बाहर निकली। सुन्दरी ने बहुत सुन्दरता के साथ स्वयं को संवारा था। घनी लटों का सुन्दर जूड़ा, आंखों में काजल तथा होंठों पर लालिमा, सुराहीदार गर्दन। रंगीन रेशमी साड़ी को उसने कमर से नीचे बांध रखा था। ब्लाउज ऊंचा था, जिसके कारण उसकी सफेद कमर मक्खन के समान चिकनी तथा स्वच्छ दिखाई पड़ रही थी। सुन्दर आभूषणों से वह लदी हुई थी। उसे देखकर ऐसा लगता था मानो आज उसकी सखी अंजलि की नहीं उसकी अपनी वर्षगांठ हो। टैक्सी के पैसे चुकाने के बाद उसने अंजलि को देने के लिए उपहार संभाला। फिर वह बरामदे पर चढ़ गई। बरामदा बंगले के सामने ही नहीं, अगल-बगल भी था। सुन्दरी ने देखा, बरामदे के खम्भों पर लतरें तथा बेलें लिपटकर चढ़ी हुई थीं। पौधों के गमले भी बरामदे के किनारे रखे हुए थे, केवल पोर्टिको के सामने का भाग छोड़कर, ताकि मेहमानों को आने-जाने में असुविधा न हो।

सुन्दरी प्रवेश द्वार की ओर बढ़ी ही थी कि अंजलि की दृष्टि उस पर पड़ गई। वह टैक्सी को अवश्य देख चुकी थी, परन्तु उसकी सखी अपनी कार के बजाय टैक्सी से आएगी, इसकी आशा उसने जरा भी नहीं की थी। अन्य मेहमानों की चिन्ता छोड़कर अंजलि अपनी सखी से आगे बढ़कर बरामदे में ही लिपट गई थी। बोली–"अरे कीर्ति, तू टैक्सी से क्यों आई? मुझे फोन कर दिया होता तो मैं अपनी कार भेज देती।" अंजलि ने इधर-उधर देखा। फिर पूछा–"तू अकेली क्यों आई आंटी-अंकल क्यों नहीं आए?" आंटी-अंकल से उसका मतलब कीर्ति के माता-पिता से था।

“पिताजी को अचानक कानपुर जाना पड़ गया, इसलिए वह कार से ही कानपुर चले गए।” कीर्ति ने अंजलि को उपहार थमाते हुए कहा—“और मां को तो तू जानती ही है कि वह दमे की रोगिणी हैं, इसलिए वह नहीं आईं और कार न होने के कारण मुझे टैक्सी से आना पड़ गया।”

तभी एक दूसरे मेहमान ने अंजलि को बधाई देते हुए उपहार उसे थमा दिया। अंजलि ने एक मीठी मुस्कान के साथ उपहार स्वीकार कर लिया। कीर्ति तथा इस मेहमान के उपहार के पैकेट बड़े थे। अंजलि के लिए इन्हें संभालना कठिन हो गया। वह कीर्ति को साथ लेकर प्रवेश द्वार में प्रविष्ट हुई। उपहार के पैकेट उसने वेटर को थमा दिए।

इधर कीर्ति ने अंजलि के माता-पिता को नमस्ते की। वह एक-दो बार अंजलि के बंगले में आ चुकी थी, इसलिए वह अंजलि के माता-पिता से परिचित थी। अंजलि का एक बड़ा भाई भी था परन्तु उससे कीर्ति की भेंट कभी नहीं हो सकी थी, क्योंकि जब कभी कीर्ति अंजलि के साथ उसके बंगले में गई थी, अंजलि का भाई अपने मित्रों में मगन सदा बाहर ही गया हुआ था।

अचानक यहां अंजलि का भाई आ गया। उसने कीर्ति को देखा तो देखता ही रह गया। ऊपर से नीचे तक फटी-फटी आंखों द्वारा। ऐसा लगता था, मानो चन्द्रमा का एक टुकड़ा उसकी कोठी में उतर आया है।

“कीर्ति!” तभी अंजलि ने कीर्ति की भेंट अपने भाई से कराई। बोली—“यह मेरे भैया हैं—विकास भैया।”

कीर्ति ने अत्यन्त मीठी मुस्कान के साथ नमस्ते के लिए हाथ जोड़ दिए। अपने सुरीले स्वर में उसने कहा—“नमस्ते।”

विकास को ऐसा लगा, मानो बंगले के हॉल के अन्दर बजते साजों का स्वर अचानक क्षण भर के लिए कीर्ति के स्वर में डूब गया है। उसकी सुन्दरता में विकास इतना खो गया था कि कीर्ति के नमस्ते का उत्तर ही देना भूल गया।

“और यह...।” अंजलि ने कीर्ति की ओर संकेत करते हुए विकास से कहा—“कीर्ति है, मेरी सबसे प्रिय सहेली। हम विश्वविद्यालय की एक ही कक्षा में पढ़ते हैं।”

परन्तु विकास मानो अब भी कीर्ति को देखते हुए एक अनजाने स्वप्न में डूबा हुआ था। वह अब भी नमस्ते के लिए अपने हाथ नहीं उठा सका।

अंजलि ने कीर्ति को ले जाकर अपनी सखियों के मध्य छोड़ दिया, जो कीर्ति की भी सखियां थीं। फिर कीर्ति को अधिक समय न दे सकने के कारण उसने क्षमा मांगी और फिर शेष मेहमानों के स्वागत में प्रवेशद्वार पर खड़ा होना आवश्यक था। कीर्ति अपनी सखियों से बातें

करने में लग गई। मेहमान आते रहे, बधाई देते हुए उपहार भेंट करते रहे, जिसे अंजलि मुस्कराकर धन्यवाद कहती हुई स्वीकार करती रही।

विकास का दिल कीर्ति की ओर ही लगा रहा, उसकी दृष्टि केवल कीर्ति को ही ढूंढती रही और कीर्ति को ढूंढने में उसे अधिक समय नहीं लगा। कीर्ति मुस्करा-मुस्कराकर इस प्रकार निश्चिन्तता से बातें कर रही थी, मानो फूल भंवरे की दृष्टि से अनभिज्ञ खिलकर मुस्करा रहा हो। उसे देखते ही विकास की इच्छा हुई कि वह किसी बहाने कीर्ति के पास जाए, उससे बातें करे, ऐसा विषय लेकर जो कभी समाप्त न हो। परन्तु कुछ फिर सोचकर उसने अपने दिल पर सब्र का पत्थर रख लिया। वह जानता था कि खाने-पीने के बाद हॉल के अन्दर विदेशी सभ्यता के अनुसार नृत्य तो होगा ही।

लगभग सभी मेहमान आ गए। पार्टी आरम्भ होने का समय भी हो गया तो विकास आर्केस्ट्रा के मंच पर आया। उसने माइक संभाला तो सेक्सोफोन की धुन रुक गई। विकास ने एक दृष्टि कीर्ति पर डाली फिर मेहमानों से सम्बोधित हुआ। बोला—"योर अटेंशन प्लीज (कृपया ध्यान दें) इस समय यह बताने की आवश्यकता नहीं कि हम सब यहां क्यों एकत्र हुए हैं। ईश्वर, मेरी बहन अंजलि को ऐसे हजार वर्ष दिखाए, मेरी यही कामना है।"

एक क्षण वह रुका, फिर बोला—"तो आइए, हम इस पार्टी का शुभारम्भ करें।" विकास मंच पर से उतर आया। केक वाली मेज के समीप आकर उसने केक पर से जालीदार चादर हटा दी। मेहमान केक देखने के लिए केक के समीप चले आए। अंजलि भी अपनी सखियों के साथ वहां चली आई। सखियों में कीर्ति भी सम्मिलित थी। विकास ने रंगीन मोमबत्तियां जलाईं। सबने मिलकर अंजलि के सम्मान में वर्षगांठ का गाना गाया—"हैप्पी बर्थ-डे टू यू।"

विकास ने चांदी की छुरी अंजलि को थमा दी। अंजलि ने एक ही लम्बी फूंक में सारी मोमबत्तियां बुझा दीं। फिर उसने केक पर छुरी चला दी। बड़े जोर से तालियां बजीं, इसके साथ ही आर्केस्ट्रा की धुन भी आरम्भ हो गई। कीर्ति ने केक का एक टुकड़ा काटकर अंजलि के मुंह में ठूंस दिया। उसके बाद विकास ने केक के टुकड़े बनाए और प्लेटों में सजाकर वेटर द्वारा सभी मेजों पर रखवा दिए।

मेहमान केक का स्वाद पूरे आनन्द से लेने लगे। फिर वेटर्स खाने के 'बोल' मेज पर ला-लाकर रखने लगे। पार्टी 'बफे' सिस्टम पर आधारित थी—अपनी सेवा स्वयं करें। अपना-अपना खाना निकालकर मेहमान अपने समूह में अलग-अलग खड़े होने लगे या हॉल के किनारे लगी कुर्सियों पर बैठकर खाने लगे। कीर्ति ने भी अपनी सखियों के मध्य एक प्लेट सम्भाल ली। उसने बहुत थोड़ा-सा खाना लिया। फिर अपनी सखियों के मध्य वह खाने लगी तो विकास उसे चोर दृष्टि से देखने लगा। खाने-पीने में काफी समय निकल गया। मेहमान खा-पी चुके तो वेटर्स ने मेजें हॉल के एक किनारे लगा दीं।

मेजें किनारे लगा दी गईं तो नवयुवक-नवयुवतियां स्वयं ही हॉल के बीच के फर्श पर उतर आए। एक-दूसरे की बांहों में समाकर जोड़े आर्केस्ट्रा की धुन पर हल्के-हल्के 'फाक्स ट्रीट' (बालरूम डांस का एक भाग) करने लगे। पार्टी की रैनक बढ़ गई। विकास को पहले ही इस नृत्य की बहुत बेसब्री के साथ प्रतीक्षा थी। उसने देखा, कीर्ति खाना खाने के बाद अपनी सखियों के साथ बैठी बातें कर रही है। उसके साथ अंजलि भी थी। वह तुरन्त कीर्ति के समीप जा पहुंचा। ऐसा न हो कि कोई दूसरा युवक नृत्य के लिए कीर्ति का हाथ मांग ले। उसने बड़ी सभ्यता के साथ कीर्ति के आगे कुछ झुककर कहा–"मे आई हैव द प्लेजर आफ डांस विद यू (क्या मैं आपके साथ नृत्य का आनन्द उठा सकता हूं)?"

"आई एम सॉरी!" कीर्ति ने कहा–"नृत्य में काफी देर हो जाएगी तो मुझे टैक्सी मिलना कठिन हो जाएगा।"

"पागल हो गई हो क्या?" अंजलि ने तुरन्त कहा–"क्या हमारे पास गाड़ियां नहीं हैं तुझे पहुंचाने के लिए? खबरदार, जो अभी तूने जाने की सोची।" अंजलि ने कीर्ति को प्यार से डांट पिलाई। बात जारी रखते हुए उसने कहा–"और फिर पार्टी का असली मजा तो अब आरम्भ हुआ है।"

विकास की इच्छा मन-ही-मन पूरी हो गई। उसने उसी प्रकार झुकते हुए कीर्ति से कहा–"कम ऑन! लेट अस हैव ए लिटिल डांस (आइए, हम थोड़ा नृत्य करें)!"

कीर्ति ने अंजलि को देखा। हल्के से मुस्कराई–वही कलियों जैसी मुस्कराहट! विकास की ओर एक बार देखने के बाद उसने अपनी सखियों से कहा–"एक्सक्यूज मी (क्षमा करना)।" फिर वह अपनी साड़ी समेटती हुई खड़ी हुई।

विकास कीर्ति को नृत्य के फर्श पर ले गया। आर्केस्ट्रा की सुरीली धुन जारी थी। विकास ने कीर्ति के आगे अपने हाथ बढ़ा दिए। कीर्ति ने अपना अपना दाहिना हाथ विकास के बाएं कंधे पर रख दिया। विकास ने बायां हाथ कीर्ति की नग्न कमर पर रखा तो उसके शरीर में बिजली-सी दौड़ गई। यही दशा कीर्ति की भी हुई, जाने क्यों? जबकि आज से पहले अन्य जश्नों में कीर्ति अनेक युवकों के साथ नृत्य कर चुकी थी। फिर भी उसने अपने दिल की दशा छिपाते हुए अपने बाएं हाथ की हथेली बहुत हल्के से विकास की दाहिनी हथेली पर रख दी। फिर फूलों से लदी एक टहनी के समान वह विकास के और समीप सरक आई।

विकास के दिल का चमन सुगन्धित हो उठा। आर्केस्ट्रा की धुन पर दोनों नृत्य करने लगे। आरम्भ में कुछ देर तक एक-दूसरे की बांहों में समाने के पश्चात् उनके बीच एक दूरी-सी थी, परन्तु यह दूरी अधिक देर तक स्थिर नहीं रह सकी। अन्य जोड़े एक-दूसरे के बिलकुल समीप होकर नृत्य कर रहे थे। विकास ने भी कीर्ति को धीरे-धीरे अपने समीप और समीप खींचना

आरम्भ कर दिया। कीर्ति ने भी कोई आपत्ति नहीं की। नृत्य करना था तो खुलकर करना था, वरना वह फर्श पर आई ही क्यों? कीर्ति विकास के समीप आ गई तो उसकी सेब के समान सांसों में सुगंध विकास के नथुनों द्वारा दिल की गहराई में उतर गई।

दोनों खुलकर नृत्य करने लगे। विकास ने कीर्ति को एक हलके झटके के साथ खींचकर अपनी छाती से लगा लिया। कीर्ति का दिल धड़क उठा। एक अज्ञात मिठास से उसका दिल पहली बार परिचित हुआ था। ऐसा क्यों हुआ? क्या हो रहा था? कीर्ति स्वयं समझने से वंचित थी। परन्तु विकास के साथ नृत्य करने में सचमुच बड़ा आनन्द आ रहा था। ऐसा लगता था, मानो आज का यह सुन्दर वातावरण उसके जीवन में नया संदेश लेकर आया है। उसके दिल में प्यार की नई किरण फूट रही थी, शायद फूट चुकी थी। उसने मानो संसार में आज पहला कदम रखा था। अचानक ही वह जीवन में पहली बार प्यार की रंगीनी से परिचित हुई थी।

आर्केस्ट्रा की धुन समाप्त होने को आई। धुन बहुत तेज हुई और तेज और फिर एक झटके में समाप्त हो गई। परन्तु धुन की समाप्ति के साथ विकास ने कीर्ति को अपनी छाती में जकड़-सा लिया था। एक ही स्थान पर खड़े-खड़े कीर्ति के साथ चक्कर लगाते हुए घूम गया था। हॉल के अन्दर बहुत जोर की ताली बजी। फिर जोड़े अपने-अपने स्थानों पर जा बैठे। विकास ने कीर्ति को ले जाकर सहेलियों से अलग एक कुर्सी पर बिठा दिया। फिर स्वयं भी उसके साथ वाली कुर्सी पर बैठ गया।

कुछ देर बाद नृत्य का दूसरा दौर आरम्भ हुआ। जोड़े भंवरा और तितलियां बनकर नृत्य के फर्श पर उतर आए।

"आइए।" विकास ने कीर्ति से कहा—"हम इस नृत्य में भी सम्मिलित हो जाएं।" विकास खड़ा हो गया।

कीर्ति ने भी कोई आपत्ति नहीं की। मन-ही-मन वह विकास से घुल-मिल गई थी। तुरन्त खड़ी हो गई। दोनों नृत्य के फर्श पर आकर थिरकने लगे। परन्तु अब उनमें कोई दूरी, कोई भेद-भाव नहीं था। विकास ने कीर्ति को अपनी छाती के समीप कर लिया। कुछ देर तक हसीन जोड़े इसी प्रकार नृत्य करते रहे। फिर अचानक ही आर्केस्ट्रा की धुन बदल गई। आर्केस्ट्रा में सबसे आगे सेक्सोफोन था। अत्यन्त गम्भीर स्वर था इसका, जिसमें डूबकर नृत्य करते जोड़े खो-से गए।

फिर हॉल के अन्दर एक के बाद एक पंक्ति की बत्तियां बुझने लगीं। ट्यूब लाइट्स भी बुझने लगीं। हॉल के अन्दर अन्धकार छाने लगा। अन्तिम ट्यूब लाइट भी बुझी, परन्तु इसके साथ ही फोकस लाइट फर्श पर आ गई। समां रोमांचित हो उठा। फिर फोकस लाइट का रंग बदलने लगा। पहले हरा प्रकाश आया। फिर हल्का लाल और फिर गुलाबी। प्रकाश में नृत्य करते जोड़े नहा गए। उसके बाद पीला प्रकाश आया। फिर नीला और फिर और अधिक गहरा

नीला प्रकाश आ गया। नृत्य करने वाले जोड़ों की अब केवल छाया-भर ही दिखाई देने लगी। ऐसा लगता था मानो आकाश से अप्सराएं इस बंगले में उतरकर पुरुष जाति के साथ नृत्य करने लगी हों।

जोड़े एक-दूसरे के समीप आ गए। कितने ही नवयुवकों ने अपनी पार्टनर को अपने बिलकुल समीप करके उनका सिर अपनी छाती पर रख लिया। विकास भी स्वयं को नहीं रोक सका तो उसने कीर्ति का सिर अपनी छाती पर रख लिया। कीर्ति की सेब के समान सुगन्ध दुबारा विकास के नथुनों में प्रविष्ट होकर उसके दिल की गहराई में उतर गई। कीर्ति मदहोश हो गई। मन चाहा कि वह नृत्य कभी समाप्त न हो। इसी प्रकार आर्केस्ट्रा की धुन बजती रहे और वह इसी प्रकार विकास की छाती पर सिर रखे सपनों के एक सुन्दर संसार में खोई रहे।

और आर्केस्ट्रा की धुन के साथ गहरे नीले प्रकाश का सहारा लेकर विकास कीर्ति को लेकर थिरकता हुआ बंगले के बगल वाले द्वार से बरामदे में चला आया। यहां खंभों पर बेलें तथा लतरें चढ़ी हुई थीं, जिनके कारण कुछ अन्धकार-सा था। यहां उसने कीर्ति को अपने से अलग कर दिया, परन्तु उसका हाथ नहीं छोड़ा। कीर्ति ने अपना मुखड़ा नीचे झुका लिया है। शायद वह अपने दिल की स्थिति उसके आगे खोलकर रख देना चाहता है। शायद वह उसे बताना चाहता है कि वह उसे प्यार करना चाहता है। उसने विकास की ओर एक बार भी अपनी आंखें उठाकर नहीं देखा, परन्तु हां, इस एकांत स्थान पर आने के बाद उसके दिल की धड़कनें अवश्य तेज हो गई थीं। उसकी खामोशी उसकी भावनाओं में घुल-मिल गई।

“कीर्ति...!” विकास ने कहना चाहा।

कीर्ति की सांसें तेज हो गईं। उसने तब भी अपना मुखड़ा ऊपर करके विकास को नहीं देखा।

“कीर्ति...!” विकास ने फिर कहना चाहा, परन्तु समझ में नहीं आया कि वह इस समय कीर्ति से क्या कहे। अपने गले में अटके थूक को घोंटकर वह चुप हो गया। ऐसा न हो कि कोई अनुचित बात उसके होंठों से निकल जाए और कीर्ति बुरा मानकर उसका साथ छोड़ दे।

कीर्ति का मन हुआ, वह विकास की ओर देखे। उसके मुखड़े की रेखाएं पढ़े। उससे पूछे कि वह क्या कहना चाहता है, परन्तु फिर वह भी खामोश होकर रह गई।

विकास ने अपना साहस एकत्र किया। कीर्ति की खामोशी इस एकांत स्थान पर उसे उत्साह देने के लिए बहुत थी। उसने अपने एक हाथ की दो उंगलियां कीर्ति की ठोड़ी के नीचे रखीं। कीर्ति के दिल की धड़कनें और तेज हो गईं। विकास ने अपनी दोनों अंगुलियों द्वारा कीर्ति का मुखड़ा ऊपर उठाया—अपनी दृष्टि के बिलकुल समीप। कीर्ति ने अपनी आंखें बन्द कर लीं। उसने महसूस किया कि विकास उसे बहुत ध्यान से देख रहा है।

उसने भी विकास को देखना चाहा, परन्तु उसकी आंखों के पपोटे केवल कांपकर ही रह गए। गहरी-गहरी सांसों के साथ उसके कोमल नथुने फूलने लगे। होंठ भीगकर कांप उठे। विकास कीर्ति को देखता रहा–देखता ही रहा। आकाश से उतरकर एक अप्सरा उसके सामने खड़ी थी, उसके पवित्रा प्यार की इच्छा पर बलि चढ़ने के लिए। कीर्ति को इस प्रकार देखते हुए कुछेक क्षण बीत गए, फिर भी विकास का मन नहीं भरा। अचानक कीर्ति की आंखों के पपोटे फिर कांप बैठे–कांपने लगे, इस प्रकार, मानो कमलिनी खिल गई। कीर्ति ने अपनी आंखें खोल दीं।

"आप...बहुत सुन्दर हैं।" विकास ने मानो बात बदलते हुए कहा। उसने कीर्ति का दूसरा हाथ भी छोड़ दिया।

"धन्यवाद!" कीर्ति ने एक सभ्य लड़की के समान मुस्कराकर कहा। उसने विकास की ओर दृष्टि उठाई। विकास की भावनाएं भी हल्के से मुस्करा दीं। मुस्कान मुस्कान से टकराई। फिर आंखों में आंखें डूब गईं। दिल-से-दिल मिल गए। भावनाएं अंगड़ाई ले उठीं। सम्पूर्ण वातावरण आर्केस्ट्रा की धुन में डूबा हुआ था। कीर्ति तथा विकास के दिल धड़क रहे थे। धड़कनों में दीवानगी का बहाव था। रंगीनी की चाशनी थी। खामोशी में एक तूफान था। प्रायः खामोशी भी एक जबान बन जाती है। कीर्ति के बिलकुल समीप ही विकास खड़ा हुआ था, इसलिए वह विकास की गर्म-गर्म सांसों का स्पर्श महसूस कर रही थी, जो कीर्ति के दिल को गुदगुदा रहा था, उसके एहसास को मदहोश कर रहा था। दोनों अलग-अलग थे, परन्तु अंग अंग से बातें कर रहा था।

"क्या...!" विकास ने कुछ डरते हुए पूछा–"आज के बाद भी मैं एकांत में आपसे मिलने का अवसर प्राप्त कर सकता हूं?"

"कोई विशेष काम है?"

"काम तो कोई नहीं है।" विकास ने कहा–"क्या मानव मानव से केवल विशेष काम पड़ने पर ही मिलता है?"

"तो फिर किसलिए मिलता है?" कीर्ति ने विकास के दिल की बात समझने के पश्चात् अनजान बनकर पूछा।

"कोई किसी से क्यों मिलता है, यह तो वही जाने।" विकास ने कहा–"परन्तु मैं आपसे इसलिए मिलना चाहता हूं, ताकि आपको देर तक देखता रहूं। आपके मीठे स्वर का शहद अपने कानों द्वारा दिल की गहराई में उतारता जाऊं। कुछ अपने दिल की बातें भी कहूं।"

"यहां कहने में कोई आपत्ति है क्या?" कीर्ति ने मन-ही-मन विकास को छेड़ा।

"नहीं, ऐसी बात नहीं है, परन्तु...।" विकास की समझ में नहीं आया कि वह अपने दिल की बात कैसे कहे। वह चुप हो गया।

“परन्तु क्या?” कीर्ति ने बात बढ़ाई।

“मैं यही कहना चाहता था कि मुझे आपसे...मेरा मतलब

...मैं आपको प्यार...।”

परन्तु तभी हॉल के अन्दर बहुत जोर की ताली बजी। विकास की बात अधूरी रह गई थी, फिर भी असली बात का अर्थ कीर्ति समझ चुकी थी। तालियों का शोर सुनकर कीर्ति विकास से कुछ दूर पर खड़ी हो गई। हॉल प्रकाशमान हो चुका था। आर्केस्ट्रा बजना भी बन्द हो गया था। विकास साजिंदों पर मन-ही-मन झल्लाकर रह गया। कमबख्तों को इसी समय आर्केस्ट्रा की धुन समाप्त करनी थी।

हॉल का प्रकाश बरामदे तक झलक रहा था। बदनामी के डर से कीर्ति तुरन्त एक द्वार द्वारा हॉल के अन्दर चली गई। कुछ देर रुककर विकास भी हॉल के अन्दर प्रविष्ट हो गया। नृत्य का यह अन्तिम आइटम था। रात के लगभग बारह बजना चाहते थे। पार्टी समाप्त हो गई। मेहमान अपने-अपने निवास स्थान को लौट चले।

सारे मेहमान चले गए तो अंजलि ने चैन की सांस ली। मेहमानों से मिलते-मिलते तथा नृत्य करते हुए वह बिलकुल थक गई थी। अब केवल कीर्ति ही वहां रह गई थी। अंजलि ने एक अंगड़ाई लेते हुए कहा–“मैं ड्राइवर को बुलाती हूं। उसके बाद मैं तुम्हें तुम्हारे बंगले तक छोड़ दूंगी।”

“ड्राइवर को बुलाने की क्या आवश्यकता है, मैं जो इन्हें छोड़ने के लिए उपस्थित हूं।” विकास ने कीर्ति की ओर संकेत करते हुए अंजलि से कहा–“तुम आराम करो। बहुत थक गई होगी। मैं कीर्ति जी को छोड़कर तुरन्त वापस आता हूं।”

“कीर्ति मेरी मेहमान है, कीर्ति के साथ मेरा न जाना अन्याय होगा।” अंजलि ने कहा–“और फिर ड्राइविंग पर निकलने से ठंडी-ठंडी हवाओं द्वारा मैं ताजादम भी हो जाऊंगी।”

“जैसी तुम्हारी इच्छा।” विकास ने अपनी हथेली पर हथेली रखकर मलते हुए बेबसी के साथ कहा। उसने ड्राइवर को बुलाया। फिर गैरेज से कार निकालकर लाने को कहा। कार पोर्टिको के नीचे आकर खड़ी हो गई। विकास ने ड्राइवर को छुट्टी दे दी। ड्राइवर चला गया तो विकास ने स्टेयरिंग सम्भाल लिया। कार विदेशी थी–लम्बी और चौड़ी। अंजलि के संकेत पर कीर्ति आगे बैठ गई–लजाई-सी, मानो विकास के साथ बैठना चाहकर भी नहीं बैठना चाह रही हो। उसके बगल में अंजलि भी बैठ गई तीनों अगली सीट पर थे।

आखिर एक मोड़ के बाद कीर्ति का बंगला आ ही गया। छोटा-सा बंगला, परन्तु अत्यन्त सुन्दर था। विकास को सन्तोष हुआ। इस बहाने उसे कीर्ति का बंगला देखने को मिल गया। अब वह किसी भी बहाने कीर्ति से मिलने यहां आ सकता था।

कार मुख्य द्वार पर रोकने के बाद विकास कार से बाहर निकला। दूसरी ओर अंजलि भी कार के बाहर निकल आई। उसके पीछे-पीछे कीर्ति भी बाहर आ गई। तीनों एकाएक कुछेक क्षण खड़े रहे—खामोश। इच्छा होते हुए भी वे कुछ नहीं कह सके। आखिर कीर्ति को ही यह खामोशी तोड़नी पड़ी। उसने अंजलि को देखा फिर बोली—"मैं जाऊं?"

विकास को ऐसा लगा मानो कीर्ति अंजलि से नहीं, उससे जाने की आज्ञा मांग रही हो। मन हुआ कि कह दे, अभी छोड़कर मत जाओ। अभी तो सारी रात बाकी है घूमने को, प्यार करने को, परन्तु वह कुछ भी नहीं कह सका। यह उसके प्यार का पहला दिन था, पहली रात। इसके अतिरिक्त अंजलि भी साथ में थी।

"आओ, चलो, मैं तुम्हें बरामदे के द्वार तक छोड़ दूं।" अंजलि ने कीर्ति से कहा।

कीर्ति ने विकास को देखा। फिर चलने से पहले एक हल्की-सी मुस्कान के साथ कहा—"गुड नाइट।"

"गुड नाइट।" विकास ने कीर्ति को जाते देखकर उदास मन से कहा।

कीर्ति चली गई, साथ में अंजलि भी गई। मुख्यद्वार में प्रवेश करने के बाद दोनों ने लॉन के बीच बना रास्ता पार किया, फिर बरामदे पर सवार हो गई। बरामदे के एक द्वार पर दोनों खड़ी हो गईं तो कीर्ति ने कालबेल का बटन दबा दिया।

कुछ देर बाद अन्दर की बत्ती जली। प्रकाश द्वार के नीचे तथा खिड़की से बाहर आ रहा था। फिर द्वार खुला। द्वार एक नौकर ने खोला था। कीर्ति ने अंजलि से विदाई ली। फिर 'गुड नाइट' कहते हुए अपने बंगले में प्रविष्ट हो गई। नौकर द्वार बन्द करने लगा।

अंजलि अपनी कार के पास आई, विकास कार से बाहर कार पर टेक लगाए अब तक खड़ा हुआ था। एक ओर से अंजलि कार में बैठी तो दूसरी ओर से विकास भी कार में बैठ गया—स्टेयरिंग के सामने। कार उसने बैक की। फिर बहुत तेजी के साथ सुनसान सड़क पर चलाने लगा।

2

वह भी उसी यूनिवर्सिटी का पढ़ा हुआ था, इसलिए जानता था कि कौन-सा डिपार्टमेंट कहां है। वह अपनी बहन अंजलि के डिपार्टमेंट में पहुंचा। कक्षा में प्रविष्ट हुआ तो कक्षा कुछ खाली-सी लगी। गिने-चुने लड़के-लड़कियां बैठे गप्प लड़ा रहे थे। उसे अपना समय याद आ गया। उसने एक लड़की से अंजलि के विषय में पूछा तो पता चला कि पीरियड ऑफ है। निराश-सा होकर वह लौटने लगा तभी सामने से आती उसे अंजलि तथा कीर्ति दिखाई दे गईं। अंजलि अपनी कार की ओर कीर्ति के साथ जा रही थी। विकास तेजी से उनकी ओर बढ़ा। उसने अंजलि को पुकारा। अंजलि और कीर्ति ने एक साथ मुड़कर उसकी ओर देखा। विकास

15

तेजी से उनकी ओर बढ़ा। उसे कीर्ति को देखकर खुशी हुई थी। तीनों आमने-सामने आकर रुक गए।

"अरे भैया, आप! और यहां!" अंजलि ने पूछा।

"हां।" विकास ने बड़े सुलझे ढंग से कहा–"एक मित्र से मिलने आया था। उससे भेंट नहीं हो सकी तो सोचा, एक चक्कर तुम्हारी कक्षा का ही लगा लूं।"

कीर्ति विकास के आने का अर्थ समझ गई थी। विकास निश्चय ही केवल उसी से मिलने आया है, वह जान चुकी थी। विकास से नजरें मिलीं तो कीर्ति लाजवंती बन गई।

सहसा अगला पीरियड आरम्भ होने का सायरन बजा।

"तुम लोग अपनी कक्षाओं में जाओ, मैं चल रहा हूं।" विकास उनसे बोला। तीनों कुछ दूर साथ चलकर विकास की कार तक पहुंचे। विकास ने कार का दरवाजा खोला। अन्दर बैठकर उसने कार स्टार्ट की और चल पड़ा।

उसी शाम को जब कीर्ति ने विकास को फोन किया तो उसे बताना ही पड़ गया कि वह केवल उसी से मिलने आया था, किसी मित्र से मिलने नहीं आया था। जब दिल की बेचैनी बहुत बढ़ गई तो उससे मिलने के लिए अधीर हो उठा। दीवाने दिल पर कब और किसका दबाव रहा!

कीर्ति अपने प्रेमी विकास का प्यार देखकर प्रसन्न हो उठी थी। जब विकास ने उससे कहा कि वह उससे अकेले में मिलना चाहता है तो वह सोच में पड़ गई थी।

"मेरी बात का उत्तर नहीं दोगी कीर्ति?" विकास भावना भरे स्वर में पूछा था।

"कहां?" कीर्ति ने पूछा।

विकास ने स्थान बतला दिया और मिलने का समय भी।

उसके पश्चात विकास बहुत देर तक उससे बातें करता रहा था। विकास ही की जिद पर कीर्ति उसका नाम लेने और 'तुम' कहने पर विवश हो गई थी। विकास ने कहा था कि 'तू' और 'तुम' में जो अपनापन है, वह आप में नहीं। 'आप' में एक संकोच की दीवार होती है, शायद इसीलिए मानव ईश्वर को 'तुम' और 'तू' कहता है, क्योंकि वह जानता है कि ईश्वर से उसकी कोई भी बात छिपी नहीं है। कीर्ति को विकास की ये बातें अच्छी लगी थीं।

जब वह निर्धारित समय पर बाग में पहुंची तो विकास लॉन में बैठा था। वह लाज से सिर झुकाए उसके निकट ही लॉन में पहुंचकर बैठ गई।

"तुम्हें सामने देखकर भी विश्वास नहीं कर पा रहा कि तुम मेरे सामने हो।" विकास भावना-भरे स्वर में बोला।

"क्यों?" लाज से झुकी पलकें उठाते हुए कीर्ति ने विकास के चेहरे की ओर देखा। चेहरे पर लाज की लाली थी।

“जब से तुम्हें देखा है कीर्ति, न जाने मुझे क्या हो गया है। किसी काम में मन ही नहीं लगता।”

“मुझमें ऐसा क्या है?” कीर्ति ने कांपते हुए स्वर में पूछा।

“बताना कठिन है कीर्ति, लेकिन जो तुममें है, वह किसी और में नहीं।”

कीर्ति का सिर झुक गया। दोनों ही मौन रहे। बाग के लॉन में लगी फुलवारी के फूलों को सूंघते दोनों ही बैठ रहे। निकट ही कलाबाजी लगाते पक्षियों की चहक सुनते रहे।

“तुम कुछ नहीं बोलोगी कीर्ति?” विकास कुछ क्षणों के बाद बोला।

“क्या कहूं?” कीर्ति ने पूछा।

“कुछ भी। मैं तुम्हारा मीठा स्वर सुनते रहना चाहता हूं। चाहता हूं, तुम बोलती रहो और मैं आंखें बन्द किए तुम्हारे स्वर की मिठास में डूबा रहूं।”

“समझ में नहीं आ रहा, क्या कहूं। आप ही कुछ कहिए न!”

“फिर मुझे ‘आप’ कहा? तुम्हें मना भी किया था कि मुझे ‘तुम’ ही कहकर पुकारो कीर्ति। तुम्हारे मुंह से अपने लिए ‘आप’ सुनना मुझे अच्छा नहीं लगता। आओ चलें, इस लॉन की ओर भीड़ आ रही है और मैं तुमसे एकांत में ही अपने मन की बात कहना चाहता हूं।”

कीर्ति ने मुड़कर देखा, कुछ ही दूरी पर कुछ लोग लॉन की ओर चलते हुए आ रहे थे। वह उठ गई। विकास और वह समीप ही नीचे की ओर जाती हुई सीढ़ियां उतरकर सदियों से बिखरे पत्थरों को पार करके खयालों के बीच बहुत ऊंचाई से गिरते झरनों का शोर सुनते रहे। सीढ़ियों के नीचे उतरकर दोनों पानी के बीच एक पत्थर पर बैठ गए।

“कीर्ति!” अचानक ही विकास ने कीर्ति का हाथ अपने हाथ में लेकर बहुत भावुक होकर कहा था–“तुम गीत की मिठास हो। संगीत की आवाज हो। मेरे कानों में तुम्हारी यह मिठास संगीत बनकर कूकती रहेगी। तुम्हारी आंखों का खुमार मेरे दिल का उजाला है। तुम्हारी मुस्कान देख मेरा दिल झूम उठता है। मेरा दिल तुम्हारे प्यार में डूबा हुआ है और मेरे जीवन की अन्तिम सांसों तक डूबा रहेगा।” विकास की बातें सुनकर कीर्ति के दिल का कमल खिल उठा था।

“मैं तुमसे प्यार करता हूं कीर्ति! यही कहने के लिए मैंने तुम्हें यहां बुलाया था। जिस समय तुम्हें मैंने पहली बार अंजलि की वर्षगांठ की पार्टी में देखा था, तभी मन में विचार उठा था कि तुम ही वह युवती हो, जिसको मैं सालों से तलाश कर रहा था। अपने मन की बात तुम्हें बता चुका हूं। तुम मेरे बारे में क्या सोचती हो, मुझे बताओगी?”

“क्या कहूं?”

“मैं तुम्हें चाहता हूं कीर्ति, लेकिन यह जरूरी नहीं कि तुम्हारे मन में भी मेरे लिए चाह हो।”

“नहीं-नहीं, ऐसी कोई बात नहीं।” कीर्ति जल्दी में ही कह गई थी। फिर अपनी बात का अर्थ समझ शर्म से सिर झुका लिया था। विकास का हाथ उसके हाथ पर कस गया था। वह भावुकता भरे स्वर में बोला था—“तुम्हें देखकर एक सपना देखा था। लगता है, कभी-कभी सपने सच भी हो जाते हैं। है न कीर्ति?”

कीर्ति ने सिर हिला दिया था—‘हां’ में।

उसके बाद वे देर तक उस पत्थर पर बैठे रहे। लहरें पत्थर के किनारों को चूमती रहीं। झरने के गिरने का संगीत फैलता रहा, फिर विकास उसे अपनी कार पर उसके बंगले के निकट ही उतारकर चला गया था। उस रात वह बहुत देर तक सोचती रही थी। उसे लगा कि विकास ही उसका संसार था, स्वर्ग था, रात उसकी थी और दिल उसका था। दिमाग उसका था। उसी ने उस रात को जवान बना दिया था और सुबह का उजाला भी मिल गया और सुबह का उजाला उसकी आंखों में खुमार बनकर फैल गया। तब भी वह सब कुछ भूल विकास के विषय में ही सोचती रही। जागती रही रात भर। अपनी नींद को मीठे तथा रंगीन विचारों के झूले झुलाती रही। उसके कानों में विकास के भावना भरे विचार गूंजते रहे। उसके नथुनों में विकास की सुगंध भरकर मिठास घोल गई। उसके अपने दिल में अनेक अरमान जाग उठे, जिनमें एक तड़प थी। उस रात पलंग पर लेटने के बाद कीर्ति देर तक विकास के विषय में सोचती रही। वह क्यों विकास की ओर अचानक ही आकर्षित हो गई? क्यों विकास के लिए उसके दिल का कारवां ठहर गया? क्यों विकास उसके मन में गहराई तक उतर गया?

अचानक फोन की घंटी बजी। आवाज बरामदे तक पहुंची। कीर्ति का मन अचानक ही प्रसन्नता से प्रफुल्लित हो गया। लपककर वह फोन की ओर बढ़ी। परन्तु तब तक घर का नौकर फोन उठा चुका था। कीर्ति उसके पास खड़ी हो गई।

नौकर ने कीर्ति से कहा—“लीजिए आप ही का फोन है।” कीर्ति के दिल की धड़कन तेज हो गई। उसने तुरन्त फोन लेकर अपने कान तथा होंठों से लगा लिया—“हैलो!” उसने कहा।

“कौन? कीर्ति बोल रही हैं?” कीर्ति को स्वर पहचाना- सा लगा। कीर्ति के दिल की धड़कन तुरन्त बढ़ गई। स्वर पुरुष का था। स्वर पहचान चुकी थी कीर्ति। क्षण भर के लिए उसी प्रकार वह खड़ी रह गई।

“हैलो!” आवाज फिर आई।

“मैं सुन रही हूं।” कीर्ति ने अपने गले में अटके थूक को निगलते हुए कहा। फिर इधर-उधर देखा। उस कमरे में कोई नहीं था जो उसकी बात सुनता।

“जी!” आवाज में एक भय था। हिचक भी थी। उसने अपनी बात जारी रखते हुए कहा।

“विकास बोल रहा हूं।” दूसरी ओर से आवाज आई।

कीर्ति तब भी खामोश रही। कुछ समझ में नहीं आया, क्या कहे–"यदि आप मुझसे बातें नहीं करना चाहतीं तो लीजिए, मैं फोन बन्द किए देता हूं।" विकास ने कहा।

"नहीं-नहीं, ऐसी बात नहीं है।" कीर्ति ने तुरन्त कहा। इससे बड़ी क्या बात थी, उसे यूं विकास से बातें करने का अवसर मिल रहा था जिसके विषय में वह रात-भर सोचते हुए करवटें बदलती रही थी। विकास ने फोन करने का कोई वादा नहीं किया था, तब भी वह उसके फोन की प्रतीक्षा करती रही थी। उसी ने कहा–"दरअसल...।" वह समझ न सकी क्या कहे।

"तो फिर आज क्यों नहीं रात का खाना तुम मेरे साथ खातीं?" विकास ने उसकी हिचकिचाहट महसूस करते हुए कहा।

"कल बहुत देर हो गई थी।" कीर्ति ने कहा–"यदि आज भी देर हुई तो पिताजी नाराज होंगे।"

"आज न सही, कल, परसों या फिर किसी और रोज।" विकास ने पूछा।

"रविवार को ठीक रहेगा, लेकिन दिन के समय।" कीर्ति ने कहा।

विकास ने रेस्टोरेंट का नाम बताते हुए कहा–"ठीक बारह बजे।"

"मैं आ जाऊंगी।" कीर्ति ने वादा किया।

"खाने के बाद हम लम्बी ड्राइविंग पर चलेंगे।"

"मिलने के बाद जैसा सूट करेगा, वैसा ही करेंगे।" कीर्ति बात टालती हुई बोली। वह इस समय न ही 'हां' कहना चाहती और न ही इनकार करने की स्थिति में थी।

3

रविवार का दिन। दिन का समय। विकास आधा घंटा पहले ही होटल में आकर कीर्ति की प्रतीक्षा कर रहा था। साथ में उसने कीर्ति के लिए भी एक सीट रिजर्व करा ली थी। कीर्ति से मिलने की प्रतीक्षा में सिगरेट के कश पर कश लिए जा रहा था। बार-बार उसकी दृष्टि हाथ पर बंधी घड़ी की ओर उठ रही थी। बारह बजने में अभी देर थी। लगा, मानो कीर्ति को यहां पहुंचते वर्ष बीत जाएंगे। बार-बार उसकी दृष्टि रेस्टोरेंट के प्रवेश द्वार की ओर उठ जाती। आखिर कीर्ति आ ही गई। ठीक बारह बजे। आज उसने विशेष तौर पर स्वयं को संवारा था। इस प्रकार मानो वह दुल्हन बनकर अपने दूल्हा को रिझाने के लिए निकल पड़ी हो।

उस दिन दोनों ने खाना कम खाया और बातें अधिक कीं। अधिकतर विकास ही बातें करता रहा–प्यार की, जुदाई की। अंजलि की वर्षगांठ वाली रात उसे घर पर छोड़कर उसने जिस बेचैनी के साथ अपना समय बिताया, केवल वही जानता था।

"मुझसे बिछुड़ने के बाद क्या तुमको मेरी याद आई थी?"

अचानक विकास ने पूछ लिया और कीर्ति कुछ बोलने की बजाय हल्की-सी मुस्कराकर खामोश हो गई।

कुछ समय रेस्टोरेंट में बिताने के बाद दोनों बाहर निकले। विकास अपनी कार की ओर बढ़ गया। कीर्ति भी साथ थी। वह टैक्सी द्वारा आई थी। कार तो उसके पिता के पास थी। वह दिल ही दिल में विकास के साथ लम्बी ड्राइविंग पर भी जाना चाहती थी। बाहर खड़ी विदेशी कारों की भीड़ में विकास की कार अलग ही खड़ी दिखाई दी। उस कार में बैठने के बाद विकास ने दूसरी ओर का दरवाजा खोला और बोला कीर्ति से कि इसके अन्दर बैठो।

कीर्ति के कार अन्दर बैठते ही विकास ने कार स्टार्ट कर दी। एक खुली सड़क पर वह कार को ले उड़ा। धीरे-धीरे शहर पार हो गया। सड़क सुनसान मिल गई...हाईवे। उसने कार की गति तेज कर दी। फिर उसने कार का एक बटन दबा दिया। कार की छत स्वयं खुलकर पीछे सरक गई। हवा के झोंके तेज हो गए। कीर्ति की लटें बिखर गई।

उसने दो-तीन बार अपनी उंगलियों से लटों को संवारा, परन्तु हवा के झांके इतने तेज थे कि लटें बार-बार बिखर जाती थीं। उसने लटों को स्वतंत्र छोड़ दिया। लटें उलझकर उसके मुखड़े पर उड़ते हुए छा जातीं, फिर पीछे चली जातीं। कीर्ति की लटें बहुत लम्बी थीं। विकास ने एक मोड़ पर कार का स्टेयरिंग घुमाया तो कीर्ति की लटें विकास के मुखड़े पर चली आईं। कीर्ति ने अपनी लटों को उसके मुखड़े से खींचकर हटाना चाहा, परन्तु सारी लटें वह नहीं खींच पाई।

विकास ने लटों को अपने दांतों द्वारा पकड़ लिया। कीर्ति ने भी अधिक समय परिश्रम नहीं किया, बल्कि विकास ने जब उसके कंधे पर अपना हाथ रखकर उसे अपनी ओर खींचा तो कीर्ति उसके समीप चली आई। बिलकुल समीप। विकास ने उसका मुखड़ा अपने कंधे पर रख लिया। कीर्ति ने भी कोई आपत्ति नहीं की, बल्कि वह एक सपने में खो गई। विकास पर उसे पूरा विश्वास था। प्यार की नींव ही विश्वास के सहारे डाली जाती है। इसलिए उसने सोचा कि वह विकास के घर की लक्ष्मी बनेगी। उसके नन्हे-मुन्ने बच्चे होंगे, जिनसे उसके दादा-दादी और नाना-नानी बहुत प्यार करेंगे। ऐसा स्वप्न देखते हुए वह हल्के से मुस्करा दी, फिर लाज से सिमटते हुए वह विकास की छाती के साथ लग गई।

"कुछ सोच रही थीं क्या?" विकास ने कीर्ति पर एक निगाह डालने के बाद सामने देखते हुए पूछा।

"हां।" कीर्ति ने मोहक मुस्कान के साथ कहा।

"क्या?" विकास ने उसी प्रकार सामने देखते हुए पूछा।

"कुछ नहीं।" कीर्ति हल्के से मुस्कराई थी।

"यह क्या बात हुई...हां भी और ना भी।" विकास ने कहा—"कुछ तो तुम अवश्य सोच रही थीं।"

“सोच रही थी कि यह सफर कभी न समाप्त हो। जीवन की अन्तिम घड़ी तक आपके कंधे पर इसी प्रकार सिर टिकाए चलती रहूं। हम प्यार के संसार में यूं ही डूबे रहें।”

“भगवान ने चाहा तो ऐसा ही होगा।” विकास ने कहा–“परन्तु तुम ही क्यों अकेले जीवन की अन्तिम घड़ी तक मेरे कंधे पर इसी प्रकार सिर रखकर चलना चाहती हो? मैं भी तो जीवन की अन्तिम घड़ी तक तुम्हें अपने सीने से लगाए रखूंगा। हम मरेंगे साथ, जिएंगे साथ। हम दोनों का जीवन एक-दूसरे के लिए बना है। क्यों ठीक है न?”

और कीर्ति ने उसके कंधे पर सिर टिकाए हां के संकेत में सिर हिलाया। दोनों के हाथों की उंगलियां एक-दूसरे में फंसकर बंध-सी गईं। वह विकास के कंधे पर झूल-सी गई।

“जानती हो, जब तुम अंजलि की वर्षगांठ की पार्टी के समय आई थीं, तो मुझ पर क्या बीती थी?” कुछ देर बाद विकास ने पूछा।

“क्या?” कीर्ति की उत्सुकता बढ़ी।

“तुम्हें देखकर ऐसा लगा मानो चांद का एक टुकड़ा धरती पर उतर आया हो।” विकास ने कहा।

हर नारी के समान कीर्ति अपनी प्रशंसा सुनकर फूली नहीं समाई।

“और जब मैं तुम्हारे साथ डांस कर रहा था तो ऐसा लगा मानो तुम्हारी गर्म-गर्म सांसें सेब की सुगन्ध के समान मेरे नथुनों द्वारा दिल की गहराई में उतर रही हों।”

कीर्ति ने प्रसन्नता से विभोर होकर अपने होंठ विकास के होंठों के समीप कर दिए। एक गहरी सांस लेने के बाद दम साधकर विकास के मुखड़े पर अपनी सांसें छोड़ दीं। फिर पूछा–“कैसा महसूस हुआ?”

“बहुत अच्छा।” विकास ने उत्तर दिया।

“झूठ, बिलकुल झूठ।” कीर्ति ने कहा।

“वह कैसे?” विकास समझा नहीं।

“मुझे बनाने का प्रयत्न मत कीजिए जनाब!” कीर्ति ने उसी मुस्कान से कहा–“कार की छत खुली हुई है। मेरी सांसें तो वातावरण के साथ पीछे छूट गईं।”

“हां।” विकास ने तुरन्त कहा–“परन्तु मेरे नथुनों से टकराने के बाद।”

कीर्ति चुप हो गई।

कुछ देर तक विकास यूं ही कार चलाता रहा। बहुत तेज। बेमकसद और कीर्ति उसके कंधे पर सिर रखे अपने स्वप्न की आने वाली ताबीर देखती रही–अपनी आंखें बन्द किए वह खो-सी गई। अचानक सामने एक सड़क आती दिखाई पड़ी। उस सड़क पर एक ट्रक आ रहा था।

विकास की कार की गति तेज थी। उसे पूरी ताकत से ब्रेक लगाने पड़े। कार के पहिए चीखे। उस पहियों की चीख सुनकर कीर्ति सपने से जाग उठी। सपना टूट गया, दिल धड़क उठा।

"क्या हो गया था जो इतनी जोर से ब्रेक लगाना पड़

गया?" उसने सीधे बैठते हुए कहा।

"कुछ नहीं।" विकास ने कहा—"अचानक सामने ट्रक आ गया था, उससे बचने के लिए ब्रेक लगाना पड़ गया।"

कीर्ति ने घड़ी देखी। शाम के चार बजना चाहते थे।" उसने कहा—"अब वापस चलिए न। माता-पिता क्या

सोचेंगे? सोचेंगे कि जवान लड़की कहां चली गई है। मैं आपकी तरह स्वतंत्र थोड़े ही हूं। नारी जाति के सामने एक नहीं, अनेक बन्धन होते हैं, माता-पिता के साथ-साथ उसे समाज का भी ध्यान रखना पड़ता है।"

विकास कीर्ति को दूर, बहुत दूर ले जाना चाहता था। ऐसे स्थान पर जहां से दोनों कभी वापस न आएं। परन्तु फिर उसने कीर्ति की बातों का ध्यान किया। कीर्ति ने ठीक ही कहा था। उसने कार बैक कर ली। फिर रास्ते पर छोड़कर पूछा—"अब कब भेंट होगी?"

"मैं फोन पर आपको सूचित कर दूंगी...हां।" कीर्ति को जैसे कुछ याद आया। विकास को याद दिलाती हुई बोली—"आप कालेज कभी मत आइएगा। आप तो जानते हैं कि कुछ विद्यार्थी किस प्रकार के होते हैं। किसी को बदनाम करने में उन्हें बड़ा आनन्द आता है।"

"और यह दिल तुमसे मिलने के लिए मचल उठा तो?" विकास ने कार की गति तेज कर दी।

"यदि आपको प्यार की पवित्रता पर विश्वास है तो उसे अकारण बदनाम होने से बचाएं।" कीर्ति ने कहा।

"बातें तो तुम बहुत अच्छी करती हो।" विकास ने कहा।

"आपके प्यार ने ही सिखा दिया है।" कीर्ति ने कहा—"यूं भी हर लड़की को प्यार के मामले में हर कदम फूंक-फूंककर ही रखना चाहिए। बदनाम होते उसे क्या देर लगती है?"

विकास ने कोई उत्तर नहीं दिया। एक बार कीर्ति को कंधे पर टिकाते हुए उसको अपने समीप कर लिया। कीर्ति ने उसके कंधे के साथ सिर टिकाते हुए आंखें बन्द कर लीं। विकास कार चलाते हुए आने वाले दिनों के विषय में सोचने लगा, फिर उसी तरह कार चलाते हुए वह कीर्ति के बंगले के निकट पहुंचा। कीर्ति के बंगले से कुछ ही दूरी पर उसने कार रोक दी। कार का दरवाजा खोला। खोलते हुए पूछा—"अब कब भेंट होगी?"

"मैं फोन द्वारा सूचित कर दूंगी।" कीर्ति कार से उतरते हुए बोली।

विकास ने रुकना उचित न समझा। वह रुकता तो कीर्ति भी खड़ी रहती। उसने कार स्टार्ट की और आगे बढ़ गया। कीर्ति वहीं पर खड़ी उसकी कार को जाते हुए देर तक देखती रही। जब तक कि वह एक मोड़ पर घूमकर गुम नहीं हो गया, वह वहीं खड़ी रही।

उस दिन के बाद उनका मिलन होता ही रहा। कभी किसी बड़े होटल में वे घंटों बातें करते। बाहर जाते तो हाथों में हाथ डाले घूमते थे। कभी फिल्म देखने जाते और फिर उस फिल्म के बारे में बातें करते घंटों बिता देते। बातों का विषय प्यार ही होता।

कीर्ति जब भी छुट्टियों के दिन विकास से मिलने निकलती, सदा अंजलि से मिलने का बहाना बनाकर ही जाती थी। मां जानती थी कि अंजलि से कीर्ति की खूब निभती है। अंजलि बहुत बड़े घर की लाज है, इसलिए उसे अंजलि के पास कीर्ति का जाना कभी बुरा नहीं लगा। उसने कीर्ति को कभी नहीं रोका।

लगभग एक बजे अंजलि की कार कीर्ति के बंगले के सामने रुकी। उसी ओर वह किसी से मिलने गई थी, इसलिए जिससे मिलने गई थी उससे मिलने के बाद सोचा कि वह कीर्ति से भी मिलती जाए। वह उसके बंगले में प्रविष्ट हुई। छोटा-सा बंगला था। अच्छा और सुन्दर। कीर्ति और उसके माता-पिता के लिए बहुत था। बंगले के बरामदे में पहुंचकर उसने कालबैल दबा दी। कुछ देर बाद दरवाजा खुला। सामने कीर्ति की मां खड़ी थी। अंजलि ने कीर्ति की मां को नमस्ते की, फिर कहा—"कीर्ति से मिलने चली आई थी।"

"कीर्ति!" मां को आश्चर्य हुआ। उसने कहा—"लेकिन कीर्ति तो सुबह से तुम्हारे बंगले गई हुई है!"

"सुबह से?" अंजलि कुछ समझी नहीं। अपने बंगले से निकले उसे एक ही घंटा हुआ था।

"हां।" मां ने कहा—"वह तो कालेज की हर छुट्टी में यही कहकर घर से जाती है कि तुमने उसे बुलाया है पढ़ने-लिखने के सिलसिले में।"

अंजलि तब भी कुछ नहीं समझी। वह हैरानी से कीर्ति की मां के चेहरे को देखती रही। उसने कभी भी कीर्ति को नहीं बुलाया था। फिर कीर्ति उसका बहाना बना-बनाकर कहां चली जाती है? फिर अचानक उसे ध्यान आया कि आजकल विकास भैया भी तो घर से सारा-सारा दिन गायब रहते हैं। अंजलि ने अपने मस्तिष्क पर जोर दिया तो सारी बातें आसानी से समझ में

आ गईं। मन-ही-मन वह हल्के से मुस्करा दी। उसने बात को छिपाते हुए कहा—"छुट्टियों में तो वह अवश्य मेरे पास आती है। आज भी सुबह आई थी, परन्तु जल्दी ही चली गई। इसलिए मैंने सोचा शायद अपने बंगले पर वापस आ गई हो। हो सकता है, वह किसी और सहेली के यहां चली गई हो, क्योंकि जिन नोट्स को वह लिखने आई थी, वे उस समय मेरे पास नहीं थे।"

अंजलि चली गई तो कीर्ति की मां सोच में डूब गई। अपने बाल उसने धूप में सफेद नहीं किए थे। उसने संसार देखा था। प्यार में पड़कर लोगों को दीवाना बनते भी देखा था। दीवाना बनकर अपना जीवन नष्ट करते भी। अपनी जवानी लुटाकर दर-दर की ठोकरें खाने के बाद आत्महत्या करते भी देखा था।

कीर्ति अपने कुल की एक ही संतान थी। अत्यन्त सुन्दर संतान। मां को चिन्ता थी कि लड़की कहीं भटक न जाए। उसने अपनी संतान पर विश्वास किया था। आज के अतिरिक्त कीर्ति पर कभी संदेह नहीं किया था, परन्तु आज की बात और अंजलि के चेहरे पर रहस्य की झलक उसको सोच में डाल चुकी थी। वह सोच रही थी, आजकल के लड़के-लड़कियों का क्या ठिकाना? उसने तुरन्त अंजलि के बंगले पर फोन किया। फोन अंजलि के नौकर ने उठाया। बोला–“हैलो!”

कीर्ति की मां की सांस फूल गई। दमे की रोगिणी तो वह थी ही–“मैं अंजलि की मां जी से बात करना चाहती हूं।” कीर्ति की मां फोन हाथ में लिए अंजलि की मां की प्रतीक्षा करती रही–“हैलो!” कुछ देर बाद एक स्त्री स्वर सुनाई दिया।

“कीर्ति आपके यहां पहुंच चुकी है या नहीं?” कीर्ति की मां ने गोलमोल बात की। यह सोचते हुए कि अकारण बेटी की बदनामी न हो।

“कीर्ति?” अंजलि की मां ने आश्चर्य से पूछा–“अभी तक तो नहीं आई। क्या यहां आने वाली थी?”

“उससे एक आवश्यक काम पड़ गया था, इसीलिए पूछ लिया।” कीर्ति की मां ने कहा–“शायद वह किसी अपनी दूसरी सहेली के यहां चली गई हो। मैं उसकी दूसरी सहेलियों के यहां फोन द्वारा उससे बात करने का प्रयत्न करती हूं।” यह कहकर कीर्ति की मां ने फोन क्रेडिल पर टिका दिया। उसके संदेह की पुष्टि हो चुकी थी। अंजलि ने कीर्ति के किसी भेद को छिपाया था, किन्तु उसका व्यवहार कीर्ति की मां के दिमाग में संदेह उत्पन्न कर गया था और अब उसी संदेह की पुष्टि वह कर चुकी थी।

उस दिन जब सूरज डूबने के बाद कीर्ति घर पहुंची तो वह प्रसन्नता के झूले में झूल रही थी। बिलकुल निश्चिन्त। उसका प्यार उसके रोम-रोम में बसा था। भय उससे कोसों दूर था।

“कहां गई थीं?” उसके पिता ने पूछा। बहुत कड़े स्वर में।

“जी, अंजलि के पास।” कीर्ति ने कांपते हुए स्वर में कहा।

“झूठ बोलते शर्म नहीं आती?” उसके पिता कड़वाहट में बिफर उठे–“हमने पाल-पोसकर क्या तुम्हें इसीलिए बड़ा किया है कि तुम जग में हमारी नाक कटवाती फिरो?”

कीर्ति के पैरों तले से धरती खिसक गई। सोचा, आखिर उसके घर वालों को पता चल ही गया कि वह अंजलि के पास नहीं जाती है। उसने बड़े धीरज से कहा–"मैंने कोई पाप नहीं किया जिससे आपकी रुसवाई या बदनामी हो। मैंने प्यार किया है। मेरा शरीर अछूता है। मेरी आत्मा पवित्रा है।"

"कौन है वह लड़का?" उसके पिता ने कीर्ति की बात को समाप्त करते हुए पूछा–उसी कड़े स्वर में।

कीर्ति ने अपना सिर नीचे झुका लिया। फिर कांपते हुए स्वर में बोली–"विकास। अंजलि का भाई।"

उसके माता-पिता को विश्वास नहीं हुआ। वे स्वयं अच्छे खाते-पीते लोग थे। किसी बात की चिन्ता नहीं थी। घर में किसी बात की कमी नहीं थी, लेकिन विकास के परिवार की तुलना में वे कुछ भी नहीं थे। विकास के घर वाले शहर के जाने-माने रईस थे।

"वह तुमसे प्यार करता है? कहीं ऐसा तो नहीं कि केवल तुम उसको चाहकर उसके इशारों पर चल रही हो?" उसकी मां ने कठोर स्वर में पूछा।

"वह मुझे बहुत प्यार करते हैं मां, बहुत अधिक। मेरे बिना तो उनका एक क्षण भी नहीं बीतता।" कीर्ति ने विश्वास भरे स्वर में कहा।

"यदि ऐसी बात है तो उससे कहो कि वह अपने माता-पिता को लेकर हमारे यहां आए–विवाह की बात करने।" उसके पिता ने नर्म स्वर में कहा।

"ठीक है, पिताजी।" कीर्ति को उत्साह मिला तो उसने कहा–"मैं पूरा प्रयत्न करूंगी कि वह इसी रविवार को अपने परिवार सहित हमारे यहां अवश्य आएं।"

कीर्ति के माता-पिता खामोश हो गए। कीर्ति अन्दर चली गई। उसके मन में लड्डू फूटने लगे। उसने सोचा, चलो अच्छा हुआ, जो आज उसके घर वालों को पता चल गया कि वह और विकास एक-दूसरे से प्यार करते हैं। वरना स्वयं उसे यही बात बताने में बड़ी लाज आती। आखिर एक-न-एक दिन यह भेद तो खुलना ही था। उस सारी रात उसे खुशी के कारण नींद नहीं आई। रात उसने करवट बदलकर काट दी। अनेक सपने जागते हुए ही देख डाले। वह विकास के घर की लक्ष्मी बनेगी, उसे खाना बनाकर खिलाएगी। विकास के साथ विवाह हो जाने के कारण उसके अपने घर के और रिश्तेदारों के सम्मान में चार-चांद लग जाएंगे।

<h1 style="text-align:center">4</h1>

शाम पांच बजे का समय। कीर्ति के बंगले के सामने एक विदेशी लम्बी कार आकर रुकी। विकास ड्राइवर की बगल वाली सीट पर बैठा हुआ था। माता-पिता तथा अंजलि पीछे की सीट पर विराजमान थे। विकास ने कीर्ति से कालेज में मिलने के बाद आज का प्रोग्राम बनाया

था और वह भी अंजलि के द्वारा। अंजलि के द्वारा ही वह अपने माता-पिता से मिला था। अंजलि ने ही उसके माता-पिता को बताया था कि विकास उसकी एक सुन्दर सहेली को प्यार करता है।

विकास के माता-पिता सोफे में धंस गए। उसके बाद विकास व अंजलि भी। कीर्ति की मां कमरे में चली गई। कुछ ही देर बाद वह अपने पति के साथ कमरे में लौटी। अंजलि ने सभी से अपने माता-पिता का परिचय कराया।

कीर्ति के पिता ने उनके सामने नमस्ते के लिए हाथ जोड़ दिए, परन्तु विकास के पिता ने स्वयं ही खड़े होकर उनकी ओर बढ़ते हुए उनसे बहुत गर्मजोशी के साथ हाथ मिलाया। इस प्रकार मानो उनके अन्दर किसी भी प्रकार की घमंड की भावना न हो और वास्तव में यह बात ठीक भी थी। दोनों घराने आमने-सामने बैठ गए। फिर विकास और कीर्ति का रिश्ता लेकर राय साहब ने ही बात छेड़ी। बोले—"अंजलि बेटी की बहुत-सी सहेलियां हैं और विकास शादी के लिए बहुत-सी लड़कियों को देख भी चुका है, परन्तु अंजलि की वर्षगांठ की पार्टी में कीर्ति को देखते ही वह उसे चाहने लगा था। बहुत अच्छी है आपकी बेटी, मुझे बहुत पसन्द है। बहुत-से गुण हैं उसमें कि उसने अंजलि के साथ-साथ हमारे बेटे का मन भी जीत लिया। कीर्ति बेटी कहां है?"

"बस, वह आ ही रही होगी।" कीर्ति के पिता ने कहा।

"शायद वह आने में शरमा रही है।" सहसा कीर्ति की मां ने कहा—"मैं स्वयं उसे लेकर आती हूं।" कीर्ति की मां ने उठते हुए कहा और फिर कीर्ति को लेने अन्दर कमरे में चली गई। कुछ ही देर बाद कीर्ति मां का सहारा लिए नीले रंग की कीमती रेशमी साड़ी पहने कमरे में प्रविष्ट हुई तो कमरे की सुगन्ध और बढ़ गई। गोरे मुखड़े पर साड़ी का पल्लू चेहरे की सफेद रंगत को कुछ अधिक ही बढ़ा रहा था।

राय साहब कीर्ति को देखते ही रह गए—फटी-फटी आंखों से। ऐसी सुन्दर बहू उन्हें कहां मिल सकती थी? कीर्ति ने झुककर उनके पग छुए। वह प्रसन्नता से खिल उठे और कीर्ति को आशीर्वाद दिया। कीर्ति ने विकास की मां के पांव छुए तो उन्होंने उसे गले से लगा लिया। दिल की गहराई से कीर्ति के चेहरे की ओर प्यार से देखती रहीं। उसके बालों को सहलाते हुए कहा—"यह चांद का टुकड़ा जहां कहीं भी जायेगा, वह घर चांदनी में नहा जाएगा।"

"जाएगा कहां? इसकी चांदनी के अधिकारी तो हम हैं।" राय साहब ने प्यार और ममता भरे स्वर में कहा। फिर कीर्ति के पिता की ओर देखते हुए बोले—"आज से हमारा और आपका सम्बन्ध पक्का हो गया। क्या कीर्ति को हमारी बहू बनने का अवसर देंगे?"

"कीर्ति आप ही की बेटी है राय साहब!" कहते हुए कीर्ति के पिता की आंखें भर आई थीं। आंसू खुशी के भी होते हैं न!

कीर्ति के माता-पिता को भी और क्या चाहिए था। उनको विकास जैसा सुन्दर दामाद और राय साहब जैसा सम्मानित परिवार मिल रहा था। कीर्ति के माता-पिता फूले नहीं समा रहे थे।

5

विकास के साथ कीर्ति की शादी बहुत धूमधाम से हुई। कीर्ति अपने माता-पिता की इकलौती संतान थी और विकास राय साहब का एक ही बेटा था। दोनों ओर से दिल खोलकर खर्च किया गया था। महीनों तक लोगों को उस विवाह की बातें याद रहीं।

कीर्ति की झोली में विकास ने दुनिया भर की प्रसन्नताएं समेटकर डाल दी थीं। उसकी हर समय यही इच्छा रहती थी कि वह कीर्ति को अधिक-से-अधिक सुख दे सके। यही हालत राय साहब और उनकी पत्नी की भी थी। उनके लिए कीर्ति बहू नहीं, बेटी के ही समान थी। विवाह के बाद विकास ने कीर्ति से पढ़ना नहीं छुड़ाया था। अंजलि विदेश चली गई थी—आगे पढ़ने के लिए। राय साहब की इच्छा उसे भेजने की नहीं थी, लेकिन अंजलि की जिद के सामने उन्हें झुकना पड़ा था। अंजलि लन्दन चली गई। कीर्ति को उससे बिछुड़ने का दुःख तो था ही, लेकिन इस बात की प्रसन्नता भी थी कि वह अपना भविष्य संवारने के लिए ऊंची शिक्षा प्राप्त करने जा रही है। सभी उसे एयरपोर्ट पर छोड़ने गए थे—कीर्ति और कीर्ति के माता-पिता, विकास और उसके माता-पिता तथा अंजलि की बहुत-सी सखियां। कीर्ति ने उससे हंसते हुए कहा था—"कहीं वहीं शादी न कर लेना!"

अंजलि ने मुस्कराते हुए उत्तर दिया था—"इस बात की संभावना तो नहीं है, लेकिन विश्वास के साथ कुछ भी नहीं कहा जा सकता।"

अंजलि को विदा करने के बाद सभी लोग लौट आए थे। उसके बाद कीर्ति के जीवन में वह दिन आया, जब उसने अनुभव किया कि वह मां बनने जा रही है। जब यह बात विकास को मालूम हुई तो वह खुशी से पागल हो गया था। कीर्ति को अपनी बांहों में भरते हुए बोला था—"मैं कितना भाग्यशाली हूं। मैं पिता बनने जा रहा हूं। तुमने मुझे सब कुछ दे दिया कीर्ति!"

कीर्ति विकास के प्रसन्नता से चमकते चेहरे की ओर देखते हुए सोचती रही, उससे बड़ा भाग्यशाली कौन है! विकास जैसा पति मिला और राय साहब जैसा सम्मानित परिवार। उसका सुखी जीवन कभी अचानक ही अन्धेरे में डूब जाएगा, इस बात की तो उसने कभी कल्पना भी नहीं की थी। राजू उसके पेट में पल रहा था, जब दुर्भाग्य के काले बादल अचानक ही उसके जीवन पर छा गए थे।

विकास को किन्नौर जाना था। एक साल पहले ही राय साहब ने बहुत सारे सेबों के बाग खरीदे थे। उनकी देखभाल के लिए एक विश्वसनीय और अनुभवी मैनेजर रखा हुआ था। कभी-

कभी विकास या राय साहब स्वयं जाकर अपने इस व्यवसाय को देखने आया करते थे। जब विकास जाने लगा तो कीर्ति ने उसके साथ जाने की जिद की थी, परन्तु विकास ने ही उसे समझाया था कि इन हालात में तुम्हारा जाना ठीक नहीं है। राय साहब और उनकी पत्नी भी विकास से सहमत थे और विकास उसे छोड़कर जल्दी लौटने का आश्वासन देकर चला गया था।

तब कीर्ति क्या जानती थी कि वह कभी नहीं लौटेगा। जब विकास की कार के साथ हुई दुर्घटना की सूचना उसे मिली तो वह पागल-सी हो गई। कीर्ति के माता-पिता, राय साहब और उनकी पत्नी कीर्ति को साथ लेकर वहां पहुंचे थे, जहां दुर्घटना हुई थी। वहां जाकर पता चला था, विकास डाक बंगले से अपनी कार पर सेबों के बाग की ओर जा रहा था। पहाड़ी से एक चट्टान टूटकर कार की छत से टकराई और कार सड़क से फिसलकर विकास के शरीर को साथ लिए हजारों फुट नीचे बहती नदी में जा गिरी।

मैनेजर और उसके आदमियों ने तीन दिन की कोशिश के बाद पत्थरों के बीच फंसी हुई कार को तो बाहर निकाल लिया था, लेकिन विकास का शव प्राप्त नहीं हुआ था। बहुत दिनों तक वे वहां रहे थे। उसके बाद विकास के शव के बिना वापस लौट आए। सभी का अनुमान था कि पहाड़ी नदी कुछ ही दूरी पर बहुत नीचे गिरती है। विकास का शव पानी के साथ बहकर नीचे गिरा होगा और विशाल झरने के तले पत्थरों के बीच कहीं अटक गया होगा।

**

प्रशान्त अपने और कीर्ति के विशाल बेडरूम में आकर कीमती और नर्म बिस्तर पर लेट गया। रजाई छाती तक खींचते हुए उसने सिगरेट सुलगाई और राजू को सुलाकर कीर्ति के लौटने की प्रतीक्षा करने लगा। कीर्ति की उस दिन की हालत से वह दुःखी था। परन्तु ऐसा पहली बार ही नहीं हुआ था, अक्सर हो जाया करता था। वह जानता था कि विकास को भुला पाना सम्भव नहीं। क्या वह स्वयं भी कभी विकास को भुला पाया है? सिगरेट का कश लगाते हुए उसे उस दिन की याद आई जब विकास के साथ उसको पहली बार भेंट हुई थी। अकेले विकास से ही नहीं, विकास और कीर्ति दोनों से।

वह नारकंडा के डाकबंगले में ठहरा हुआ था। अपना व्यवसाय वह अपने मैनेजर को सौंप गर्मियां काटने सदा ही किसी हिल स्टेशन पर चला जाया करता था। चार दिन से वह उस बंगले में था। बंगले का दूसरा सूट खाली पड़ा था। एक सुबह लम्बी विदेशी कार बंगले के सामने आकर रुकी थी। तब वह बंगले के बरामदे में बैठा सुबह की चाय पी रहा था। कार से विकास और कीर्ति उतरे थे। प्रशान्त को उनकी जोड़ी बहुत सुन्दर लगी थी। इतनी सुन्दर जोड़ी उसने अपने जीवन में कभी नहीं देखी थी। विकास ने डाकबंगले के चौकीदार को कार से

सामान निकालकर कमरे में रखने के लिए कहा था और स्वयं कीर्ति की कमर में हाथ हाथ डाले वह बंगले के बरामदे में आकर खड़ा हो गया था। प्रशान्त की उससे नजरें मिलीं तो न जाने क्यों विकास मुस्करा दिया था। प्रशान्त को उसके होंठों पर मुस्कराहट भी बहुत सुन्दर लगी थी, अनजाने में ही प्रशान्त भी मुस्करा उठा था।

"कहिए साहब, मौसम कैसा चल रहा है यहां? शिमला में तो तीन दिन से वर्षा हो रही है।"

"यहां तो मौसम अच्छा ही है।" प्रशान्त ने मुस्कराते हुए उत्तर दिया था। फिर पूछा था–"चाय लेंगे?"

"यदि कष्ट न हो तो...।" विकास ने मुस्कराते हुए बात अधूरी छोड़ दी थी।

उस दिन बरामदे में उसके साथ बैठकर चाय पीते हुए विकास ने जो कहा था, वही सच कर दिखाया था। विकास और प्रशान्त बहुत जल्दी एक-दूसरे के निकट आ गए थे। कीर्ति और विकास कहीं भी जाते तो उसे अपने साथ अवश्य ले जाते। लम्बी ड्राइविंग विकास का शौक था। उस लम्बी ड्राइविंग में वह भी विकास के साथ होता था। पिकनिक पर भी, कभी शिमला में पिक्चर देखने जाते, तब भी। खाना कीर्ति के आदेश से ही बनता था और प्रशांत उन दोनों के साथ बैठकर ही खाना खाता था।

प्रशान्त ने उन दिनों की यादों में डूबे हुए ही ऐश-ट्रे में सिगरेट मसल दी थी। उसके बाद उस काले भयानक दिन की याद आई थी, जब उसने विकास की मृत्यु का समाचार सुना था। फोन पर राय साहब की कांपती हुई आवाज आंसुओं से भारी थी और वह स्वयं उनकी बात सुनकर भी उस बात पर विश्वास नहीं कर पा रहा था। विकास का हंसमुख चेहरा उसकी आंखों के सामने था। विकास से मिला हुआ प्यार उसके रोम-रोम में बसा था। उससे इतना बड़ा सदमा सहन नहीं हुआ था।

बहुत देर तक राय साहब का स्वर सुनाई नहीं दिया, फिर आंसुओं में डूबा कांपता हुआ स्वर था–"यही सच है बेटे! हम आज ही लौटे हैं। दुःख और भी बढ़ गया है, विकास का शव भी नहीं मिला।"

"मैं अभी आ रहा हूं डैडी!" कहते ही उसके हाथ से रिसीवर फिसल गया था। प्रशान्त और कीर्ति उस कमरे में बैठे देर तक रोते रहे थे। कभी कीर्ति उसे आंसू रोकने के लिए कहती और कभी प्रशांत उसे दिलासा देने की कोशिश करता, लेकिन आंसू थे कि थमने का नाम ही भूल चुके थे।

बीते समय के साथ-साथ आंसू भी सूखते चले गए थे और फिर वह दिन भी आया, जब कीर्ति ने राजू को जन्म दिया। जिस आदमी को उस पवित्रा दिन की सबसे अधिक प्रतीक्षा थी, वह इस धरती से उठ चुका था।

जब राजू के जन्म लेने का समाचार पाकर प्रशान्त कीर्ति को देखने नर्सिंग होम पहुंचा था, तो विकास की ही बातें उसके कानों में गूंजती रही थीं। कीर्ति का चेहरा तब भी मुरझाया हुआ था। उसने गहरी उदासी भरे स्वर में बच्चे के चेहरे को सहलाते हुए कहा था—"शक्ल उनसे मिलती है न? देखती हूं तो लगता है, वही छोटे आकार के होकर मेरी गोद में लौट आए हैं।"

बच्चे के चेहरे की ओर देखते हुए प्रशान्त को कीर्ति की यह बात सच ही लगी थी।

"इसका नाम क्या रखोगी भाभी?" कीर्ति के चेहरे पर छाई उदासी को दूर करने की चेष्टा में प्रशान्त ने मुस्कराते हुए पूछा था।

"नाम तो उन्होंने ही रख दिया था। उन्हें विश्वास था कि लड़का ही होगा। कहा करते थे—'देखना, मेरे घर में राजकुमार का ही जन्म होगा। मैं उसको राजू कहकर पुकारा करूंगा'।" कीर्ति का स्वर तब भी उदासी भरा था। फिर आंखों में आंसू भरते हुए बोली थी—"भगवान ने उन्हें तो मुझसे छीन ही लिया, काश! माताजी को न छीनता! उन्हें पोता देखने की बड़ी लालसा थी। उनकी यह इच्छा भी पूरी न हो पाई।"

"अब उन बातों को भूलने की कोशिश करो भाभीजी! यादें बहुत दुःख देती हैं। इस बच्चे के लिए जीवित रहने की कोशिश करो। विकास की केवल यही निशानी तो बची है।"

"कोशिश करूंगी भाई साहब। लेकिन कर पाऊंगी, यही कहना कठिन है।" कहते हुए कीर्ति की आंखें आंसुओं से भरती चली गई थीं। आंखें प्रशान्त की भी भर आई थीं। कुछ देर वहां बैठने के बाद प्रशान्त लौट आया था।

उसके बाद वह कभी-कभी राय साहब की कोठी में चला जाया करता था। राय साहब के बाल बहुत तेजी से सफेद होते चले गए थे। शायद पत्नी और बेटे को खो देने के कारण। तब भी एक बात प्रशान्त ने देखी थी कि राय साहब विकास के बेटे से बहुत प्यार करने लगे थे। हर समय राजू उनकी गोद में ही होता। कीर्ति तो जैसे हंसना ही भूल चुकी थी। वह इस दुनिया में होते हुए भी जैसे यहां नहीं थी।

यही सोचते हुए प्रशान्त ने अपने सीने से रजाई हटाई। उठकर आतिशदान के निकट गया। आग मद्धिम हो गई थी। कुछ लकड़ियां उठाकर आतिशदान में और डाल दीं। फिर वहां से लौटकर खिड़की के निकट खड़ा हो परदा सरकाकर खिड़की के लगे शीशो से उस पार देखा। हर वस्तु अन्धेरे में डूब चुकी थी। बर्फ पड़नी बन्द हो गई थी। काली आकृतियों पर सफेदी का धुंधलापन ही दिखाई दे रहा था। कुछ देर खिड़की के निकट खड़ा रहने के बाद वह फिर लौटकर बिस्तर पर लेट गया। लेटते ही वह फिर अतीत में लौट गया।

वह अपनी कोठी के लॉन में लेटा हुआ था। कोठी के एक कमरे में ही बत्ती जल रही थी। वह रसोईघर के निकट का कमरा था। शेष पूरी कोठी अन्धेरे में डूबी हुई थी। प्रशान्त को अन्धेरा ही अच्छा लगता। न जाने क्यों उसे उजालों से चिढ़ हो गई थी और यह परिवर्तन

विकास को खो देने के बाद हुआ था। नौकरों को उसने आदेश दे रखा था कि बहुत आवश्यकता पड़ने पर ही कोठी के कमरों की बत्तियां जलाई जाएं। उजाला मेरी आंखें सहन नहीं कर पातीं।

रात का अन्धेरा चारों ओर फैल चुका था। जिस लॉन में वह बैठा था, वह लॉन भी अन्धेरे में डूब चुका था। वृक्ष तेज हवा के टकराने से झूम रहे थे। वह वृक्षों की बनती-बिगड़ती आकृतियों को देख रहा था। तभी उसे दरबान अपनी ओर आता दिखाई दिया।

"कोई आपसे मिलना चाहता है साहब!" दरबान ने बहुत धीमे स्वर में कहा था, क्योंकि वह जानता था कि उसने मालिक को उस समय ऊंचे स्वर में किसी का बोलना भी सहन नहीं होता। प्रशान्त बहुत गंभीर और खामोश रहने लगा था, यह बात सभी नौकर जानते थे और यह भी जानते थे कि ऐसा विकास की मौत के बाद ही हुआ था।

"कौन है?" प्रशांत ने कड़े स्वर में पूछा था।

"कोई अजनबी है मालिक, पहाड़ी लिबास पहने, बैसाखियों का सहारा लिए खड़ा है। पूछने पर भी नाम नहीं बताया। कह रहा है, आप उसे बहुत अच्छी तरह जानते हैं।"

दरबान के चेहरे की ओर देखते प्रशान्त कुछ क्षणों तक सोचता रहा था। वह किसी पहाड़ी को नहीं जानता था। पहाड़ों पर वह अक्सर ही जाया करता था, परन्तु कभी किसी आदमी से उसकी ऐसी घनिष्ठता नहीं हुई थी, जिसके यहां तक आने की सम्भावना हो। बहुत देर तक सोचने के बाद भी उसे कोई ऐसा व्यक्ति याद नहीं आया, जो उसे कभी बैसाखियों के सहारे खड़ा मिला हो।

"उससे कह दो, मैं इस समय किसी से नहीं मिल सकता।" प्रशान्त ने रूखे स्वर में कहा था।

"वह बहुत जिद कर रहा है साहब! कहता है बहुत दूर से आया हूं। उसने यह भी कहा है कि यदि तुम्हारे साहब नहीं मिले, तो मैं गेट के निकट ही रात भर बैठा रहूंगा। कभी तो वह कोठी से बाहर आएंगे ही।"

प्रशान्त को दरबान की बात सुनकर हैरानी हुई थी। हैरानी उस अजनबी की जिद पर हुई थी। कुछ देर सोचने के बाद वह उठ गया था। फाटक के बाहर कदम रखते ही अन्धेरे में डूबे हुए उस अपाहिज पर नजर पड़ी थी, जो उसे अजनबी ही लगा था।

"कौन हो तुम?" प्रशान्त ने पूछा था।

"विकास। क्या मुझे भूल गए मेरे मित्र?"

स्वर पहचाना हुआ था, परन्तु चेहरा पहचाना हुआ नहीं लगा था। उस अन्धेरे में भी उसके चेहरे की कुरूपता उसे दिखाई दी थी, बैसाखियां धरती पर टिकी हुई थीं। काला कोट घुटनों के नीचे तक। सिर पर पहाड़ी टोपी। कोट के तले सलेटी रंग का ढीला-सा पायजामा पहने थे।

"विकास!" प्रशान्त बड़बड़ाया था–"तुम विकास हो!" प्रशान्त का स्वर कांपा था। विकास का स्वर पहचान लेने के बाद भी विकास के जीवित होने पर विश्वास नहीं कर सका।

"लगता है, तुम मुझे भूल गए।" विकास ने हंसते हुए कहा था।

"तुम्हें? और मैं भूल सकूं? यह तो सम्भव नहीं है। परन्तु तुम इतने दिन तक कहां थे?" प्रशान्त विकास की ओर बढ़ते हुए बोला था।

"क्या सभी बातें यहीं खड़े-खड़े बतानी होंगी? मुझे कोठी के अन्दर आने का अधिकार नहीं?" विकास हंसा था।

"यह कोठी? तुम्हारे संकेत पर इसे आग लगा सकता हूं। तुम नहीं जानते, मुझे तुम्हें देखकर कितनी खुशी हो रही

है! तुम लौट आए हो, तो मेरे घर में खुशियां लौट आई हैं। तुम्हारे डैडी कितने खुश होंगे और कीर्ति! वह तो खुशी से पागल हो जाएगी, बहुत समय के बाद मैं उसके चेहरे पर मुस्कराहट देख सकूंगा। आओ मेरे मित्र! केवल इतना बता दो कि तुम अपने डैडी से मिल चुके हो या पहले मेरे पास आए हो?" कहते हुए प्रशान्त ने अपने दोनों हाथ विकास की बैसाखियों के सहारे टिके कंधों पर रख दिए।

"इस शहर में आने के बाद सीधा तुम्हारे ही पास आया हूं। यही सोचकर एक छोटे-से पहाड़ी गांव से चला भी था। कीर्ति कैसी है? अब तो वह मां बन गई होगी?"

"हां, विकास! तुम्हारा बच्चा राई-रत्ती तुम पर ही गया है। जब पहली बार मैं उसे देखने गया था, तो भाभी ने कहा था कि राजू को देखकर लगता है कि विकास का शरीर सिमटकर राजू के शरीर में समा गया है। यह सच भी है विकास, उसे देखकर कोई भी यही बात कह सकता है।"

"शायद आज मुझे देखकर कीर्ति यह बात न कह सके। इस समय अन्धेरा है न। तुमने मेरा चेहरा नहीं देखा। मेरा चेहरा झुलसा हुआ है। मेरी एक टांग कटी हुई है। तुम्हारी कोठी में इतना अंधेरा क्यों है?"

"मुझे उजालों से घृणा हो गई है। जीवन क्यों हर पग पर मनुष्य को छलता है? क्या तुम्हें खोकर मैं उजालों को सहन कर सकता था? तुम नहीं जानते विकास, तुम्हें खो देने के बाद मुझ पर क्या बीती है।" कहते ही प्रशान्त को अपने निकट ही कदमों की आहट सुनाई दी। मुड़कर देखा, दरबान फाटक के निकट पहुंच चुका था।

"कोठी की सभी बत्तियां जला दो भीमसिंह!" प्रशान्त ने चीखते स्वर में आदेश दिया था।

"बत्तियां तो आपने दीवाली के दिन भी नहीं जलने दी थीं।" दरबान ने सहमे स्वर में उत्तर दिया था।

"आज जला दो।" प्रशान्त ने हंसते हुए स्वर में कहा था।

"नहीं प्रशान्त, आज भी जलाने की आवश्यकता नहीं। जिस गांव से आया हूं वहां बिजली नहीं है। दिन ढलने के बाद केवल दीया ही जलता था और उस दीये की लौ की ओर देखते हुए मैं कुछ ही दूर पर पत्थरों से टकराती नदी का शोर सुना करता था। बत्तियों की तेज रोशनी अब मैं सहन नहीं कर सकूंगा प्रशान्त।"

"बत्तियां बुझी रहने दो।" प्रशान्त ने भारी आवाज में आदेश दिया था। उसके बाद वह विकास को संभाले अपनी कोठी के बरामदे की ओर चल दिया था। बजरी-बिछे रास्ते पर विकास की पड़ती हुई बैसाखियों का स्वर बहुत धीमा था, परन्तु उन बैसाखियों से होती हुई आहट प्रशान्त के सीने पर किसी भारी हथौड़े के समान ही पड़ रही थी। बरामदा पार करने के बाद दोनों ड्राइंगरूम में पहुंचे थे। फिर प्रशान्त ने बत्ती जला दी थी। विकास पर रोशनी पड़ते ही प्रशान्त का पूरा शरीर कांप उठा था। विकास का चेहरा विकृत था। निचला होंठ कटकर ठोड़ी के कुछ ही ऊपर लटक गया था। चेहरे के एक ओर बहुत अधिक कालिख थी, दूसरी ओर अनेक झुर्रियां थीं। सिर के बाल बहुत सीमा तक उड़ चुके थे।

विकास बैसाखियों को समेटकर सोफे पर बैठते हुए बोला था—"मेरा आजकल रूप यही है। राजू का यह रूप तो नहीं हो सकता!" प्रशान्त उसके दोनों हाथों की ओर देख रहा था। दोनों पर सफेदी थी और कहीं-कहीं हल्की-भूरी झलक।

"जो मन की गहराई से प्यार करते हैं, वे रूप को नहीं देखते। उन्हें केवल याद रहता है अपना प्यार। कीर्ति और तुम्हारे डैडी तुम्हें देखकर कितना प्रसन्न होंगे, इसकी कल्पना तुम नहीं कर सकते।" प्रशान्त ने कांपते स्वर में कहा था, परन्तु विकास की ओर देखते हुए अनुभव भी किया था कि विकास का चेहरा इतना बिगड़ चुका है कि उसे देखकर उससे प्यार करना किसी के लिए भी कठिन होगा। परन्तु वह यह भी जानता था कि विकास की यादों में तड़पती हुई कीर्ति विकास के किसी भी व्यक्तित्व को प्रसन्नता से सहन कर सकती है। जो औरत विकास की तस्वीर को सहलाते हुए जीने की बात सोच सकती है, क्या वह विकास के विकृत शरीर को सहलाते हुए नहीं जी सकती?

"मैं एक लाश हूं—जीती-जागती लाश! मैं आज जीवित हूं, यह भी बहुत बड़े आश्चर्य की बात है। अपने सेबों के बाग की ओर जा रहा था। अचानक छत पर कोई बहुत भारी चीज गिरी। उसके साथ ही मेरी कार बहुत गहरी खाई की ओर लुढ़कती चली गई। नीचे नदी में गिरते ही कार का दरवाजा कैसे खुल गया, मैं नहीं जानता। कार जल रही थी और नदी का पानी उसकी जलन को बुझाने की चेष्टा कर रहा था। मैं पानी और आग के संघर्ष में ही झुलस गया। कूदकर कार से बाहर निकला तो नदी के तेज मौजों ने मुझे समेट लिया। कुछ देर लहरों के साथ बहते हुए मैंने अपने इर्द-गिर्द पहाड़ियों को और पहाड़ियों के ऊपर आकाश के शामियाने को देखा था।

उसके बाद मुझे लगा, मैं बहुत नीचे गिरता चला जा रहा हूं। गिरने के कुछ ही क्षणों के बाद मुझे कोई होश नहीं रहा। जब मैं होश में आया तो अजनबी चेहरा देखा। सफेद दाढ़ी, झुर्रियों भरा चेहरा, ऊनी टोपी सिर पर पहने हुए। वही मुझे अपने घर पर उठाकर ले गया था—औरों की सहायता के साथ। मेरे शरीर पर कितने घाव थे, मैं अनुभव नहीं कर सकता था। मैंने केवल यही अनुभव किया था कि कुछ शक्तिशाली हाथ मेरे शरीर को उठाकर ले जा रहे हैं। उसके बाद मैं बेहोश हो गया था।

बाद में ही जान सका कि मैं कई महीनों तक जीवन और मृत्यु के बीच झुलसता रहा था। जब ठीक हुआ तो अनुभव किया कि मैं एक टांग खो चुका हूं और मेरा शरीर बहुत बेकार हो चुका है। मैं औरत के योग्य नहीं रहा। मैं अपाहिज तो हूं ही प्रशान्त, परन्तु अपनी पत्नी को शारीरिक सुख भी नहीं दे सकता। कुदरत ने मुझे जीवन तो दिया है, परन्तु घिसटता हुआ बेकार जीवन, जो किसी पर बोझ ही बन सकता है, किसी का बोझ सम्भाल नहीं सकता। इसी कारण मैं तुम्हारे पास आया हूं प्रशान्त! मैं कीर्ति का जीवन नष्ट नहीं करना चाहता। अपने बेकार जीवन को उसे एक भारी बोझ के समान ढोने पर विवश करूं, मैं यह बात नहीं चाहता। मुझे तुम्हारी सहायता चाहिए।"

"मेरी सहायता?" प्रशान्त ने हैरानी से कहा था—"मुझे तुम्हारी आज्ञा चाहिए। मैं तुम्हारे लिए कुछ भी कर सकता हूं।"

"सोचकर उत्तर दो प्रशान्त! भावुकता में बहकर वह नहीं कहना चाहिए, जिसे कर पाना कठिन हो।"

"तुम्हारे लिए कुछ भी करने के लिए मुझे सोचने की आवश्यकता नहीं है। तुम्हारे एक संकेत पर मैं अपना जीवन दे सकता हूं।"

"तुम कीर्ति से शादी करोगे?" विकास का स्वर कांप रहा था। प्रशांत ने किसी पागल के समान आंखें फाड़े विकास के विकृत चेहरे की ओर देखा था।

"तुम पागल हो गए हो! मैं यह बात सोच भी नहीं सकता। कीर्ति तुम्हारी पत्नी है।"

"हां प्रशान्त, जो कभी उसके लिए वरदान था, आज वही उसके लिए अभिशाप बन चुका है। तुम मेरा प्यार देख ही चुके हो, लेकिन कपड़ों से ढके हुए मेरे अंगों को नहीं देख सके। मेरा शरीर बेकार हो चुका है। मेरी आंखें किसी को चाह तो सकती हैं, परन्तु मेरा शरीर उस चाहत का साथ नहीं दे सकता। कीर्ति जवान है। बहुत सुन्दर भी। उसे कोई भी मर्द चाह सकता है। चाहने पर उसे शारीरिक सुख भी दे सकता है। वह क्षमता भगवान ने मुझसे छीन ली है।

"मैं कीर्ति को सुख देना चाहता हूं। उसने मुझे जितना सुख दिया है, शायद ही कोई नारी किसी आदमी को दे सके। बहुत पुरानी बात है। पति के मरने के बाद नारी उसके साथ ही सती

हो जाया करती थी। मैंने सदा ही उसे अन्याय समझा और आज के युग में यह सोचना भी महापाप है। परन्तु कीर्ति आज जो जीवन जी रही है क्या वह सती हो जाने से कम है?

तुमने तो उसे देखा है। मैंने देखा तो नहीं, केवल कल्पना कर सकता हूं। वह किसी जीवित लाश के समान ही जी रही होगी।

"जीवित रहना कभी-कभी बहुत कठिन हो जाता है। जीवन कुछ क्षणों में लाश में बदल जा सकता है, परन्तु जीवित लाश के लिए कुछ क्षण भी वर्षों में बदल जाते हैं। समय काटने से नहीं कटता। बे-मकसद जीने से बड़ी कोई सजा नहीं। मैं भी वही सजा भुगत रहा हूं। परन्तु वही सजा मैं कीर्ति को नहीं देना चाहता।" विकास का स्वर बहुत गम्भीर था।

"कुछ भी हो विकास, परन्तु मैं यह बात सोच भी नहीं सकता, कीर्ति मेरी भाभी है। मुझे भाई साहब कहती रही है। जो तुम कह रहे हो, मैं वह बात सोच भी नहीं सकता।"

"एक भिखारी कीर्ति की खुशियों के लिए तुमसे भीख मांगने आया है। क्या उसकी झोली में उसकी इच्छा के अनुसार भीख डालने का साहस तुममें नहीं है?" विकास ने कराहते हुए पूछा था।

"मैं तुम्हारे लिए कुछ भी कर सकता हूं विकास, परन्तु असम्भव को संभव बनाना मेरे लिए कठिन ही है। कीर्ति भाभी के साथ शादी की बात मैं तो सोच भी नहीं सकता और फिर यह जानते हुए कि तुम जीवित हो।"

"मैं जीवित हूं, इस बात को भूल जाओ। मेरा जीवित होना कीर्ति के जीवन की मौत है। मैं जानता हूं प्रशांत, वह मुझे कितना चाहती है। वह मेरी परछाई के सहारे भी जीवन काट देगी। यही मैं नहीं चाहता। एक सुन्दर और युवा औरत एक लाश से सिमटकर जीवन भर रोती रहे, यह कीर्ति के प्रति अन्याय होगा। वह पूरा जीवन एक सुलगती हुई गीली लकड़ी के समान बिता देगी। मैंने उसके जीवन में हर खुशी देने का वादा किया था। क्या तुम चाहते हो कि मेरी बात झूठ सिद्ध हो?

"मैं आदमी नहीं। सड़क पर रेंगता हुआ कीड़ा हूं। परन्तु औरत की बांहें मेरे विकृत शरीर को सहला सकती हैं, परन्तु बदले में वह क्या कुछ पाएंगी, कुछ भी तो नहीं। राख के ढेर तले यदि अंगारे हों, तो राख को हटाकर उन अंगारों से आग बनाई जा सकती है। जहां केवल राख ही हो, वहां क्या आग जलाने की आशा की जा सकती है? मैं एक राख का ढेर हूं प्रशान्त! और राख का ढेर ही रहना चाहता हूं। तुम राख नहीं हो। तुम सुन्दर हो, युवा भी हो। तुमने अभी तक शादी भी नहीं की। तुममें वह आग है, जिसे इस समय कीर्ति ढूंढ़ रही है।"

"यूं कहकर कीर्ति भाभी को गाली मत दो। उसे किसी आग की तलाश नहीं है। तुम्हारी मृत्यु की सूचना के बाद वह केवल तुम्हारी यादों में ही खोई रहती है।"

"यही मैं नहीं चाहता। मेरे लिए वह अपना जीवन नरक की दहकती हुई भट्टी में झोंक दे, मैं ऐसा नहीं होने दूंगा। इसलिए तुम्हारे पास एक भिखारी के रूप में आया हूं। मेरी कीर्ति को

खुशियां दे दो प्रशान्त! उसकी झोली में अपने प्यार के खिले हुए फूल डाल दो। क्या अपने मित्र की यह बात नहीं मानोगे?"

"यह असम्भव है विकास! ऐसा नहीं हो सकता। तुम एक बार कीर्ति के पास जाकर देखो। वह तुम्हारे इसी मुख की पूजा कर रही है।" प्रशान्त ने कांपते हुए स्वर में कहा।

"यही मैं नहीं चाहता। मैं जानता हूं, तुम सच कह रहे हो। परन्तु जिसे मैंने आत्मा की गहराई से चाहा है, क्या उसे अब अपनी निर्जीव बैसाखियों को थामे जीने पर विवश करूं? क्या मुझसे ऐसा हो पाएगा? यह तो पाप होगा प्रशान्त! मैं कीर्ति के चेहरे के ऊपर जीवन की रंगत देखना चाहता हूं, मौत का पीलापन नहीं।"

प्रशान्त बहुत देर तक सोचता रहा था। एक ओर विकास के विकृत चेहरे पर याचना थी और दूसरी ओर अपने धर्म का एहसास और उसके साथ ही कीर्ति का बुझा हुआ उदास चेहरा। राय साहब की गम में डूबी लम्बी सांसें।

"एक बार अपनी कोठी में जाकर देखो, कीर्ति की खोई हुई रंगत लौट आएगी और तुम्हारे डैडी के चेहरे पर भूली हुई खुशी।" प्रशान्त ने उसे समझाते हुए कहा।

"मैं डैडी के बारे में बात नहीं कर रहा। वह तो मेरे किसी भी बिगड़े हुए रूप को सहन कर लेंगे, परन्तु कीर्ति के बारे में सोचो। क्या वह मुझ जैसे अपाहिज और बेकार व्यक्ति के साथ जीवन बिता सकेगी? भावुकता क्षणिक होती है। वास्तविकता जीवन का यथार्थ है। यथार्थ यह है प्रशान्त, कि मैं औरत के योग्य नहीं रहा। अपने जीवन का भार मैं कीर्ति के कंधों पर डालना नहीं चाहता। इसलिए मैं तुम्हारे पास आया हूं। मेरे सुख के लिए क्या तुम यह नहीं कर सकते कि कीर्ति का हाथ थाम लो? उसकी अपाहिज जिन्दगी को सहारा दो? कीर्ति के चेहरे पर मुस्कान देखकर मुझे कितनी खुशी होगी, इसका अनुमान तुम नहीं लगा सकते।"

"यह सम्भव नहीं है। तुम सोचो विकास, मैंने कीर्ति को बहन के समान माना है। मैं ऐसा सोच भी नहीं सकता।" प्रशान्त ने कराहते हुए कहा था।

"मेरी खुशी के लिए तुम्हें अपने विचार बदलने होंगे। जिसे मैंने अपने मन की गहराई से प्यार किया है, उसे मैं अपने जीवन में व्यर्थ ही भटकन की बांहों में घिरे हुए नहीं देखना चाहता। मेरे सुख के लिए क्या तुम अपनी सोचों को नहीं बदल सकते?"

"जो तुम चाहते हो, वह कैसे हो सकता है?"

"कीर्ति को अपनाकर। मैं यही भीख मांगने आया हूं तुमसे। जानता हूं, कीर्ति मुझे देखते ही अपना जीवन नष्ट कर देगी। यही मैं नहीं चाहता। भगवान साक्षी हैं, मैंने कीर्ति को इस संसार का पूरा सुख देना चाहा था, कोई दुःख नहीं, परन्तु परिस्थितियों के अनुसार सब बदल गया। आज स्वयं को मिटाकर उसे सुख देना चाहता हूं। मेरा होना उसकी मौत है और न होना उसका जीवन, क्या तुम उसे जीवित रहने देना चाहते हो?"

"तुम नहीं जानते, तुम क्या कह रहे हो विकास!" प्रशान्त ने कराहते स्वर में कहा था।

''मेरा चेहरा और शरीर बिगड़ा है, दिमाग नहीं बिगड़ा। मैं जानता हूं, मैं ठीक कह रहा हूं। जब होश में आने के बाद एक भोले-भाले पहाड़ी के झोंपड़े में आंखें खोली थीं, उस पहाड़ी ने मेरी स्थिति के बारे में बताते हुए कहा था कि सड़क से कुछ ही दिन पहले एक कार नदी में गिरी थी। उस कार को एक ही आदमी चला रहा था। उसी आदमी के परिवार के लोग निकट ही डाक बंगले में ठहरे हुए थे। वह आदमी उसी परिवार के लोगों को सूचना देने जाना चाहता था। मैंने ही उसे रोक लिया था। शीशे में अपने बिगड़े रूप और अपने शरीर की अपंगता को देखते हुए एक और बात का एहसास हुआ था कि मैं किसी भी औरत के योग्य नहीं रहा। तभी सोचा था कि मैं अपंग और अपाहिज ही नहीं, दूसरों के जीवन के लिए एक अभिशाप भी हूं। मुझको बचाने वालों ने मुझसे मेरे बारे में जानना चाहा था। मैंने कहा था कि मैं कुछ नहीं जानता। सब कुछ भूल चुका हूं। ऐसा मैंने इसलिए किया था कि मैं अपनी स्थिति के बारे में जान चुका था।''

''लगता है, तुम्हारा दिमाग ही बिगड़ गया है। कीर्ति भाभी को क्या यह बात कही जा सकती है कि वह मुझसे शादी कर ले?''

''हां, कही जा सकती है, परन्तु वह तुम नहीं कहोगे और न ही मैं। मेरे डैडी कहेंगे। उन्होंने सदा ही कीर्ति को अपनी बेटी माना है। वह अपनी बेटी का जीवन बर्बाद करना नहीं चाहेंगे। मैं तुमसे मिलने के बाद उन्हीं से मिलने जा रहा हूं। मेरे यहां से जाने के बाद तुम्हें एक काम करना होगा

प्रशान्त! मेरे जाते ही तुम कीर्ति को फोन करना। उससे कहना कि तुम उसकी कोठी पर गए थे। उसके डैडी ने कीर्ति को कुछ देर के लिए अपने यहां बुलाया है—राजू को लेकर।''

''कारण क्या बताना होगा?''

''कुछ भी। जो तुम्हारी समझ में आए। मैं कुछ क्षणों के लिए या कुछ देर के लिए कीर्ति को अपनी कोठी से बाहर देखना चाहता हूं, ताकि उसकी अनुपस्थिति में मैं अपने पिता से बात कर सकूं।''

''कौन-सी बात?''

''तुम्हारे साथ कीर्ति के विवाह की। मैं कीर्ति को पूरा जीवन सुलगते हुए देखना नहीं देखना चाहता। मुझे विश्वास है प्रशान्त, कि तुम उसे वही सुख दे सकोगे, जो मैं उसे देना चाहता था।''

''ऐसा सम्भव नहीं होगा। तुम बहुत भूल के घेरे में जकड़े हुए हो। जो तुम कीर्ति को दे रहे थे, वह लाख कोशिश के बाद भी मैं नहीं दे पाऊंगा। बहुत चाहने पर भी। कीर्ति एक खिलौना नहीं, जो किसी के भी हाथ में थमाया जा सके। वह जीती-जागती देवी के समान एक मूरत है—तुम्हारे खो जाने के गम में डूबी हुई वह तुम्हें कभी नहीं भूल सकती। वह तुम्हारे इसी रूप

की पूजा कर सकती है और इसी रूप को पूजते हुए वह अपना पूरा जीवन बिता सकती है, परन्तु उसकी बांहें किसी और के गले का हार होने के लिए नहीं उठ सकतीं।"

"मैं जानता हूं, परन्तु मैं नहीं चाहता था कि ऐसा हो। मैं आज उसके लिए एक विकृत लाश के समान ही हूं। वह एक लाश के साथ सिमटकर पूरा जीवन व्यतीत कर दे, यह मैं नहीं चाहता। मैंने उससे प्यार किया है। निःस्वार्थ प्यार। मैं उसे लम्बे समय की जलती हुई आग में पल-पल, धीरे-धीरे जलते देखना नहीं चाहता। मैंने उससे वादा किया था उसकी झोली खुशियों से भर दूंगा। मेरे जीते हुए उसे दुःख की तपिश का एहसास भी नहीं होगा। मैं अपने स्वार्थ के लिए उसे वह तपिश नहीं सहने दूंगा। मैं उसे आत्मिक गहराई से प्यार करता हूं, परन्तु प्यार केवल आत्मा तक ही सीमित नहीं है। कीर्ति युवा है। उसे शारीरिक सुख भी चाहिए, जो अब मैं उसे नहीं दे सकता।"

"तुम्हारी भूल है विकास! भाभी इस सुख के बिना भी तुम्हारे प्यार की बांह थामे जी सकती है।"

"मैं जानता हूं, परन्तु मैं यह नहीं चाहता। यह मेरा स्वार्थ होगा और उसका बलिदान। मैं उसको तिल-तिल जलते देखना नहीं चाहता। अपाहिज और नकारा होने के बाद स्वयं जलना चाहता हूं।"

"लगता है, तुम ठीक नहीं सोच पा रहे। प्रश्न केवल कीर्ति भाभी का नहीं है, तुम्हारे डैडी का भी है और तुम्हारे बेटे का भी। ठीक ढंग से सोचने का प्रयत्न करो। तुम्हारी इच्छा मुझे कीर्ति भाभी का पति बना सकती है, परन्तु राजू का डैडी तो नहीं और न ही राय साहब का बेटा।"

"जो तुम्हारे लिए असम्भव है, उसे ही मुझे सम्भव करना है। यहां से जाने के बाद मैं अपने डैडी से मिलने जा रहा हूं, मैं जानता हूं कि वे मेरी कोई भी बात नहीं टालेंगे। मैं अपने अपाहिज और नकारा जीवन का बोझ कीर्ति पर नहीं डालना चाहता। मैं यही निर्णय करके तुम्हारे पास आया हूं। क्या तुम मेरी यह बात नहीं मानोगे? मैं तुमसे भीख मांगता हूं प्रशान्त! अपनी दोस्ती और अपने प्यार के बदले में आज तुमसे मैं कीर्ति के जीवन की खुशियां मांग रहा हूं। क्या मेरी झोली में तुम निराशा ही डालोगे?" विकास ने गिड़गिड़ाते हुए कहा था।

"ऐसा न कहो विकास! मैं तुम्हारे लिए कुछ भी कर सकता हूं, परन्तु यह करना सम्भव नहीं। कीर्ति भाभी तुम्हारी तस्वीर को थामे पूरा जीवन बिता सकती है, परन्तु वह किसी और के साथ जीवन बिताना पसंद नहीं करेगी।"

"मैं यही नहीं चाहता। हाड़-मांस के शरीर को शारीरिक सुख चाहिए। आत्मा उसी के साथ जुड़ी रहती है। इच्छाएं कोरे पन्नों पर उन अक्षरों के समान हैं, जिन पर शब्दों का रंग इच्छाओं के जागने के बाद ही उभरता है। कल की कीर्ति के मन में क्या इच्छाएं जाग उठेंगी, क्या इसके बारे में कुछ विश्वास के साथ कहा जा सकता है? मैं कीर्ति को भटककर गलत राहों

की ओर बढ़ते हुए देखना नहीं चाहता। अपनी मित्रता को स्वार्थ का रूप देने के लिए तुम्हारे पास आया हूं। मेरी कीर्ति को अपना लो।"

"विकास!" प्रशान्त चीखकर बोला था।

"क्या तुम मेरे लिए यह नहीं कर सकते?" कहने के बाद विकास अपनी बैसाखियों को सम्भालते हुए मुड़ा था। मुड़ते हुए बोला था–"मेरे जाने के बाद तुम्हें कीर्ति को फोन करना है। उससे कहना है कि तुम उसके माता-पिता से मिलने गए थे। उन्होंने तुम्हें बुलाया है। यह भी कह सकते हो कि कीर्ति की मां या उसके पिताजी की तबियत अचानक बिगड़ गई है। मेरे अपनी कोठी में पहुंचने से पहले कीर्ति को वहां नहीं होना चाहिए। तभी मैं अपने डैडी से बात कर सकता हूं। कर सकोगे न? तुम्हें यह काम करना ही पड़ेगा। मेरे लिए। अपने मित्र की खुशी के लिए।"

"यह अनहोनी बात है विकास।" कहते हुए प्रशान्त की आंखों में आंसू भरते चले गए थे।

"जिसे होनी में बदला जा सके, वह बात अनहोनी नहीं होती।" विकास ने बैसाखियों के सहारे गेट की ओर जाते हुए कहा था।

और अन्धेरे की गोद में लिपटे विकास के शरीर को बैसाखियों के सहारे गेट की ओर धीरे-धीरे बढ़ते हुए प्रशान्त देखता एक ही बात सोचता रहा था कि उसे विकास की बात मान लेनी चाहिए या नहीं।

6

प्रशान्त सिगरेट के टुकड़े को ऐश-ट्रे में बुझा ही रहा था कि कीर्ति कमरे में आई।

"देख रही हूं, तुम बहुत अधिक सिगरेट पीने लगे हो। कारण जान सकती हूं?" कीर्ति बिस्तर पर लेटते हुए बोली।

"शायद कुछ बातों का कोई कारण नहीं होता कीर्ति।" प्रशान्त मुस्कराते हुए बोला। सोचा कि यदि कीर्ति को पता चल जाए कि विकास जीवित है, तो न जाने उस बात की कीर्ति पर क्या प्रतिक्रिया हो। राजू के लिए हर जन्मदिन पर कीमती उपहार भेजने वाला अजनबी विकास के सिवा कोई और नहीं था। विकास कितनी पीड़ा सहन कर रहा होगा। कितना अभागा है! अपना बेटा होते हुए भी उसे अपना बेटा नहीं कह सकता। राजू को सदा यही बताया गया था कि प्रशान्त ही उसका पिता है। विकास के आदेश पर ही ऐसा करना पड़ा था।

"मुझे यूं घूरकर क्यों देख रहे हो?" कीर्ति ने पूछा।

"आज तुम बहुत खूबसूरत लग रही हो?" प्रशान्त मुस्कराया।

"हटो। तुम्हें हर समय ऐसी ही बातें सूझती रहती हैं।" कीर्ति के गाल पर लाज उभर आई।

39

कीर्ति के चेहरे की ओर देखते हुए ही प्रशान्त ने बेड स्विच बुझाकर कमरे में अन्धेरा कर लिया, फिर कीर्ति को अपने निकट खींच लिया।

* *

अगले दिन भी बर्फ पड़ती रही थी और कीर्ति लौटने की तैयारी करती रही थी। दूसरे दिन आसमान खुला था और वे उस कोठी को नौकर को सौंपकर वहां से चल पड़े। कीर्ति ने लौटते ही विकास के डैडी को फोन किया। विकास के डैडी ने बताया कि अंजलि का पत्र आया है। वह अपने पति के साथ लौट रही है। लिखा है, उसका मन विदेश में रहते हुए उचाट हो गया है। वह अपने पति के साथ यहीं लौटकर बसना चाहती है।

डैडी की यह बात जानकर कीर्ति को बहुत प्रसन्नता हुई। वह अंजलि से बहुत प्यार करती थी। उसे विकास के डैडी पर दया भी आती थी। बहुत बार सोचा करती कि वह अब स्वयं को कितना अकेला महसूस करते होंगे। उनके पास ऐसा कोई भी तो नहीं, जिससे बातें कर सकें, जिससे अपने मन की बात कह सकें।

"कब आ रहे हैं डैडी?" कीर्ति ने पूछा।

"अगले महीने। राजू के जन्मदिन से पहले ही लौट आएगी। तुम कब आ रही हो मुझसे मिलने?" विकास के डैडी ने पूछा।

"जब भी आप कहें।"

"पहले अपने डैडी से मिल लो। परसों उधर से गुजर रहा था तो उनसे मिलने गया। वह तुम्हारे पीछे बहुत बीमार रहे हैं। इस समय तो ठीक हैं, लेकिन कमजोरी बहुत है। तुम्हारी मम्मी की भी दमे की शिकायत बढ़ गई है।"

"उन्होंने मुझे पत्र क्यों नहीं लिखा?" कीर्ति ने पूछा।

"तुम लोगों की छुट्टियां खराब होंगी, इसी कारण तुम्हें सूचना नहीं दी। वैसे चिन्ता की कोई बात नहीं।"

"आपकी तबीयत कैसी रहती है डैडी?"

"समय कट रहा है बेटी! अब तो मैं बाहर जा रहा हूं। परसों लौटकर तुमसे बात करूंगा। उसके बाद किसी दिन भी चली आना, प्रशान्त और राजू को लेकर। हां, राजू कैसा है बेटी?" विकास के डैडी ने पूछा।

"ठीक है। बहुत जिद करने लगा है। अपनी बात मनवाए बिना छोड़ता ही नहीं।"

"इस आयु में ऐसा ही होता है। हम तो भूल जाते हैं कि हम जब राजू की आयु के थे तो हम क्या किया करते थे!"

"आप कहां जा रहे हैं डैडी?" कीर्ति ने पूछा।

40

“काम से जा रहा हूं। व्यवसाय धीरे-धीरे कम कर हूं। बहुत सीमित-सा ही कर देने की इच्छा है। अकेले सम्भलता भी नहीं।”

“कुछ दिनों के बाद अंजलि जीजी आ रही हैं डैडी! उसके पति भी तो कुछ करना चाहेंगे। उन्हें भी अपने साथ काम पर लगा लें, कुछ तो आपके कंधों से बोझ हटेगा।”

“सोच तो मैं भी यही रहा हूं, परन्तु जिसे देखा ही नहीं, उसे देखे बिना उसके बारे में विचार करना कठिन है। न जाने कैसा आदमी है। पीढ़ियों से धीरे-धीरे मेहनत करने के बाद हम लोग आज की स्थिति तक पहुंचे हैं। लोग आदर से हमारा नाम लेते हैं। बस, इसी बात को बनाए रखने की इच्छा है।”

“आप चिन्ता न करें डैडी! अंजलि बहन ने ठीक प्रकार से विचारने के बाद ही शादी की होगी। लड़का ठीक ही होगा।”

“भगवान करे, तुम्हारी बात सत्य हो। मैं लौटकर तुमसे मिलूंगा। तुम तो ठीक हो न?”

“आपकी दया से ठीक ही हूं डैडी!”

“पहाड़ पर समय कैसा कटा?”

“समय तो कट ही जाता है।” कीर्ति ने गहरी सांस ली थी।

“प्रशान्त अच्छा लड़का है। मैं लौटते ही तुम लोगों से मिलूंगा, अभी कुछ जल्दी में हूं।”

“ठीक है डैडी।” कहने के बाद कीर्ति ने फोन रख दिया। फोन रखते हुए न जाने क्यों उसकी आंखें भरती चली गईं।

विकास के मृत्यु के बाद राय साहब ने उसे पिता का ही प्यार दिया था। बहुत ध्यान रखते थे उसका। बेटे को सदा के लिए खो देने का दुःख उठाकर किस प्रकार उन्होंने कीर्ति को सम्भाला था! उसे प्यार और अपनेपन के साथ हर समय दिलासा देते रहे थे। केवल राय साहब के कारण ही उसे प्रशान्त से शादी भी करनी पड़ी थी। वह कभी इस बारे में सोच भी नहीं सकती थी।

फोन रखने के बाद वह बहुत देर तक आंसू बहाती रही। जब सम्भली तो तैयार होने लगी। प्रशान्त और राजू के लौटते ही उसे अपने माता-पिता से मिलने जाना था। कुछ ही समय पहले प्रशांत राजू को अपने साथ ले गया था—उसके लिए कपड़े खरीदने को। उसका जन्मदिन निकट ही था।

7

सर्दी पूरे यौवन पर थी। प्रशान्त की कोठी के सामने लॉन में बहुत-से फूल खिले हुए थे। इसी लॉन में प्रशान्त अपने मैनेजर के साथ खड़ा शाम की पार्टी की व्यवस्था कर रहा था। वह काम पर नहीं गया था। यह कोई नई बात नहीं थी। राजू के जन्मदिन की पार्टी में वह सदा ऐसा ही किया करते था।

फाटक के सामने ही कार के ब्रेक चीख उठे। उसने मुड़कर देखा, एक टैक्सी फाटक के सामने रुकी थी। टैक्सी की पिछली सीट का दरवाजा खुला था। एक आदमी फाटक से कोठी के बरामदे तक लगी फूलों की लड़ियों को देख रहा था। टैक्सी ड्राइवर ने कार की डिक्की खोली। एक बहुत बड़ा पैकेट उठाकर टैक्सी के निकट खड़े हुए उस आदमी की ओर बढ़ा दिया।

"उसी ने भेजा होगा। वह सदा ही अपना उपहार पार्टी से कुछ घंटे पहले ही भेजता रहा है।" कीर्ति कांपते हुए स्वर में बोली।

प्रशान्त का चेहरा गम्भीर था। वह उस आदमी की ओर ही देख रहा था, जो कोठी का फाटक खोलने के बाद अन्दर आ चुका था और कोठी की सजावट को देखते हुए धीरे-धीरे आगे बढ़ रहा था।

"इस बार मैं राजू का उपहार। उस आदमी का नाम जाने बिना नहीं लूंगी।" कीर्ति ने कठोर स्वर में कहा।

"ऐसा न कहो कीर्ति! किसी का दिल दुखाना ठीक नहीं। जो भी है, वह राजू से प्यार करता है।"

"परन्तु क्यों...? किसी अजनबी का राजू से यह लगाव क्यों? कौन है वह?" कीर्ति कांपते स्वर में बोली।

"कुछ भी कहना कठिन है कीर्ति! हो सकता है राजू की सूरत किसी ऐसे बच्चे से मिलती हो, जो उससे बिछुड़ गया हो, या उसके बेटे के समान हो, जिसे उसने सदा के लिए खो दिया हो! कारण कुछ भी हो सकता है कीर्ति।" प्रशान्त ने थके स्वर में कहा था। वह जानता था कि हर वर्ष राजू के लिए उपहार कौन दे जाता है। एक बदनसीब बाप, जो कीर्ति के जीवन से निकलकर अपने बेटे के जीवन से दूर हो गया था।

प्रशान्त की बात पूरी होते ही उस आदमी ने दोनों हाथों में उठा हुआ बहुत बड़े आकार का पैकेट प्रशान्त की ओर बढ़ा दिया। झुकते हुए बोला—"राजू के जन्मदिन की खुशी में मेरे मालिक ने भेजा है। भगवान राजू को बहुत लम्बी आयु दें।"

"तुम्हारे मालिक कौन हैं?" कीर्ति ने कड़े स्वर में पूछा।

"मुझे खेद है, मैं उस आदमी का नाम नहीं बता सकता।" उस अजनबी ने विनम्र स्वर में कहा।

"तो यह पैकेट ले जाइए। किसी को जाने बिना हम किसी अजनबी का राजू के लिए भेजा उपहार अब तक स्वीकार करते रहे हैं, इस बार उसका नाम जाने बिना नहीं लेंगे। उपहार लौटा दो प्रशान्त!"

प्रशान्त उपहार थाम चुका था। कीर्ति की बात सुनते ही चेहरे पर सोचों की रेखाएं उभर आईं। सोच नहीं पाया, क्या कहे–"एक बदनसीब पिता को इस उपहार का लौटाना पागल कर देगा। वह राजू के समान अपना बेटा खो चुके हैं। इस उपहार में राजू या आपके लिए कुछ नहीं। इसमें एक दुःखी बाप के मन की तड़प छुपी है। इसे लौटाकर क्या आप उनके मन का दुःख बढ़ाना चाहेंगी? राजू के लिए इस दिन कुछ भेजकर वह जीवन का एक साल आसानी से काट लेते हैं। क्या उन्हें दुःख से तड़पते हुए जीवन का एक वर्ष बिताने के बाद भी एक दिन की खुशी नसीब नहीं?" कहते हुए उस अजनबी की आंखें भरती चली गईं।

"आप जाइए...। हमने राजू की ओर से उपहार स्वीकार किया।" प्रशान्त ने भरे हुए गले से कहा।

कीर्ति किसी बुत के समान खड़ी रही।

प्रशान्त की बात सुनते ही वह अजनबी तेजी से मुड़ा और फाटक की ओर चल दिया। टैक्सी फाटक के सामने खड़ी थी। उस आदमी के टैक्सी में बैठते ही टैक्सी फाटक से आगे बढ़कर कीर्ति और प्रशान्त की नजरों से ओझल हो गई।

कीर्ति और प्रशान्त कुछ क्षणों तक खड़े सोचते रहे। फिर कीर्ति ने भारी स्वर में कहा–"चलो, खाना खा लें, मुझे तो किसी का यूं उपहार भेजना विचित्र ही लगता है।" कीर्ति ने कोठी की ओर चलते हुए कहा।

प्रशान्त ने कोई उत्तर नहीं दिया। भारी उपहार उठाए उसके साथ चलता रहा। ड्राइंग-रूम में पांव रखते ही देखा कि राजू बहुत-से डिब्बों का ढेर लगाए नौकर के साथ बैठा था।

"यह क्या है डैडी?" राजू ने प्रशान्त के हाथ में पकड़े हुए पैकेट को देखते हुए पूछा।

"तुम्हारे डैडी के अनुसार...तुम्हारे अजनबी अंकल की भेंट।"

"देखूं तो इस बार क्या भेजा है?" राजू ने उठते हुए कहा।

प्रशान्त ने पैकेट उसके हाथ में थमाना चाहा, फिर यह सोचते हुए कि पैकेट भारी है, निकट ही मेज पर टिका दिया। बहुत तेज हाथों से राजू ने पैकेट खोला। उस पैकेट के अन्दर चार और पैकेट थे–अलग-अलग आकार के। एक बहुत छोटा। राजू ने सबसे पहले वही उठाकर खोला। पैकेट खोलकर हैरानी से चीख-सा पड़ा–"देखो मम्मी, घड़ी भेजी है।"

कीर्ति ने थामकर देखी। फिर प्रशान्त की ओर देखा–"बहुत कीमती है।"

प्रशान्त ने हां में सिर हिला दिया। आंखों के सामने विकास का चेहरा उभर आया–उदास और विकृत चेहरा। इस समय विकास के मन पर क्या बीत रही होगी, वह सहज कल्पना कर सकता था।

राजू ने दूसरा पैकेट खोला, उसमें किताबें थीं। तीसरा खोला तो उसमें उसके लिए कपड़े थे। चैथे में जूते।

“कौन किसी गैर के लिए इतने कीमती उपहार दे सकता है?” कीर्ति बोली।

“हो सकता है, राजू उसके लिए गैर न हो कीर्ति!” प्रशान्त ने गहरी लम्बी सांस ली।

“जिसे कभी देखा तक नहीं, वह गैर ही तो है।”

“तुमने उसे नहीं देखा, उसने तो राजू को देखा ही होगा। राजू उसके लिए गैर नहीं। यदि हो भी तो उसके लिए नहीं।”

“मैं खाना लगवा रही हूं। तुम्हारी बातें मेरी समझ से परे हैं।” कहते हुए कीर्ति वहां से चल दी।

“चलो बेटे, खाना खा लें।” प्रशान्त ने प्यार से कहा।

“मैं अभी आता हूं डैडी, यह सामान अपने कमरे की अलमारी में रखकर।”

“घड़ी सम्भालकर रखना। बहुत कीमती है।”

“कितने की होगी डैडी?”

“कुछ चीजों का मूल्य रुपयों में आंकना कठिन होता है बेटे। कितने की है, यह तो भेजने वाला ही जानता होगा। खाने की मेज पर जल्दी आना।”

जब प्रशान्त खाने की मेज पर पहुंचा तो कीर्ति नौकर की सहायता से खाना लगवा रही थी।

जाड़े के दिन ढलते ही अंधेरा उजाले को निगलने लगता है। शाम पांच बजे से ही मेहमान आने लगे थे। कीर्ति और प्रशान्त उनके स्वागत में खड़े थे। कारें रुकतीं, मेहमान उतरते, ड्राइवर कारों को लेकर आगे बढ़ जाते। व्यवस्था बनाए रखने के लिए पुलिस की सहायता ली गई थी। कीर्ति की आंखें एक विशेष अतिथि के आगमन की प्रतीक्षा में बेचैन थीं—उसकी प्रिय सखी अंजलि, जिसे वह सालों बाद मिलेगी। विकास की बहन, जिसे उसने तन-मन से चाहा था। वह प्रशान्त की आज पत्नी थी। वह उसका मन से आदर भी करती थी, परन्तु प्यार केवल उसने विकास के साथ किया था।

कारें आईं और आगे बढ़ती चली गईं। उसके डैडी और मम्मी की कार भी रुकी और आगे बढ़ गई। उसने अपने माता-पिता का स्वागत किया। उनके गले मिली। उसके माता-पिता लॉन की ओर चल दिए। कीर्ति और प्रशान्त अतिथियों के लिए खड़े रहे। नौकर सभी की आवभगत में लगे हुए थे। प्रशान्त का मैनेजर उसके हर आदेश का पालन कर रहा था।

बहुत प्रतीक्षा के बाद राय साहब की कार फाटक के सामने आकर रुकी। ड्राइवर ने उतरकर राय साहब के लिए अगली सीट का दरवाजा झुकते हुए खोला। राय साहब मुस्कराते हुए कार से नीचे उतरे। काली शेरवानी और सफेद पायजामा पहने। हाथ में कीमती छड़ी। राय साहब के सिर के बाल बहुत तेजी से सफेद हुए थे।

राय साहब के कार से उतरते ही ड्राइवर लपककर पिछली सीट की ओर गया। जल्दी से दरवाजा खोला। एक भरे-भरे बदन की औरत मुंह से धुंआ उगलती हुई कार से बाहर

आई—गहरे नेल पालिश से रंगे नाखूनों के बीच लटका सिगरेट होल्डर नजाकत से थामे। ब्लाउज के स्थान पर किसी कीमती विदेशी कपड़े का सत्यानाश ही किया गया था।

कपड़े यदि शरीर ढांपने का काम करते हैं, तो अंजलि के पहने हुए कपड़े उस काम को गाली दे रहे थे। ढांपने के स्थान पर उलटा अंजलि के मांसल उरोज आधे से अधिक ब्लाउज से बाहर झांक रहे थे। कमर बहुत ऊंचाई तक नंगी। स्कर्ट केवल टांगों तक। भरी-भरी मांसल टांगें। पांव में इतने लम्बे जूते क्यों पहने हुए हैं, कीर्ति यह समझ न सकी और न ही वह इतनी कड़कती सर्दी में अंजलि के पहने हुए लिबास को समझ सकी थी। अंजलि को हैरानी से देख रही थी कि उसके पीछे एक लम्बे कद के आदमी को कार से उतरकर खड़े होते देखा। दुबला-पतला, बेल्ट कमर में कसी हुई। सूखी हुई छाती पर कसी कमीज के ऊपरी चार बटन खुले हुए। घने बाल उसमें से झांकते हुए। मूंछें झुकी हुईं। बढ़ी हुई दाढ़ी और मूंछों पर सुनहरे फ्रेम की ऐनक।

"हा...कीर्ति। यू लुक चार्मिंग! हाउ स्वीट! तुम तनिक भी तो नहीं बदलीं।" अंजलि ने आगे बढ़ते हुए कहा। दो पग बढ़ाते ही अंगुलियों के बीच फंसे सिगरेट होल्डर को लिपिस्टिक से रंगे होंठों के बीच दबाते हुए कश भी लगाया। अंजलि के मुंह से निकलते हुए सिगरेट के धुएं के साथ ही शराब की गंध भी शरीक थी।

"तुमने बहुत देर कर दी अंजलि! मैं तुम्हें देखने के लिये तड़प रही थी।" कीर्ति का स्वर कुछ बुझा-सा था। कहा उसने वही था, जो वह कहना चाहती थी, परन्तु अंजलि को देखते ही स्वर बदल गया था। मन में वह भावना ही नहीं रही थी, जो अंजलि को मिलने की बेचैनी में उसके मन में थी।

"मीट माई ह...स...बैण्ड!" अंजलि के स्वर की लड़खड़ाहट 'हसबैंड' शब्द को बहुत लम्बा कर गई थी—"बहुत बड़े चित्रकार हैं।" कहने के बाद अंजलि ने फिर कश खींचा था।

कीर्ति के हाथ उठे और जुड़ गए थे।

"शी इज एन ऐंजल। तुमने कहा था, मेरी सखी सुन्दर है। ओह...नो। शी इज परी। वन डे आई विल पेंट इटा। यह तो बहुत सुन्दर है!" कहने के बाद गोपाल ने अपना हाथ बढ़ाया था—कीर्ति की ओर।

उसका कांपता हुआ हाथ थामा था प्रशान्त ने।

"हू आर यू...?" गोपाल चीखते स्वर में बोला था।

"यह कीर्ति के पति हैं।" उत्तर राय साहब ने दिया था।

"मुझे आपसे मिलकर बहुत खुशी हुई।" प्रशान्त ने अपने हाथ में थामे हाथ को मिलाते हुए कहा—"डैडी, इनको लेकर चलें। हम लोगों को तो और मेहमानों के स्वागत के लिए अभी यहीं खड़े रहना होगा।" प्रशान्त ने हाथ छोड़ते हुए राय साहब की ओर मुड़ते हुए कहा।

"हमसे भी कोई लेट आ सकता है। मैं तो यहां आने के लिए चार बजे ही तैयार था बेटे, परन्तु...।" कहते राय साहब ने बात अधूरी छोड़ दी।

"कम ऑन बेबी।...लेट दि ओल्ड चैप इंजाय विद हर। शी इज़ स्माइलिंग टु लुक एट।" कहते हुए गोपाल अंजलि की नंगी कमर पर हाथ ठिकाए आगे बढ़ गया।

"तुम्हें शर्म आनी चाहिए गोपाल! वह मेरे डैडी की बेटी के समान है, तुम्हें यह नहीं कहना चाहिए था।" अंजलि का स्वर लड़खड़ाया था।

"डैम इट नाट...मेरे डैड...मेरी गर्ल-फ्रेंड को नहीं छोड़ते थे। उसे अपने बेडरूम में ले जाते थे और कहते थे—मेरा बेटा अभी अनाड़ी है। तुम्हें कुछ सीखना चाहिए। पति को अपनी मुट्ठी में रखना चाहिए।"

"यू हैव गाट नेस्टी माइण्ड।" अंजलि ने झल्लाते हुए कहा।

"तब भी तुमने मुझे पसन्द किया?" गोपाल ने ठहाका लगाया।

"मेरी भूल...। मैं तुम्हारी उस सुन्दरता में खो गई थी, जो तुम्हारे चित्रों में बिखरी रहती है। तुम्हारा असली रूप तो बहुत देर में जाना।" अंजलि का स्वर कड़वाहट में डूबा हुआ था। उसके बाद उनके स्वर बहुत धीमे हो गए थे। उनकी गुनगुनाहट का कोई भी अर्थ ले पाना कठिन ही नहीं, असम्भव होता चला गया था।

"तुमने सुना बेटी?" राय साहब ने भारी और उदास स्वर में पूछा।

"अंजलि बदल जाएगी, यूं मैं कभी कल्पना भी नहीं कर सकती थी।" कीर्ति ने उदासी भरे स्वर में कहा।

"जिस घर में शराब की एक बोतल पीढ़ियों से नहीं आई, उसी घर में आधी रात के बाद मैंने अपनी बेटी का स्वागत किया है, जब वह शराब में डूबी हुई थी अपने उस पति के साथ जिसकी प्रशंसा के पत्र वह सालों से मुझे लिखती रही है। गोपाल को आदमी कहना आदमी को गाली देना ही है। तुमने भी उनकी बातचीत मेरे ही समान सुनी होगी। जो आदमी एक बाप के साथ एक बेटी के रिश्ते को गाली दे सकता है, क्योंकि उसका अपना बाप उस रिश्ते को गाली देता रहा है, उस आदमी से कौन-सी आशाएं जोड़ी जा सकती हैं।

"इन लोगों की जिन्दगी खाने-पीने और मौज उड़ाने तक ही सीमित है। मानवता के मूल्य की बातें ऐसे आदमी कहां सोच सकते हैं। आज बहुत बड़ी खुशी का दिन है। मैं तुम दोनों का मन नहीं दुखाना चाहता, परन्तु ये बातें किये बिना भी नहीं रह सकता कि मुझे अंजलि के लौटने की कोई खुशी नहीं हुई। इस घर में इस अवसर पर सबसे पहले मैं ही पहुंचा करता था।"

"हम लोग भी यही सोच रहे थे डैडी!" कीर्ति ने भारी स्वर में कहा। वह राय साहब के दुःख से दुःखी थी।

"मेरा दुर्भाग्य बेटी! मेरी बेटी लौट आई है। मैं तैयार था और वह शराब पी रही थी अपने पति के साथ। मुझे शराब से घृणा है और ये लोग शराब पिए बिना एक कदम भी नहीं चल

सकते। उसे उसी की जिद पर भविष्य बनाने के लिए भेजा गया था। वह भविष्य उजाड़कर लौटी है। जाने से पहले मैंने उससे एक वायदा लिया था, तुम कितने ही वर्ष तक विदेश में पढ़ती रहो, तुम पर विश्वास करते हुए मैं तुम्हें खर्च भेजता रहूंगा, परन्तु शादी भारत लौटकर ही करना। पूरब और पश्चिम की सभ्यता में बहुत अन्तर है। यहां रिश्ते भावनाओं के साथ जुड़ते हैं, वहां शराब या सुन्दरता के साथ, वह भी वासनामिश्रित सुन्दरता। मन फिर भी सुन्दरता की खोज में खो जाता है। भावना स्थिर रहती है—वह शरीर को नहीं देखती, केवल भावनाओं को देखती है।"

"आइए डैडी! राजू का केक काटने का वक्त हो गया है।" प्रशान्त ने आकर झुकते हुए राय साहब से कहा—"मैं हर वर्ष आपकी ही राह देखता हूं। उसके बाद जिसे आना है, आए या न आए। मैं किसी की प्रतीक्षा में खड़ा नहीं रहता, न ही आपकी बेटी कीर्ति।"

"कीर्ति एक दिन बहू बनकर मेरे घर में आई थी, आज मेरी बेटी है। तुम दोनों को खुशी में डूबे देखकर मुझे कितनी शांति मिलती है, इसका अनुमान तुम नहीं लगा सकते।

आओ...मेरे बच्चे...विकास के बेटे का जन्मदिन मनाएं।" कहते हुए राय साहब ने कीर्ति के कंधे पर अपना कांपता हुआ हाथ टिका दिया, फिर भरे स्वर में बोले—"समय बहुत तेजी से बदलता है, है न बेटी?"

कीर्ति ने उनके साथ चलते हुए कोई उत्तर नहीं दिया। वह जानती थी कि राय साहब का संकेत किस ओर था। अंजलि को देखकर कीर्ति को दुःख ही मिला था। अंजलि यूं बदल जायेगी, वह कल्पना भी नहीं कर सकती थी।

मेहमान अपने-अपने स्थानों पर बैठ चुके थे। राय साहब का सभी ने आदर के साथ स्वागत किया। बहुत-से आदमियों की भूखी नजरें अंजलि के शरीर को टटोल रही थीं। राय साहब को यह सब देखकर कितना दुःख हो रहा होगा, इसका अनुमान कीर्ति सहज ही लगा सकती थी, परन्तु न तो अंजलि को ही इस बात की चिन्ता थी और न ही उसके पति को।

राजू के केक काटते ही कोठी तालियों की गड़गड़ाहट से गूंज उठी। 'हैप्पी बर्थ डे' गाते हुए मेहमान मुस्करा रहे थे। गाने के बाद खाना खाने की बारी आई। कुछ मेहमान बार कार्नर की ओर बढ़ गये, जहां बैरा सफेद वर्दी पहने उनके स्वागत के लिए खड़ा था। तरह-तरह की विदेशी शराब की बहुत-सी बोतलें उनके सामने पड़ी थीं। बार की ओर जाने वालों में गोपाल और अंजलि भी थे। कुछ ही देर में सभी के हाथों में जाम थे। पीने वालों में केवल अंजलि ही अकेली औरत थी, शेष सभी आदमी थे। कुछ ही क्षणों के बाद वह पीने वालों के बीच घिरी हुई थी—मर्दों के सामने ही ठहाके लगाते हुई।

आर्केस्ट्रा बजा तो शाम संगीत की लहरों पर तैरने लगी। बारी-बारी से लोगों ने मंच पर आकर गाया। समय जैसे बीत गया, रात गहरी होती गई। गोपाल और अंजलि जाम पर जाम

गले में उड़ेलते रहे। प्रशान्त ने खाने का प्रबन्ध नहीं किया इसलिए मेहमान धीरे-धीरे वहां से विदा लेकर चलने लगे। अंजलि तब भी बार के निकट मर्दों की भीड़ में खड़ी ही रही। गोपाल वहां से हटकर एक कुर्सी पर बैठा सिर झुकाए न जाने क्या सोच रहा था।

"अब चलूंगा बेटी!" राय साहब ने उठते हुए कहा। वह पूरा समय प्रशान्त और कीर्ति के बीच ही बैठे रहे थे।

"खाना खाकर जाइए डैडी!" प्रशान्त ने उठते हुए कहा।

"नहीं बेटे!" कहते हुए राय साहब ने बार के निकट खड़ी मर्दों की भीड़ की ओर देखा, जिसमें अंजलि भी खड़ी थी–"काश! ये न ही लौटते!" राय साहब ने गहरी सांस ली। फिर दुःखी मन से प्रशान्त से बोले–"मैं कार में जाकर बैठता हूं। दोनों को भेज दो।" कहते हुए वह छड़ी टेकते हुए वहां से चल दिए।

"मैं अंजलि को लेकर आती हूं। तुम गोपाल को लेकर कार की ओर चलो।" कीर्ति प्रशान्त की ओर देखते हुए बोली।

"लगता है, इस काम में नौकरों की भी सहायता लेनी पड़ेगी, जिस ढंग से गोपाल बैठे हैं, उससे अनुमान लगा सकता हूं कि वह बहुत अधिक पी गए हैं। इधर-उधर झूल रहे हैं बैठे हुए भी। हाथ ढीले पड़कर लटके हुए हैं।"

"सम्भालकर ले जाना।" कहते हुए कीर्ति अंजलि की ओर बढ़ गई। बार के निकट जाकर उसे धीरे से पुकारा। अंजलि कीर्ति की ओर बढ़ते हुए लड़खड़ा रही थी।

"हाय कीर्ति! प्रशान्त ने वण्डरफुल पार्टी दी है। उसका सर्कल अच्छा है। लगता है, काफी कमा लेते हैं। यू सीम डु बी बेरी हैप्पी विद हिम। क्यों डार्लिंग?"

"तुम्हें डैडी बुला रहे हैं।" कीर्ति ने शांत स्वर में कहा।

"डैडी कहां हैं?" अंजलि ने घूमकर इधर-उधर देखते हुए कहा–"दिखाई नहीं दे रहे।"

"वह कार में तुम्हारी और गोपाल की प्रतीक्षा कर रहे हैं।"

"गोपाल, हयर इज माई मैन...? ओ पुअर फेलो...लगता है, अधिक पी गया। प्रशान्त उसे सहारा देकर उठा रहा है, आओ, उसकी सहायता करें। कम ऑन!" अंजलि का स्वर लड़खड़ा रहा था।

"लगता है, सहारे की तो तुम्हें भी अभी आवश्यकता पड़ेगी?" कीर्ति मुस्कराते हुए बोली।

"ओह...नो आई एम आल राइट। आई फील लिटल बट ही इज मोर। देखो, प्रशान्त का सहारा लिए कैसे चल रहा है!"

कहते ही अंजलि खिलखिलाकर हंसी थी। कीर्ति भी गोपाल और प्रशान्त को देख रही थी। प्रशान्त बहुत कठिनाई से उसे सम्भाले हुए चल रहा था। गोपाल का शरीर चलते हुए बार-बार इधर-उधर झुक जाता था। फाटक तक पहुंचते हुए गोपाल कई बार गिरते-गिरते बचा था।

राय साहब की कार फाटक तक पहुंच चुकी थी। वह ड्राइवर के साथ ही अगली सीट पर बैठे हुए थे।

"आओ चलें।" कहते हुए अंजलि ने कीर्ति का हाथ थामा और तेजी से गेट की ओर चल दी। कीर्ति को हैरानी इस बात की थी कि गोपाल के अधिक पीने के बावजूद अंजलि पूरी तरह संभली हुई थी।

गोपाल की हालत देखकर ड्राइवर को कार से उतरना पड़ा। प्रशान्त और ड्राइवर ने उसके लड़खड़ाते शरीर को कार की पिछली सीट पर डाला। अंजलि उसके शरीर को थोड़ा खिसकाकर उसके साथ ही बैठ गई।

राय साहब ने प्रशान्त और कीर्ति से विदा ली। वह बहुत गम्भीर थे। चेहरे पर नाराजगी और दुःख के भाव भी थे। कार आगे बढ़ गई। तब भी वह खामोश ही रहे। पूरे रास्ते वह कुछ नहीं बोले। अपनी कोठी में बरामदे के सामने कार रुकी तो भी वह खामोश ही थे। कार से उतरते हुए केवल इतना ही कहा–"ड्राइवर की सहायता से इसे अपने बेडरूम में ले जाओ अंजलि! तुम लोग खाना खा लेना। मैं नहीं खाऊंगा।"

"क्यों डैडी?"

"मुझे इस समय भूख नहीं है।" कहते हुए वह तेजी से अपने कमरे की ओर बढ़ गए। शरीर गुस्से से जकड़ा हुआ था। गुस्सा तो उन्हें अंजलि के पहने हुए कपड़ों को देखकर ही आ गया था, परन्तु वह खामोश रहे थे। दामाद के सामने कुछ भी कहना ठीक नहीं समझा था। अंजलि और गोपाल का शराब पीना उन्हें सहन नहीं हुआ था। अपने कमरे में पहुंचने के बाद कपड़े बदले। फिर देर तक टहलते रहे। वह बहुत बेचैन थे।

<h1 style="text-align:center">8</h1>

शामसिंह ने फाटक खोल दिया था। बैसाखियों के सहारे चलता हुआ आदमी बरामदे की ओर बढ़ता गया था। फाटक से लेकर कोठी के बरामदे तक सीमेंट से बनी राह पर उसकी बैसाखियों की ठक-ठक का स्वर किसी हथौड़े के समान ही उनके थके हुए मिजाज पर बार-बार पड़ा था।

बरामदे के सामने फैले अन्धेरे में वह आदमी झुका था। राय साहब बरामदे की बत्ती नहीं जलाया करते थे। उजाले से उन्हें चिढ़-सी हो गई थी।

"तुम्हें क्या चाहिए?" उन्होंने भारी स्वर में पूछा था।

"शायद आप न दे सकें।" स्वर भारी था, भीगा हुआ भी था।

वह बुरी तरह चौंके थे। तेजी से बरामदे की बत्ती जलाने के लिए उठे थे–"बत्ती मत जलाओ डैडी, आपको मेरी सौगन्ध!"

स्वर कांप रहा था। वह सकते की हालत में खड़े रह गए थे।

“विकास...! तुम जीवित हो?” वह बड़बड़ाए थे, मेरे लाल...मेरे बेटे!” वह किसी पागल के समान ही लड़खड़ाते हुए विकास की ओर बढ़ रहे थे।

“अपने कमरे में जाइए डैडी! मैं भी आता हूं। मैं नहीं चाहता, मेरे यहां आने की बात कोई भी जाने।” विकास का स्वर शान्त था।

“परन्तु क्यों बेटे?”

“आप अन्दर चलिए। वहीं आपसे बात करूंगा। स्वर बदलकर और अपना चेहरा छिपाकर शामसिंह से बात करता रहा हूं। उसे सन्देह नहीं होना चाहिए।” विकास का स्वर तब भी शान्त और स्थिर था।

वह बेटे से लिपटकर रोना चाहते थे, परन्तु विकास ने उन्हें रोक दिया था। वह आंखें फाड़े बेटे की परछाईं को कुछ क्षण घूरते रहे थे, किसी ठगे हुए आदमी के समान ही, जिसकी सोचने-समझने की शक्ति अचानक ही चली गई हो।

“अन्दर जाइए डैडी!” स्वर याचना भरा था।

वह मुड़े थे। मुड़कर अपने कमरे की ओर चल दिए थे।

अपने पीछे बरामदे में बैसाखियों की ठक-ठक सुनते ही कमरे में पहुंचे थे। शरीर कांप रहा था। आंखें भरती चली गई थीं।

विकास कमरे में आकर उनके सामने रुका था। चेहरे से मफलर खींचकर हटाया था। बेटे का चेहरा आंखों के सामने देखते ही वह स्वयं को नहीं सम्भाल पाए थे। उनकी बांहें फैली थीं और विकास का कांपता शरीर उनकी बांहों में था। वह बहुत देर तक रोते रहे थे। विकास तो फफक-फफककर रो रहा था।

“तू कहां खो गया था बेटे?” वह बहुत देर के बाद उसके शरीर को अपने कांपते हाथों से सहलाते हुए बोले थे।

“महीनों एक छोटे-से अस्पताल में पड़ा रहा। दो महीने के बाद तो मैं होश में आया था।”

“उसके बाद हमें पत्र क्यों नहीं लिखा?”

“सोचता रहा, होश में आया तो मेरी एक टांग काट दी गई थी। मेरा जीवन बचाने के लिए यह आवश्यक था। यह मुझे बाद में डाक्टरों ने बताया। आप कैसे हैं डैडी? बहुत-सी बातें आपसे करनी हैं।” विकास ने उनसे अलग होकर अपने कोट की आस्तीन से अपना चेहरा साफ किया था।

राय साहब उसके विकृत चेहरे की ओर देखते रहे थे। नाक कुछ बैठ-सी गई थी, बाएं गाल पर लम्बा, गहरा और चौड़ा घाव का निशान था। चौड़े सुन्दर माथे पर बहुत-से लम्बे काले निशान उभरे थे। सोफे पर बैठने के बाद विकास ने बैसाखियों को सोफे की पीठ के सहारे

टिका दिया था। उसके एक भी पांव में जूता नहीं था। बेटे की हालत देखते हुए राय साहब का मन कराह उठा था।

"तुम्हारी मां!" राय साहब के होंठ कांपे थे, बात रुलाई के कारण पूरी नहीं कर पाए थे।

"मैं जानता हूं।" विकास ने सिर हिलाया था—"किन्नौर में मैनेजर ने मुझे बता दिया। मम्मी के मर जाने का मुझे दुःख है डैडी!" विकास का स्वर भीग गया था।

"वह सदमा नहीं सहन कर पाई। तुम्हारे जीवित होने का समाचार उसे मिल जाता तो शायद...।"

"जो हो गया, उसके बारे में सोचने से क्या फायदा?" विकास उनकी बात काटते हुए बोला था—"मेरे पास समय बहुत कम है डैडी! अधिक देर तक आपके पास रहने से शामसिंह को मुझ पर सन्देह हो सकता है और वह इस कमरे में आ सकता है। यह मैं नहीं चाहता।"

"कोठी तुम्हारी है। उसके बाप की नहीं।" वह गुस्से में बोले थे। उन्हें याद आया था, शामसिंह का विकास को भिखारी कहना और बदतमीजी से बात करना।

"मैं जीवित हूं और आपके सामने हूं। मैं नहीं चाहता, यह बात और लोग जानें।"

"परन्तु क्यों?" राय साहब ने पूछा था।

"कुछ कारण है डैडी! जब मैं अपने बचाने वाले के चेहरे की एक झलक देखकर बेहोश गया था, वह मुझे अस्पताल ले गया था। महीनों मौत से मेरा शरीर लड़ता रहा। मुझे होश नहीं आया। होश में आने के बाद ही जान सका कि मैं जीते हुए भी जीवित नहीं हूं। मैं एक चलती-फिरती लाश के समान ही हूं जो किसी को कुछ नहीं दे सकती।"

"ऐसा न कहो बेटा। हमें कुछ भी नहीं चाहिए। भगवान का दिया पहले ही कम है क्या?" राय साहब की आंखें भर गई थीं।

"मैं आपकी बात नहीं कर रहा डैडी! मैं कीर्ति की बात कर रहा हूं।" विकास ने गहरी सांस ली थी।

"जो औरत तुम्हारी तस्वीर को सहलाते हुए जीवन बिताने को तैयार है, वह तुम्हें जीवित देख कितनी खुश होगी! मैं उसे अभी बुलाता हूं, परन्तु वह है नहीं।"

"अपने माता-पिता की कोठी पर है। फोन मैंने ही करवाया था डैडी! मैं आपसे अकेले में मिलना चाहता था।"

"ओह...! हम यह समझे, किसी ने मजाक किया है।"

"मैं नहीं चाहता था कि वह मुझे देखे—मुझे जीवित समझे। मैं उसके लिए मर चुका हूं। मेरा शरीर बेकार हो चुका है, गम्भीर चोटों ने मुझे उसके योग्य नहीं छोड़ा। बहुत दिनों से मैं किन्नौर में ही हूं। ठीक होने के बाद सीधा वहीं अपनी कोठी पर पहुंचा था।"

"मैनेजर ने मुझे क्यों नहीं लिखा? उसे प्रतिदिन रिपोर्ट भेजने का आदेश है।"

"काम के बारे में। यही उसे आदेश है। अपने बारे में कुछ भी लिखने के लिए मैंने मना कर दिया था। मैं सोच रहा था अपने भविष्य के बारे में। इस नकारा जीवन का बोझ ढोने के बारे में। बहुत बार सोचा, आत्महत्या कर लूं।"

"मेरे बेटे...ऐसा न कहो मेरे बेटे!" राय साहब रो दिए थे।

"आपके ही कारण ऐसा नहीं कर सका।" विकास की आंखें फिर भर गई थीं–"मैं मर चुका हूं...यही आप समझते थे। धीरे-धीरे सब्र भी कर लेते।"

"नहीं होता बेटे! हो भी नहीं सकता था। उस पिता के दिल की हालत को समझो, जिसका एक ही बेटा हो।" राय साहब रोते हुए बोले थे।

"आपके दुःख की बात समझ सकता हूं डैडी।" विकास ने फिर चेहरा पोंछते हुए कहा था–"बहुत सोचने के बाद आत्महत्या करने का इरादा दिमाग से निकाल देना पड़ा। आप एक-न-एक दिन किन्नौर जाते ही। मैनेजर से पता चलता कि मैं कार की दुर्घटना में जीवित बच गया था और अपने बागों में लौटने के बाद मैंने आत्महत्या की, तब आप सहन न कर पाते। मां के बारे में तो मैं जान ही चुका था।" विकास कहते-कहते रुक गया था। राय साहब की आंखें भरती चली गई थीं।

"बहुत सोचने के बाद मुझे जीने की राह दिखाई दी थी।" कहते हुए विकास मुस्कराया और आंसू पोंछने लगा।

"कौन-सी राह बेटे?" राय साहब ने अपने आंसू पोंछते हुए कहा–"तुम्हारा पिता तुम्हारे लिए कुछ भी कर सकता है।"

"अपने लिए तो सभी जीते हैं डैडी–अपने सुख का आनन्द उठाते हुए। अपने दुःखों के कारण रोते हुए। सोचा, बहुत साल अपने ही लिए जीता रहा हूं। भगवान ने सभी इच्छाएं पूरी कर दीं। आप जैसा पिता मिला, मेरी मां जैसी माता और कीर्ति जैसी पत्नी...।"

"और राजू जैसा बेटा।" राय साहब ने बात पूरी की थी।

"हां...!" विकास ने सिर हिलाया–"वह समाचार भी मिल गया था।"

"तब भी नहीं आए?" राय साहब ने कहा।

"सोच रहा था, मुझे बहुत सोचना था। सोचने और फैसला करने में बहुत समय लगा।"

"कौन-सा फैसला?"

"कीर्ति के भविष्य का।" विकास ने गहरी सांस ली जैसे सीने से भारी पत्थर हट गया हो।

"वह फैसला कर चुकी है राजू के सहारे जीवन बिताने का।"

"यह मूर्खता और भावुकता भरा फैसला है। मैं उसे ऐसा नहीं करने दूंगा। बहुत लम्बा जीवन उसके सामने पड़ा है। यह जीवन एक लाश से लिपटकर नहीं बिताया जा सकता।"

"बेटे...!" राय साहब चीख उठे–"तुम लाश नहीं हो बेटे? तुम जीवित हो। तुम्हें गले से लगाते ही मेरा मन शांत हो गया है।"

"वह एक पिता का दिल है। एक युवा औरत का युवा शरीर नहीं।" विकास व्यंग्य से हंसा था।

"कीर्ति एक देवी है विकास! देवी के बारे में यूं कहना ठीक नहीं। मुझे पूरा विश्वास है कि वह तुम्हें इस रूप में पाकर भी प्रसन्नता से झूम उठेगी।"

"हमारे स्वार्थ के कारण। मुझे बलि देने वालों से सदा ही घृणा रही है। कुछ पाने के लिए किसी के जीवित शरीर की बलि देना मेरी नजर में सबसे बड़ा पाप है। जिसे बलि चढ़ा दिया गया–क्या उसकी इच्छाएं नहीं थीं? उसने जीवन में कुछ नहीं पाना चाहा होगा...? नहीं डैडी, यह पाप है। मैं कीर्ति का पति नहीं हो सकता। मैंने उसे जीवन में सुख देने का वायदा किया था, एक जीवन को लाश में बदलने का नहीं। यह तो मौत से बदतर होगा। आपने मुझे कभी निराश नहीं किया–क्या आज करेंगे?"

राय साहब बहुत देर तक सिर झुकाए सोचते रहे थे।

"तुम चाहते क्या हो?" उन्होंने सिर उठाते हुए पूछा था।

"आप कीर्ति की दूसरी शादी कर दें।"

"तुम्हारे होते हुए?"

"मेरे होने का अहसास उसे न होने दें।"

"वह तो पाप ही होगा बेटे।" राय साहब कराह उठे थे।

"उस पाप से बड़ा नहीं जो उसे मेरे जैसे अपाहिज के साथ जीवन बिताने पर विवश करने पर होगा।"

"तुमने उसे देखा नहीं, एक बार देख लो, फिर जो भी कहोगे, मैं करूंगा।"

"नहीं डैडी, मैं उसे देखना नहीं चाहता। इस समय नहीं। उसे देखते ही मैं कमजोर पड़ जाऊंगा। आज मेरी सबसे बड़ी खुशी इसी में है कि वह दूसरी शादी कर ले।"

"उससे कैसे यह बात कह सकूंगा बेटे–उस कीर्ति को, जो हर समय तुम्हारी तस्वीर सहलाती रहती है?"

"यदि कीर्ति आपकी बेटी होती, तो क्या आप बेजान तस्वीर के साथ उसे अर्थहीन जीवन बिताने पर विवश कर पाते?"

"मैं उसे विवश नहीं कर रहा।"

"उसे सारा जीवन बिताने की राह भी नहीं दिखा रहे। यदि वह कुएं में गिर जाए, तो उसके डूबने की प्रतीक्षा में कुएं के किनारे पर खड़े रहना ठीक नहीं होगा, उसे बचाने की कोशिश करना ही धर्म है।"

"मुझे सोचने का अवसर दो बेटे! मेरा तो दिमाग ही काम नहीं कर रहा।"

"मेरे जाने के बाद आपको बहुत समय मिलेगा डैडी! अपने बेटे की खुशी के लिए आपको उसकी बात माननी ही पड़ेगी। दुनिया में मेरे लिए केवल एक ही सुख रह गया है कि मैं कीर्ति को सुख दे सकूं। मैं प्रशान्त से मिलकर भी आ रहा हूं।"

"प्रशान्त...!" राय साहब बड़बड़ाए।

"उसी से कीर्ति की शादी होगी। मैं उससे बात कर चुका हूं, कीर्ति को राजी करने की जिम्मेदारी आप पर छोड़ रहा हूं।"

"कीर्ति से कैसे कहूंगा बेटे?"

"कह दीजिएगा कि मेरी आत्मा भटक रही है। मेरी आत्मा को शांति तभी मिलेगी, जब वह प्रशान्त से शादी कर लेगी।"

"विकास...ऐसी बातें मत कहो बेटे!" राय साहब की आंखें भरती चली गई थीं।

"भटक ही रहा था डैडी! जब से यह फैसला किया है, तब से ही मन को शान्ति मिली है। किसी को सुख देने में जो शान्ति है, वह स्वयं सुख पाने में नहीं। वह तो केवल स्वार्थ है। किसी से तभी लेना चाहिए जब बदले में हम उसे कुछ दे सकें। आप रोज ही कीर्ति का चेहरा देखते होंगे। क्या वह आज खुश है? क्या हर समय उसकी आंखों में आंसू नहीं रहते? वह इस कोठी में कभी भी सुखी नहीं रह सकेगी। वह सदा ही आंसू बहाती रहेगी। वह समय से पहले ही किसी दिन कुढ़-कुढ़कर दम तोड़ देगी।" कहते हुए विकास ने अपनी बैसाखियां सम्भाली थीं–"उसे प्रशान्त के पास जाने दीजिए। प्रशान्त बहुत अच्छा लड़का है। मुझे विश्वास है, वह उसके सीने का घाव भर देगा। उस घाव को नासूर नहीं बनने देगा।" कहने के बाद विकास बैसाखियों के सहारे उठ गया था। मुस्कराते हुए बोला था–"मैं किन्नौर में ही रहूंगा। जब भी आप मुझे मिलने आया करेंगे, हम लोग अपनी कोठी के बरामदे में बैठे हुए पहाड़ों पर गिरती बर्फ देखा करेंगे। आएंगे न
डैडी?"

"मेरा इस दुनिया में तुम्हारे सिवा है ही क्या।" राय साहब की आंखें भर आई थीं।

"अंजलि भी तो है। कोई उसका पत्र आया?"

"तुम्हारा और तुम्हारी मां का समाचार पाकर आई थी। कुछ दिन रहकर चली गई। कभी-कभी पत्र आ जाता है। सोचता हूं, उसकी जिद के आगे गलती ही की थी।"

"क्यों डैडी?"

"उसके रंग-ढंग ठीक नहीं लग रहे।"

"आप ऐसे ही सोच रहे हैं। वह अच्छी लड़की है।" विकास जाने के लिए मुड़ा था।

"और नहीं रुकोगे? रात यहीं रुक जाओ।" राय साहब उठ गए थे।

“नहीं डैडी! मैं होटल में रुका हूं। आपको फोन करता रहूंगा। कीर्ति की हां सुनने के बाद ही किन्नौर लौटूंगा।”

“कहां ठहरे हो?” राय साहब ने पूछा था।

विकास ने होटल का नाम बता दिया था। फिर चलते हुए बोला था–“जब आप काम पर से लौटेंगे, तभी फोन किया करूंगा। बात तभी करूंगा, जब विश्वास हो जाएगा कि आप ही बोल रहे हैं।”

दोनों चलते हुए बरामदे में आ गए थे।

“बस, यहीं तक डैडी। फाटक तक जाएंगे तो शामसिंह को संदेह होगा। भिखारी को कोई फाटक तक छोड़ने नहीं जाता।” विकास धीरे-से हंसा था।

राय साहब की आंखें भरती चली गई थीं। वह निढाल से होकर बरामदे की कुर्सी पर बैठ गए थे तथा बेटे को फाटक की ओर जाते देखते रहे थे।

उस रात वह सो नहीं सके थे। बहुत रोए भी थे। सुबह लॉन में जाकर देखा था, रात भी रोती रही थी। पत्तों पर रात के आंसू थे।

अगले दिन कीर्ति के पिता ही कीर्ति को छोड़ने आए थे और कुछ देर तक राय साहब से बातें करने के बाद चले गए थे। कीर्ति को देखते ही राय साहब को विकास की बातें याद आती चली गई थीं। कुछ देर उनके पास बैठने के बाद कीर्ति राजू को लेकर अपने कमरे की ओर चल दी थी। राय साहब गहरी सोच में डूबे हुए बैठे रहे थे। कुछ समझ में नहीं आ रहा था कि कीर्ति से बात कैसे करें?

बहुत देर बाद कीर्ति ही उस कमरे में आई थी।

“काम पर नहीं जाएंगे डैडी?”

“मन नहीं बेटी! राजू क्या कर रहा है?”

“सो रहा है। रात न जाने क्यों ठीक प्रकार सोया नहीं। बहुत रोता रहा।”

“डॉक्टर को फोन करें?”

“ऐसी कोई बात नहीं डैडी! अब तो सो रहा है। आपकी तबीयत तो ठीक है न?”

“हां, बेटी...!”

“रात न जाने किसने फोन किया। अजीब लोग हैं इस दुनिया में!” कीर्ति ने कहा।

“उस बात को छोड़ो बेटी! तुम्हारी माताजी ठीक हैं, यही खुशी की बात है, पीछे बहुत बीमार रहीं।”

“आपके चेहरे से लगता है, आप रात को ठीक प्रकार सो नहीं पाए!” कीर्ति ने चिन्ता भरे स्वर में कहा।

“तुम्हारे बारे में ही सोचता रहा।” राय साहब ने गहरी सांस लेते हुए कहा।

“मेरे बारे में? मेरे बारे में क्या?”

"तुम्हारे भविष्य को लेकर, तुम्हारी आयु क्या होगी बेटी?"

राय साहब ने पूछा।

"जितनी अंजलि की। परन्तु आप पूछ क्यों रहे हैं?"

"चौबीस वर्ष?" राय साहब ने सिर हिलाया—"बहुत लम्बा जीवन तुम्हारे सामने है बेटी! बहुत-से सालों में बिखरा जीवन। कभी उस जीवन के बारे में सोचा है, जो तुम्हारे सामने है?"

"आप कैसी बातें कर रहे हैं डैडी? आप हैं, राजू है। मुझे और क्या चाहिए?"

राय साहब ने कोई उत्तर नहीं दिया। खुली खिड़की से सूर्य की किरणें फिसलकर सोफे पर टिक गई थीं। फिर धीरे-धीरे ड्राइंग रूम के सोफे पर फैलती गई थीं। धूप की चमक भी वह सहन नहीं कर पाए थे। आंखों में चुभ-सी रही थी। उन्होंने खिड़की बन्द कर दी थी। पर्दे खींच दिए थे।

मुड़कर कीर्ति की ओर देखा और बोले—"मैं पका हुआ फल हूं। कब टूटकर धरती पर गिरूं, कहना कठिन है। राजू अभी बच्चा है। यह दुनिया फूलों की सेज नहीं। बहुत कांटे हैं इसमें।"

"आप कहना क्या चाहते हैं डैडी?" कीर्ति का स्वर कांपा था। वह राय साहब की बात को कुछ-कुछ समझ रही थी।

"औरत का जीवन बिना सहारे के कठिन ही होता है बेटी!"

"मुझे किसी के सहारे की आवश्यकता नहीं। मुझे राजू का सहारा ही काफी है।" कीर्ति आवेश और उत्तेजना में उठकर खड़ी हो गई।

"बैठ जाओ बेटी! गुस्से में आदमी ठीक नहीं सोच पाता।" राय साहब ने कांपते स्वर में कहा।

"मैं कुछ नहीं सोचना चाहती। क्या मैं आप पर बोझ हूं?" कीर्ति की आंखें भर आई थीं।

राय साहब ने गहरी सांस ली थी, स्वयं की भावनाओं पर काबू पाने के लिए। वह जानते थे कि ऐसा ही होगा। विकास ने उन्हें कठिनाई में डाल दिया था। उनका दम घुट रहा था। शरीर कांप रहा था।

"बेटी पिता पर कभी बोझ नहीं होती। तब भी उसके जीवन की चिन्ता माता-पिता को ही करनी होती है।"

"आज आप कैसी बातें कर रहे हैं डैडी? क्या मैं विकास को भूल...?" कीर्ति का गला रुंध गया था। राय साहब उनके निकट चले गए थे। उनकी आंखों में आंसू भरे हुए थे। उसके कंधे को गहरे स्नेह से थपथपाते हुए बोले थे—"उसे भूलने की बात नहीं कह रहा। उसकी आत्मा की शान्ति के लिए कह रहा हूं।" कहते ही राय साहब ने अपने होंठ काटते हुए सिर झुका लिया था।

"विकास की आत्मा की शान्ति?" कीर्ति बड़बड़ाई थी।

राय साहब दूसरी ओर को देखते हुए बोले थे–"हां बेटी–वह भटक रही है। रात-भर सोने नहीं देती। बार-बार वह एक ही बात कहती है, जिससे विवश होकर मुझे तुमसे कहना पड़ा।"

"मैं इस बारे में कुछ सुनना नहीं चाहती।"

कुछ देर के बाद राय साहब मुड़े थे। आंसू पोंछने के बाद देखा था, कीर्ति कमरे में नहीं थी। वह गहरी सांस लेते हुए सोफे में धंस गए थे।

उसी शाम को विकास ने फोन किया था।

"आपने बात की डैडी?"

"हां बेटे!" कहते हुए उन्होंने कीर्ति के साथ हुई बातचीत फोन पर दोहरा दी थी।"

पूरी बात सुनने के बाद विकास ने कहा था–"उसे मनाना ही होगा डैडी! मैं उसे मूर्खता नहीं करने दूंगा। उससे रोज बातें करें। मैं इसी समय आपसे पूछ लिया करूंगा। उसे बार-बार कहिए कि मेरी आत्मा आपको परेशान कर रही है। आप सो नहीं पाते। आंखें लगते ही मैं आपके सपने में आ जाता हूं। उसे मनाना ही होगा डैडी!"

"तुम्हारी आत्मा की बात उससे बार-बार कैसे कहूं? मेरा तो कलेजा फटता है। जीवित बेटे की आत्मा की बात कैसे कहूं बेटे? मुझसे यह कष्ट सहा नहीं जाता।" राय साहब की आंखें भरती चली गई थीं।

"आप रो रहे हैं डैडी!" विकास का स्वर कांपा था।

"मेरे नसीब में और रह ही क्या गया है बेटे?"

"प्लीज डैडी! स्वयं को सम्भालिए अपने बेटे के लिए आपको यह कष्ट सहना ही होगा। मैं कल फोन करूंगा।" कहते ही विकास ने फोन बन्द बन्द कर दिया।

राय साहब देर तक रिसीवर को हाथ में पकड़े हुए घूरते रहे थे। नौकर के कमरे में आते ही फोन रखा था। उस दिन वह कीर्ति से इस बारे में बात नहीं कर सके थे। साहस ही नहीं जुटा पाए थे। कीर्ति का उतरा हुआ चेहरा ही देखते रहे थे। बात की थी अगले दिन। वह शायद न कर पाते, यदि विकास ने न कहा होता कि वह उससे अगले दिन शाम को बात करेगा। उनसे पूछेगा।

कीर्ति का व्यवहार उस दिन भी पहले जैसा रहा था। शाम को विकास के फोन करने पर उन्होंने कीर्ति से हुई बातें कह दी थीं। बहुत दिनों तक ऐसा ही चलता रहा था। एक दिन विकास ने ही कहा था कि आप इस बारे में कीर्ति के माता-पिता से भी बातें करें। उनसे उस पर दबाव डलवाएं।

वह कोशिश भी करके देख ली, पर कीर्ति नहीं मानी। वह अपनी हठ से तनिक भी नहीं हिली। राय साहब को लगा था, शायद वे पागल हो जाएंगे। एक ओर विकास की जिद और

दूसरी ओर कीर्ति की हठ। वह चक्की के दो पाटों के बीच पिस रहे थे। एक दिन कीर्ति से बातें करते हुए तंग आकर ही उनके मुंह से निकल गया—"लगता है, तुम्हें विकास से प्यार नहीं। यदि होता तो तुम उसकी आत्मा को यों न भटकने देतीं।" ऐसा वह इस कारण कह गए थे, क्योंकि विकास हर समय अपनी आत्मा के भटकने की बात करता था, कभी-कभी तो वह महसूस करते जैसे, फोन पर विकास नहीं, उसकी भटकती हुई आत्मा ही बोल रही है।

उनकी बात सुनते ही कीर्ति रोना भूल गई थी। चौंककर राय साहब की ओर देखा था।

"यह क्या कह डाला डैडी आपने! मैं विकास से प्यार नहीं करती! मैं तो उनके लिए मर सकती हूं।"

"तो उसकी बातें क्यों नहीं मान लेतीं? रात भी वह मुझे सपने में दिखाई दिया था।"

"आपसे इतनी बड़ी बात सुनने के बाद आज के बाद मैं कुछ नहीं कहूंगी। यदि आपकी यही इच्छा है तो वह भी पूरी कर लें। परन्तु कुछ भी सोचने से पहले एक बात सोच लें। इस जीवित लाश से कौन शादी करेगा? विकास के बाद मैं किसी को नहीं चाह सकती।" कहते हुए वह तेजी से कमरे से निकल गई थी।

राय साहब अपनी आंखों को पोंछते रहे थे—रोते हुए।

उस शाम को उन्होंने कीर्ति से हुई बात फोन पर विकास को बता दी थी। सुनकर विकास ने कहा था—"कोई बात नहीं डैडी! घाव ठीक करने के लिए कभी-कभी नश्तर का भी प्रयोग करना पड़ता है।"

"मुझसे और नहीं सहा जाता बेटे! मैं पागल हो जाऊंगा। तुम नहीं जानते, मैं कितनी यातना सह रहा हूं। मेरा बेटा जीवित है और मैं उसके मरने की बात करता हूं। मुझे तू इतनी सजा क्यों दे रहा है?" उस दिन वह रिसीवर थामे रोते रहे थे। बहुत देर के बाद विकास का कांपता हुआ स्वर सुनाई दिया था—"मैं समझ सकता हूं डैडी, आप इस समय यह भूल गए हैं कि आप जो कुछ भी कर रहे हैं, वह अपने अभागे बेटे को खुशी देने के लिए कर रहे हैं। पिता सदा ही बेटे के लिए कष्ट सहते आए हैं।" विकास का स्वर कांप रहा था।

"मैं तुम्हारे लिए कुछ भी कर सकता हूं...परन्तु...।"

"प्लीज डैडी!" विकास उनकी बात काटते हुए बोला था—"कल कीर्ति से प्रशान्त के बारे में बात करें। आप यूं ही रोते रहे तो मुझे कभी चैन नहीं मिलेगा।"

राय साहब ने जेब से रूमाल निकालकर भीगा हुआ चेहरा साफ किया था। उसके बाद हां में सिर हिला था। इस बात का भी होश नहीं था कि फोन पर विकास उनका हां में सिर हिलाना देख नहीं सकता था।

“आपने उत्तर नहीं दिया डैडी!”

“कहूंगा। वह भी कहूंगा बेटे!” वह भरे गले से बोले थे। विकास ने फोन रख दिया था। राय साहब रिसीवर रखने के बाद बरामदे में आ गए थे। माली घास की कटाई कर रहा था। शामसिंह उसके निकट खड़ा था। वह कुर्सी पर बैठते हुए सामने की वृक्षों पर फुदकते हुए पक्षियों की ओर देख रहे थे। उन्हें देखते ही विकास की कही बात याद आई थी—मुझे कुछ ऐसी गम्भीर चोटें लगी हैं कि मैं कीर्ति के योग्य नहीं रहा। उस दिन कीर्ति कुछ अधिक ही उदास दिखाई दी थी। राजू को देखने जब वह एक बार उनके कमरे में पहुंचे तो कीर्ति कुछ नहीं बोली थी। एक बार देखकर नजर झुका ली थी। राय साहब कुछ देर राजू को देखते रहे थे। उसके बाद भारी मन से वहां से उठ आए थे। अजीब-से बोझिल माहौल में वह दिन बीता था।

सुबह कीर्ति ही उन्हें चाय देने आया करती थी। अगले दिन सुबह चाय की प्याली उसके हाथ से लेते हुए राय साहब ने पूछा था—“प्रशान्त कैसा लड़का है?”

“उनको बहुत प्रिय था। वह उसे भाई के समान ही मानते थे।” कीर्ति का स्वर उदास और थका हुआ था।

“उसके बारे में तुम्हारा क्या विचार है?”

“बहुत अच्छे हैं।”

“रात फिर विकास सपने में आया था। तुम्हारी शादी प्रशान्त से कर देने की जिद कर रहा था।”

“मुझे इस विषय में कुछ भी नहीं कहना है, कल की बात करने के बाद कभी भी कुछ नहीं। आपने मुझे बहुत गलत समझा है डैडी! मुझे जीवन-भर यही दुःख रहेगा।” कहते ही कीर्ति की आंखें भरती चली गई थीं। वह वहां रुकी नहीं। मुड़कर तेजी से वहां से चल दी थी।

चाय पीते हुए राय साहब को विकास की कही बातें याद आई थीं...घाव को ठीक करने के लिए कभी-कभी उसे नशतर से चीरना पड़ता है। सोचते हुए लगा था, उनकी अपनी सोचें नहीं रहीं। वह विकास की ही सोचों के अनुसार सोच रहे हैं। चाय पीते ही वह तैयार होकर अपने ऑफिस की ओर चल दिए थे—कड़वी बातों से छुटकारा पाने के लिए, कीर्ति की निगाहों की तड़प से बचने के लिए। कीर्ति के चेहरे पर उस सुबह कुछ ऐसे ही भाव देखे थे, जो किसी बकरी के चेहरे पर कसाईखाने की ओर जाते हुए दिखते हैं। मौत का एहसास किसे नहीं होता।

9

कार प्रशान्त की कोठी के सामने रुकी थी। प्रशान्त की कोठी का लॉन भी बहुत सुन्दर था। सामने बरामदे में प्रशान्त खड़ा था। चेहरा गम्भीर और सुन्दर। चेहरे पर उदासी। उन्हें

बरामदे की ओर आते देख वह बरामदे से नीचे उतरकर तेजी से उनकी ओर बढ़ा था। उनके निकट पहुंचते ही बोला था–"आपने मुझे बुला लिया होता डैडी! आपने कष्ट क्यों किया? वैसे यह आपका ही घर है।"

"बेटी के बाप को ही उसके होने वाले दामाद के पास आना पड़ता है। यही रिवाज है न?" राय साहब ने उसके साथ ही बरामदे की ओर बढ़ते हुए कहा था।

"आप भी विकास के पागलपन के सामने सिर झुका चुके हैं? तीन दिन से वह मुझसे फोन पर बातें कर रहा है। एक बार मिलने भी आया था। वह कीर्ति भाभी के जीवन को संवार नहीं रहा...बिगाड़ रहा है। मंदिर की ईंट उखाड़कर नाली में लगा देने से क्या नाली मंदिर बन जाएगी? नहीं डैडी, ऐसा नहीं हो सकता। कीर्ति भाभी विकास की पूजा करती हैं।"

"तुमने ये बातें उससे कही थीं?" राय साहब ने बरामदे की सीढ़ी पर कदम रखते हुए पूछा था।

"बहुत कुछ कहा, परन्तु वह मानता ही नहीं।"

प्रशान्त उनके सामने कुर्सी पर बैठ गया था। बैठने के बाद बोला था–"मैं जानता हूं, आप क्या कहना चाहते हैं। यदि आप विकास की जिद के सामने झुकने को तैयार हैं, तो मुझमें भी वह शक्ति नहीं कि मैं उसकी बातों को टाल सकूं।"

"उसे विकास के समान ही प्यार दे सकोगे, ताकि वह विकास को भूल सके?" कहते हुए राय साहब की आंखें भर आई थीं।

"पूरी कोशिश के बाद भी कोई विकास के समान प्यार नहीं दे सकता। वह केवल विकास को चाहती हैं। जीवन में विकास का स्थान कोई भी नहीं ले सकता।"

"तब भी तुम उससे शादी कर सकते हो?" राय साहब ने कांपते हुए स्वर में पूछा था। भरे गले से बोले थे–"तुम सुन्दर हो। जवान हो। धनी भी हो। तुम चाहो तो जीवन में किसी भी लड़की को प्राप्त कर सकते हो। तब भी तुम कीर्ति को अपना सकोगे, जिसने कहा है कि मैं एक जीवित लाश हूं?"

"विकास की खुशी के लिए मैं कुछ भी कर सकता हूं। यह तो कुछ भी नहीं।" प्रशान्त ने कांपते स्वर में कहा।

"इस समय कहना कठिन है बेटे, कि विकास ठीक कर रहा है या गलत। इस बात का निर्णय तो आने वाला समय ही कर सकेगा। शादी खुशी का ही दूसरा नाम है। कीर्ति की हालत देखकर यह नहीं लगता कि वह तुम्हें वही सुख दे पाएगी, जो शादी के बाद हर पति प्राप्त करना चाहता है, अपनी पत्नी से। तुम्हारा जीवन...।"

"मेरे जीवन की आप चिन्ता न करें डैडी! विकास कीर्ति के लिए इतना बड़ा बलिदान कर रहा है उसकी तो कल्पना करें। वह कीर्ति को सुखी देखना चाहता है, मैं जीवन में यही कोशिश करूंगा कि कीर्ति को सुख दे सकूं।"

"शादी कब और कैसे करना चाहोगे? यह बात कीर्ति का पिता पूछ रहा है, विकास का डैडी नहीं।"

"बहुत सादी। वह भी कोर्ट में। यही विकास ने कहा था। शादी पर आप कुछ नहीं देंगे। नहीं तो मुझे दुःख होगा।"

"मैं अपनी बेटी के लिए कुछ न करूं?"

"जो आप कर रहे हैं, वह शायद ही इस धरती पर कोई पिता कर सके। बेटे के जीवित होते भी बहू की शादी किसी दूसरे आदमी से कर रहे हैं।" कहते ही प्रशान्त की आंखें भरती चली गई थीं।

"उस बेटे की खुशी के लिए ही कर रहा हूं।" राय साहब उठते हुए बोले थे।

"कुछ पिएंगे नहीं?" प्रशान्त ने पूछा था।

"नहीं बेटे!...इस समय किसी भी चीज की इच्छा नहीं। शादी की तारीख पक्की करने के बाद मुझे सूचना दे देना। मैं कीर्ति बेटी और उसके माता-पिता के साथ कोर्ट में पहुंच जाऊंगा। तुमने कोठी में आना क्यों छोड़ दिया है? कभी-कभी आ जाया करो।"

"कीर्ति भाभी के सामने जाने का साहस नहीं जुटा पाता। जब से विकास ने बात की है, मैं सोच ही नहीं पाता कि उनके सामने कैसे जाऊं। वह मेरे लिए पूजनीय थीं। विकास ने रिश्ता ही बदल दिया है।" प्रशान्त ने राय साहब के साथ बरामदे की सीढ़ियां उतरते हुए कहा था।

राय साहब ने कुछ नहीं कहा था। अपनी छड़ी धरती पर बार-बार टिकाते हुए फाटक की ओर बढ़ते चले गए थे। उनकी कार फाटक के सामने ही खड़ी थी।

"कोठी में वह आना नहीं चाहता। कहता है, किसी भी नौकर को संदेह हो सकता है। मैं होटल में जाना चाहता हूं तो मना कर देता है। कहता है...आपको कौन नहीं जानता? कीर्ति की शादी से पहले यूं ही ठीक है। क्या यह काफी नहीं कि जिसे आप मृत समझ बैठे थे, वह जिन्दा है? उस पर अपनी आत्मा के भटकने की बात भी करता है। लगता है, मैं पागल हो जाऊंगा।" कहते हुए राय साहब फाटक के निकट पहुंच गए थे।

"मैंने भी उससे होटल में मिलना चाहा था। उसके मना करने के बाद भी वहां पहुंचा था। मैं गया था उसे समझाने के लिए। उससे कहना चाहा था कि जिसे वह बलिदान समझ रहा है, वह पागलपन के सिवा कुछ नहीं। कीर्ति उन औरतों में से है, जो किसी की याद के सहारे जीवन बिता सकती है। परन्तु उसके कमरे के दरवाजे पर तख्ती लटक रही थी...प्लीज डोंट डिस्टर्ब। यही नहीं, कमरे के सामने एक वर्दीधारी होटल का नौकर भी बैठा था। उसी ने मुझे रोक दिया था, यह कहते हुए कि साहब का कड़ा आदेश है कि वह किसी से नहीं मिलेंगे।"

कहने के बाद प्रशान्त ने राय साहब के लिए कार का दरवाजा खोला था। उनके बैठ जाने के बाद बन्द भी किया था।

"मेरी कोठी में कब आओगे?" राय साहब ने कार में बैठने के बाद कहा था।

"अभी कीर्ति भाभी का सामना कर पाने के लिए स्वयं को तैयार नहीं कर पा रहा हूं। तब भी, जैसे ही सम्भव हुआ अवश्य आऊंगा।" प्रशान्त ने भारी स्वर में कहा था।

राय साहब वहां से लौट आए थे।

शाम को फिर विकास का फोन आया था। राय साहब ने उसे पूरी बात बता दी थी। सुनने के बाद विकास की खुशी का ठिकाना ही नहीं था। हंसते हुए बोला था–"मेरी बाजी सफल हो गई। मैं बहुत खुश हूं डैडी! जीवन में शायद इतना खुश कभी नहीं हुआ होऊंगा। मैं अब लौट जाऊंगा डैडी!"

"क्या जाने से पहले अपने डैडी से नहीं मिलोगे?" राय साहब ने रोते हुए पूछा था।

"पेड़ों पर सेब अच्छे लगे हैं डैडी! इस बार फसल अच्छी हुई है। क्या देखने नहीं आएंगे?"

"यह मेरे सवाल का उत्तर तो नहीं।" राय साहब आंसू पोंछते हुए बोले थे।

"यदि आ सकें तो वहीं मिलेंगे। नहीं तो राजू के जन्मदिन पर। मैं उसके जन्मदिन पर आऊंगा।"

"जैसी तुम्हारी इच्छा!" राय साहब ने गहरी सांस ली थी।

"आप खुश रहा करें डैडी? उस दिन आपने कहा था कि आपके नसीब में रोना ही रह गया है, सुनकर मुझे बहुत दुःख हुआ था। पूरी रात नींद नहीं आई थी।"

"कोशिश करूंगा बेटे!" राय साहब ने विकास को दिलासा देने के लिए ही यह बात कही थी। आंखों में आंसू भरे थे।

"बाई-बाई डैडी?"

"बाई बेटे...! मैं जल्दी ही किन्नौर पहुंचने की कोशिश करूंगा।" राय साहब ने आंसुओं पर काबू पाते हुए कहा था।

"मुझे प्रतीक्षा रहेगी। परन्तु कीर्ति-प्रशान्त की शादी के बाद ही आइएगा। मैं यही समाचार सुनने के लिए बेचैन हूं।"

राय साहब ने फोन रख दिया था। अधिक सुनने की उनमें शक्ति नहीं थी। बहुत देर तक वह सोफे पर बैठे आंसू बहाते रहे थे। कीर्ति ने तो उनके सामने आना ही बन्द कर दिया था। वह इसी कोशिश में रहती थी कि वह उनके सामने कम ही जाए। दिन अजीब उलझन में बीत रहे थे।

10

बहुत दूर पहाड़ियों पर जमी बर्फ की परतों की ओर देखते हुए राय साहब कार से उतरे थे। सड़क के दोनों ओर बड़े-बड़े पत्थर पड़े थे। बाईं ओर देवदार का एक लम्बा वृक्ष था तथा कुछ छोटे-छोटे वृक्ष भी थे। धूप तो थी, परन्तु धूप में तेजी नहीं थी। देवदार के पेड़ों के पीछे छोटी-सी पहाड़ी पर धूप नहीं थी। सामने बहुत ऊंची पहाड़ी ने धूप को वहां तक पहुंचने से रोक दिया था। उस ऊंची पहाड़ी की परछाई में वह छोटी पहाड़ी डूबी हुई थी।

ड्राइवर को वहीं रुकने का आदेश देने के बाद वह कोठी की ओर जाते रास्ते पर बढ़ गए थे। रास्ता नीचे ढलान की ओर था–घने वृक्षों के बीच बनी पगडंडी-सी। कभी यह कोठी किसी अंग्रेज ने बनवाई थी। लकड़ी से बनी विशाल कोठी। यह झरने के किनारे बनी थी। झरने का पानी ही पाइपों द्वारा कोठी में लाकर प्रयोग होता था। कोठी के निकट ही वहां रहने वालों की झोपड़ियां भी थीं। कोठी किन्नौर से काफी दूरी पर थी। सामान खरीदने के लिए किन्नौर ही जाना पड़ता था।

बहुत सावधानी से पथरीले रास्ते पर पांव जमाते हुए राय साहब नीचे उतरते चले गए थे। जो लोग मैदानों में रहते हैं, उन्हें पहाड़ी रास्तों पर बहुत सावधानी से चलना पड़ता है। पांव फिसला नहीं कि लुढ़कते हुए हजारों फुट नीचे। नीचे पहुंचते ही रास्ता चौड़ा हो गया था। दो दिशाओं की ओर बंट भी गया था। एक दिशा कोठी की ओर जाती थी और दूसरी निकट ही बसे गांव की ओर। गांव के निकट ऊपर-तले छोटे-छोटे खेत बने थे। झरने के उस पार सेबों के बाग थे। राय साहब के सेबों के बाग और भी बहुत-से निकट के स्थानों पर बिखरे हुए थे। कोठी के बाहर ही गिरधर खड़ा था। लाल पट्टी व सफेद टोपी पहने। कुछ और लोग भी खड़े थे। गिरधर उन्हें लकड़ी की पेटियां थमा रहा था, जो सेब भरकर बाहर भेजने के काम आती थीं। राय साहब को देखते ही वह हाथ में पकड़ी पेटी फेंक लपककर उनके निकट पहुंचा था।

"शलाम शाहब...!" उसने माथे की ओर हाथ उठाते हुए कहा। उसे 'स' को 'श' कहने की आदत थी।

"साहब कहां हैं?"

"मैनेजर शाहब के शाथ गए हैं। नदी के उस पार बागों की ओर।"

"ऊपर सड़क पर कार खड़ी है। ड्राइवर वहीं है। मेरा सामान ले आओ।"

"अच्छा शाहब! धनबहादुर कोठी में ही है। आपके लिए चाय बना देगा।"

राय साहब सिर हिलाते हुए आगे बढ़ गए थे। बरामदे में कदम रखते ही खट का स्वर गूंजा था। बूट और छड़ी की आहट का स्वर। आहट सुनते ही पर्दा हटाते हुए धनबहादुर कमरे से बाहर आया था।

"नमस्ते मालिक!" उसने हाथ जोड़ते हुए कहा था। फिर राय साहब को कमरे की ओर बढ़ते हुए देख मुड़कर पर्दा एक ओर हटाते हुए झुककर खड़ा हो गया था।

जिस कमरे में राय साहब ने कदम रखा, वह कमरा बहुत बड़ा था। लकड़ी के फर्श पर भारी कालीन बिछा हुआ था। सोफे बहुत पुराने ढंग के, परन्तु आरामदेह और कीमती थे। कमरे में लगे बिजली के सुन्दर शेडों को देखकर राय साहब को हैरानी हुई थी, पिछली बार आए थे तो कोठी में बिजली नहीं थी।

"चाय लाऊं मालिक?" धनबहादुर ने आदर से सिर झुकाते हुए पूछा था।

"कोठी में बिजली कब लगी?"

"एक महीना पहले मालिक। किन्नोर से सीधी लाइन अपने खर्च पर लाए हैं। बहुत भारी खर्चा उठाना पड़ा।"

"साहब ठीक हैं न?"

"ठीक हैं साहब! रात भर खांसते रहते हैं। कुछ दिन पहले मैनेजर साहब डाक्टर को बुलाकर लाए थे। दवा खा रहे हैं—पर खांसी कम नहीं होती।"

राय साहब को सुनकर दुःख हुआ था। वह उठकर खड़े हो गए थे।

"मैं चाय लाता हूं साहब।" कहते ही धनबहादुर मुड़ा था और कमरे से बाहर चला गया था।

राय साहब धीरे-धीरे चलते हुए दूसरे कमरे में पहुंचे थे। फिर तीसरे। उसके बाद विकास के कमरे में। डबल बेड पर पड़े उसके कपड़ों की ओर देखते रहे थे। सिगरेट के टुकड़ों से ऐश-ट्रे भरा हुआ था। बिस्तर के निकट ही मेज पर किताबों और मैगजीनों का ढेर रखा था। दीवार के साथ लगे शेल्फों पर भी ढेरों किताबें थीं। कालीन एक स्थान पर जली हुई थी। कुछ सिगरेट के टुकड़े कालीन पर भी पड़े थे। शेल्फों के निकट ही लकड़ी की दीवार पर एक बड़ी तस्वीर टंगी थी—विकास और कीर्ति की तस्वीर। शादी के बाद जब विकास यहां आया था तो दीवार पर उसी ने टांगी थी। उसी बार तो दुर्घटना हुई थी। राय साहब उस तस्वीर के निकट जाकर खड़े हो गए थे। अपने बेटे के सुन्दर चेहरे की ओर देख रहे थे। न जाने कितना टाइम बीत गया था।

"चाय बड़े कमरे में रख दी है साहब।"

राय साहब ने मुड़कर देखा था, दरवाजे पर धनबहादुर सिर झुकाए खड़ा था।

"इस कमरे की सफाई करने का क्या समय नहीं मिलता?"

राय साहब ने कड़े स्वर में पूछा था।

"मनाही है मालिक! साहब किसी को इस कमरे में नहीं आने देते।"

"यह कालीन कैसे जला?"

"साहब से सिगरेट का टुकड़ा गिर गया था। सोते समय। वह तो अच्छा हुआ कि गिरधर यहीं कमरे के पास ही सो रहा था। जलने की गंध सूंघता साहब के कमरे में चला आया। नहीं तो न जाने क्या हो जाता! कोठी भी तो लकड़ी की बनी है मालिक!"

तभी आहट सुनी थी। लकड़ी पर बैसाखियों को बार-बार टिकाने की आहट।

"साहब लौट आए हैं मालिक!"

"तुम जाओ...।" राय साहब ने आदेश दिया था।

धनबहादुर के जाने के बाद वह बैसाखियों के निकट आने की आहट सुनते रहे थे। कुछ ही क्षणों बाद विकास कमरे के दरवाजे पर था। दाढ़ी बढ़ी हुई, चेहरा उतरा हुआ। सिर पर ऊनी टोपी, लम्बे कोट तले स्लेटी रंग की पैंट पहने। जूतों पर कहीं-कहीं कीचड़ लगी थी।

राय साहब की आंखें भरती चली गई थीं—जो एयरकंडीशंड कमरों में रह सकता था, उसकी यह हालत देखकर।

"हैलो डैडी! कीर्ति की शादी हो गई?"

"यह क्या हालत बना रखी है बेटे!"

"आपने मेरी बात का उत्तर नहीं दिया?" विकास का चेहरा गम्भीर हो गया था।

"हो गई।" राय साहब ने सिर हिलाया था।

"थैंक गॉड! आज मैं बहुत खुश हूं। मेरी इच्छा पूरी हो गई। कीर्ति कैसी है, राजू कैसा है?"

"दोनों ठीक ही हैं। तुम इस कमरे की सफाई क्यों नहीं करवाते?"

"आपकी चाय ड्राइंगरूम में रखी है। पीने की मेरी इच्छा भी है। आइए चलें।"

"यह मेरी बातों का उत्तर तो नहीं। कमरे की हर चीज बिखरी हुई है। तुम्हारी ऐसी आदत तो नहीं थी?"

"कभी-कभी जीवन में बिखराव अच्छा लगता है डैडी।" विकास हंसा था। फिर मुड़ते हुए बोला था—"इस बार फसल अच्छी हुई है।"

"तुम्हें इन ऊंचे-नीचे रास्तों पर चढ़ने की क्या जरूरत है?"

राय साहब उसके निकट पहुंचकर बोले थे—"सुना है, तुम्हें खांसी भी बहुत आती है। ऐसी हालत में तुम्हारा चढ़ना-उतरना क्या ठीक है।"

"आते ही धनबहादुर ने आपके कान भर दिए? कुछ रोज पहले सर्दी लग गई थी। मामूली खांसी है, ठीक हो जाएगी।"

दोनों चलते हुए ड्राइंगरूम में पहुंचे थे। धनबहादुर कमरे में ही खड़ा था।

"डैडी और मेरे लिए चाय बनाओ। बहुत बोलने लगे हो। डैडी के आते ही मेरी शिकायतें शुरू कर दीं।"

"मैंने तो कुछ नहीं कहा शाहब!"

"अच्छा, चाय बनाओ।"

धनबहादुर चाय बनाने लगा था। विकास सामने सोफे पर बैठ गया था—राय साहब के सामने।

चाय बनाकर उन्हें थमाने के बाद धनबहादुर चला गया था।

"बहुत कमजोर हो गए हो बेटे। मेरे साथ चल सकोगे?"

"नहीं डैडी! मैं यहीं रहना चाहता हूं। राजू के जन्मदिन पर आऊंगा।"

"यह जीवन मुझे अकेले ही बिताना होगा?" राय साहब ने कांपते स्वर में पूछा था।

"अंजलि लौट आएगी डैडी! उसकी शादी होगी। उसके बच्चे होंगे। आप अकेले कहां रहेंगे?"

"कल अंजलि का पत्र आया था। उसने लौटने का इरादा छोड़ दिया है। किसी गोपाल शर्मा से शादी कर ली है। वहीं बस जाने विचार है।"

"अंजलि ने शादी कर ली? आपको सूचना दिए बिना?"

विकास ने हैरानी से पूछा था।

"सूचना देने की आवश्यकता नहीं समझी होगी। मैंने तुम्हें बताया था न! उसके रंग-ढंग मुझे ठीक नहीं लगे थे। वही हुआ, जिसका मुझे डर था। न जाने वह आदमी कैसा है।"

"ठीक ही होगा डैडी! आप बेकार की चिन्ता कर रहे हैं। अंजलि बच्ची नहीं है।"

"तुमने यहीं रहने का फैसला किया है?"

"हां डैडी!" मुझे पहाड़ों की ओर देखते बहुत सुकून मिलता है। उन पर तैरते आवारा बादलों के टुकड़े बहुत अच्छे लगते हैं।"

"सोचकर आया था कि मैंने तुम्हारी इच्छा पूरी कर दी है, अब तुम मेरे साथ लौट चलोगे।"

"ऐसा सम्भव नहीं डैडी! कीर्ति को कभी यह बात नहीं जाननी है कि मैं जीवित हूं। नहीं तो उसके सुखी जीवन में आग लग जाएगी। मेरी मेहनत बेकार हो जाएगी।"

बेटे की इच्छा के सामने सिर झुकाए बिना और कोई चारा भी नहीं था। राय साहब कुछ दिन वहां रुककर अकेले ही लौटे थे।

राजू के पहले जन्मदिन पर विकास आया था। होटल से फोन किया था। राय साहब उससे मिलने गए थे। विकास पहले से कमजोर दिखाई दिया था। उनके साथ ही बाजार गया था।

राजू के लिए उपहार खरीदकर होटल के ही नौकर के हाथ भिजवा दिए थे। राय साहब उससे विदा लेकर राजू के जन्मदिन के पार्टी में शरीक होने के लिए चले गए थे। जब पार्टी से लौटे थे, तो विकास का फोन आया था। वह बहुत उत्तेजित था। स्वर खुशी से कांप रहा था। कांपते हुए स्वर में ही बोला था—"आपने राजू के जन्मदिन की पार्टी देखी डैडी? किसी शादी

पर इतना बड़ा हंगामा नहीं हुआ होगा। प्रशान्त ने बहुत रुपया खर्च किया है, प्रशान्त और कीर्ति एक साथ खड़े कितने अच्छे लग रहे थे! मैंने कीर्ति को मुस्कराते देखा है डैडी! कीर्ति खुश है। मेरी मेहनत सफल हो गई डैडी! अब मुझे कोई दुःख नहीं है।"

"तुमने कैसे देखा?" राय साहब का मन भर गया था।

"कारों के निकट अन्धेरे में खड़े होकर देखा था डैडी! मैं भी अभी लौटा हूं। उफ़, कितने मेहमान थे! कितनी कारें थीं! पुलिस के कितने आदमी खड़े थे! कीर्ति सुखी है

डैडी! मैं यही चाहता था। मैं कल सुबह जा रहा हूं डैडी! आपसे मिल नहीं सकूंगा।"

"कुछ दिन और रुक नहीं सकते?" राय साहब ने आंसू पोंछते हुए पूछा था।

"नहीं डैडी, पहाड़ों के बिना मन कहीं भी नहीं लगता। बाई डैडी?" विकास ने फोन रख दिया था।

"अभागा...!" राय साहब ने रिसीवर रखते हुए गहरी सांस ली थी।

अगले दिन वह होटल पहुंचे थे। विकास जा चुका था। उसके बाद वह राजू के हर जन्मदिन पर आता रहा। दूसरे जन्मदिन पर उसने कहा था–"कोशिश करें डैडी कि राजू कभी नहीं जान सके कि वह प्रशान्त का बेटा नहीं मेरा बेटा है।"

"क्यों बेटे...? ऐसा क्यों?"

"बाप का प्यार प्रशान्त उसे दे रहा है। मैं तो उसे कुछ भी नहीं दे सका। राजू पर अब प्रशान्त का ही अधिकार है। कीर्ति के जीवन से तो मैं निकल चुका। राजू के जीवन से भी निकल जाना ही ठीक होगा, ताकि कीर्ति कभी मेरे जीवित होने की बात न जान सके। यही करना होगा डैडी। यही उचित भी है।"

राय साहब अपने बेटे के चेहरे की ओर देखते रहे थे, जो पहले से भी कमजोर हो गया था।

यूं ही समय बीत गया था। राजू का यह छठा जन्मदिन मनाकर राय साहब लौटे थे।

विकास तब भी होटल में ठहरा हुआ था।

झूमते हुए वृक्षों की ओर देखते हुए राय साहब सोच रहे थे। रात का अन्धकार और बढ़ गया था...उनके मन की बेचैनी उस अन्धकार से भी अधिक थी। खिड़की को बन्द करने के बाद खिड़की का पर्दा ठीक कर लिया था। लौटकर बिस्तर पर लेटते हुए सोचा था।

गोपाल और अंजलि नशे में धुत सो रहे होंगे।

वह जाग रहे हैं। शायद विकास भी जाग रहा होगा।

11

बहुत देर तक सोचों में डूबे रहने के बाद राय साहब को कब नींद आई, सुबह उठकर उस बारे में सोचना कठिन था। शरीर थका हुआ था, आंखें भारी थीं शायद ही अनुमान लगाया जा सकता था कि रात बहुत देर के बाद सोए थे। परिस्थितियां ऐसी बन रही थीं कि ठीक प्रकार से

सोच पाना ही कठिन था। अंजलि के पति की रात को वह दशा देख ही चुके थे। उस पर अपने काम को छोड़ देना केवल मूर्खता की ही बात थी। अंजलि भी अपने पति के रंग में डूबी हुई दिखाई दे रही थी। विकास जीवित होते हुए भी जीवित नहीं था। वह उनके पास रह नहीं सकता था, काम में हाथ बंटाने के लिए तैयार नहीं था। वह स्वयं थक चुके थे। बुढ़ापा, बीवी को खो देने का गम, अपाहिज बेटे की मजबूरी...वह अजीब उलझन में पड़ गए थे। यही सोचते हुए उठे। कमरे से निकलकर बरामदे में आ गए। सूर्य की पहली किरणें धरती का मुंह चूम रही थीं। ओस से नहाया लॉन कुछ भीगा-भीगा-सा था। वृक्षों पर पक्षी चहचहा रहे थे। सूरज की पहली किरण पड़ते ही कलियों ने अपने मुंह खोल दिए थे। राय साहब बरामदे में पड़ी कुर्सी पर बैठ गए। सर्दी कुछ अधिक ही थी, हवा तेज नहीं चल रही थी। वृक्ष प्रायः शान्त ही खड़े थे। भीगी-भीगी पत्तियों को सूर्य की किरणें चूम रही थीं।

"चाय लाऊं मालिक?' नौकर ने बरामदे में आते हुए पूछा।

"ले आ।" उन्होंने थके स्वर में कहा। अंजलि और उसका पति गोपाल बहुत देर तक सोएंगे, इसका उन्हें विश्वास था।

रात बहुत पीने के बाद आदमी देर तक सोता ही है।

चाय पीने के बाद वह बाहर जाने के लिए तैयार होने लगे। नाश्ता उन्हें विकास के साथ होटल में ही करना था। जब तैयार होकर बाहर निकले तो बरामदे में अंजलि को खड़े देखा। वह शामसिंह से कुछ कह रही थी। उनके कदमों की आहट सुनकर अंजलि ने मुड़कर देखा। उसका चेहरा उतरा हुआ था। आंखों के नीचे कालिमा थी। बाल बिखरे हुए थे। मेकअप हट जाने के कारण चेहरा विकृत-सा लग रहा था। पिता की ओर देखते हुए उसकी नजरें झुकती चली गईं। कांपते स्वर में बोली—"कहीं जा रहे हैं डैडी?"

"हां।" राय साहब ने गम्भीर स्वर में कहा।

"मुझे दुःख है डैडी, रात गोपाल अधिक पी गए। वैसे वो ऐसा कभी नहीं करते।"

"इस बारे में मैं कुछ नहीं कहना चाहता बेटी, परन्तु एक बात तुम लोगों को सोचनी चाहिए कि हमारी इज्जत ऐसी बातों से बढ़नी नहीं और मुझे सदा ही यही चिन्ता रही है कि हमारे परिवार की ओर कोई अंगुली न उठा सके। यही बातें गोपाल से भी कह देना।"

"फिर कभी ऐसा नहीं होगा डैडी! आप मुझ पर विश्वास करें। उन्हें अपने साथ काम पर कब लगा रहे हैं?"

"इस बारे में अभी सोचा नहीं। सोचकर बता सकूंगा। वैसे उसके रात के व्यवहार ने मुझे उलझन में डाल दिया है, सालों बाद परसों आधी रात के लगभग तुम अपने पति के साथ लौटी हो। तुम्हारे पति के बारे में मैं कुछ भी तो नहीं जानता। मुझे सोचना पड़ेगा बेटी। बिना सोचे मैं कुछ नहीं कह सकता।"

"जल्दी कोई निर्णय कर लें डैडी। वे काम पर लग जाएंगे तो बहुत-सी बेकार बातों से बचे रहेंगे। बिना काम के आदमी उल्टी-सीधी बातें सोचता है। उल्टे-सीधे काम भी कर डालता है।"

"जिनको अपने पर नियंत्रण रहता है, वह कुछ भी गलत नहीं करते। क्या तुम्हें अपने पति पर विश्वास नहीं है?"

"सो तो है, परन्तु...।"

"मैं किसी काम से जा रहा हूं। लौटकर ही इस विषय में बात करूंगा।" कहने के बाद राय साहब ने शामसिंह की ओर देखा और आदेश दिया–"ड्राइवर से कहो गाड़ी ले आए।"

शामसिंह वहां से गैराज की ओर चल दिया।

"लगता है, आप बहुत नाराज हैं डैडी?"

"मैं नाराज नहीं हूं, मुझे दुःख है। तुम्हारा लन्दन से पत्र प्राप्त करने के बाद कि तुम सदा के लिए यहां बस जाना चाहती हो, मैं तुम्हारे पति के साथ बहुत आशाएं जोड़ चुका था। आशाएं टूटने पर बहुत दुःख होता है, गुस्सा नहीं आता।"

"आपने उनके बारे में गलत अनुमान लगा लिया है। व्यापार को वह किस सीमा तक बढ़ा सकते हैं, इसका अनुमान मैं ही लगा सकती हूं। लन्दन में बहुत ऊंची पोस्ट पर थे। मेरे ही कहने पर उन्होंने उसे छोड़ा है। विकास भैया तो अब रहे नहीं। आपको सहारे की आवश्यकता है। ऐसे में मेरे ही आग्रह पर वह यहां लौटे हैं, नहीं तो उन्हें बाहर कोई कमी नहीं है। अब आप जानते हैं कि बाहर कितना कमा सकते हैं। जहां वह रहे हैं, वहां शराब पीना एक आदत ही है। वहां इसके बारे में कोई बुरा नहीं सोचता, बुरा नहीं मानता। यदि कभी अधिक पीने से कदम लड़खड़ा जाएं तो वह कोई पाप तो नहीं।"

"पाप-पुण्य की बात मैं नहीं करता, परन्तु बहुत बातें न ही हों तो अच्छा है। तुम्हारे पति के सामने तो मैं नहीं कह सकता था, इस समय कहता हूं। तुम्हारा वह लिबास पहनकर पार्टी में जाना मुझे पसन्द नहीं। तुमने किसी को उस पार्टी में वह लिबास पहने देखा था? मनुष्य को वही करना चाहिए, जो और करें।"

"आप लन्दन में नहीं रहे डैडी! उस पार्टी में कोई भी ऐसा आदमी था, जो कभी सालों विदेश में रहा हो?"

"यह बात प्रशान्त से पूछकर ही बताई जा सकती है। वे सब उसी के अतिथि थे, मेरे नहीं।"

लम्बी विदेशी कार बरामदे के सामने आकर रुकी। राय साहब छड़ी टिकाते हुए बरामदे की सीढ़ियां उतरते चले गए। उनके कार में बैठते ही कार फाटक की ओर बढ़ गई। एक बार राय साहब ने पीछे मुड़कर देखा, अंजलि तब भी सिर झुकाए बरामदे में खड़ी थी। उन्हें बेटी पर दया आई। दूसरे ही क्षण दया का स्थान गुस्से ने ले लिया–पिछली रात बेटी के शराब पीने की बात दिमाग में आते ही। कार भागती रही और वह सोचते रहे। अजीब उलझन भरी सोचें,

किसी बात का कोई हल नहीं। यदि हल है भी तो मन में उसके प्रति विश्वास नहीं। खून से सींची इमारत को कुछ अनजाने हाथ बेरहमी से तोड़ते चले जाएं, यह बात तो कोई भी सहन नहीं कर सकता।

कार एक विशाल होटल के सामने जाकर रुकी—बहुत-सी कारों के बीच। राय साहब के दरवाजा खोलने से पहले ही ड्राइवर लपककर कार की पिछली सीट की ओर आया। आदर से झुकते हुए कार का दरवाजा खोला। राय साहब छड़ी सम्भाले कार से नीचे उतरे। फिर होटल के बाहरी दरवाजे के निकट दरबान की ओर चल दिए।

उनको आते देख दरबान ने झुककर दरवाजा खोला। फिर मुड़ते हुए शीशे का बड़ा-सा दरवाजा खोल दिया। काउंटर के सामने लम्बे बरामदे में बिछे भारी कालीन पर अपनी छड़ी टिकाते हुए राय साहब बढ़ते चले गए। लिफ्ट ऊपर गई हुई थी। लिफ्ट के दरवाजे के निकट लाल बत्ती के प्रकाश से तीर का निशाना ऊपर की ओर था। लिफ्ट के दरवाजे के ऊपर लगी सफेद रंग की तख्ती पर प्रकाश में नहाए मंजिल के बढ़ते हुए नम्बरों को निहारते रहे। कुछ देर बाद तीर का निशान नीचे की ओर हो गया। फिर मंजिलों का क्रम घटता चला गया। छड़ी को संभालते हुए पीछे मुड़कर देखा, दो युवक और एक युवती उनके पीछे खड़े हो चुके थे। शायद वे भी ऊपर जाने की प्रतीक्षा में थे। कुछ देर बाद लिफ्ट का दरवाजा खुला। कुछ व्यक्ति बाहर निकले। उनके बाहर निकलते ही लिफ्ट में केवल लिफ्टमैन ही रह गया—होटल की वर्दी पहने हुए। राय साहब के लिफ्ट में चढ़ते ही और खड़े होते ही उनके पीछे खड़े व्यक्ति भी अन्दर चले आए। बटन दबाते ही लिफ्ट का दरवाजा बन्द हो गया। लिफ्टमैन ने राय साहब की ओर देखते हुए पूछा—

"कौन-सी मंजिल?"

"चौथी।" राय साहब ने गम्भीर स्वर में कहा। उसके बाद लिफ्टमैन औरों से भी पूछने लगा। लिफ्ट ऊपर उठती चली गई। चौथी मंजिल पर उतरने वाले वही व्यक्ति थे। औरों को उनसे और ऊपर जाना था।

चौथा माला आते ही लिफ्ट रुक गई। रुकने के कुछ ही क्षणों बाद दरवाजा स्वयं ही खुल गया। राय साहब लिफ्ट के सामने बिछे भारी कालीन पर अपनी छड़ी टिकाते हुए एक ओर बढ़ते चले गए—होटल के कमरों के माथे पर लगी प्लास्टिक की सुन्दर तख्तियों पर कमरों का नम्बर पढ़ते हुए कमरा नम्बर 312 के सामने जाकर ठहर गए। छड़ी उठाकर कमरे के दरवाजे पर धीरे-धीरे ठकठक की। कुछ देर बाद दरवाजा खुला। बैसाखियों के सहारे विकास खड़ा था। विकास पहले से भी अधिक कमजोर हो गया था। हर बार जब भी वह उसे देखते थे, वह उन्हें

पहले से कमजोर दिखाई देता था। वह विकास से इस बारे में बहुत बार पूछ चुके थे कि वह अपना ठीक ढंग से इलाज क्यों नहीं करवाता। जब भी वह उनसे मिलता है, पहले से ज्यादा कमजोर लगता है। विकास ने उनका मुस्कराते हुए स्वागत किया। फिर एक ओर हटते हुए बोला—"आइए डैडी!"

राय साहब का चेहरा गम्भीर ही रहा। वह उसके निकट से गुजरकर कमरे के अन्दर चले गए। सुन्दर ढंग से सजे उस कमरे के सुन्दर और आरामदेह सोफे में धंसने के बाद बेटे के चेहरे की ओर देखते हुए बोले—"बैठ जाओ विकास।"

विकास उनके सामने सोफे पर बैठ गया। बैठने के बाद बैसाखियां अपने निकट ही सोफे की पीठ के सहारे टिका दीं। फिर अपने पिता के चेहरे की ओर देखकर बोला—"क्या पीना पसन्द करेंगे?"

"कुछ नहीं।" राय साहब का स्वर बहुत बोझिल और थका हुआ था।

"रात की पार्टी बहुत शानदार थी।" विकास ने मुस्कराते हुए कहा।

"यह तुमसे पहली बार ही नहीं सुन रहा। हर बार तुमने ऐसा ही कहा है। कल भी गए थे वहां?"

"कारों की भीड़ के बीच छिपकर देखना कठिन भी नहीं होता डैडी! कोई देखेगा तो यही सोचेगा, कोई लंगड़ा भिखारी भीख मांगने के लिए खड़ा है।"

विकास तब भी मुस्कराता रहा।

"कुछ भी कहने से पहले क्या यह नहीं सोच सकते हो कि तुम किससे बात कर रहे हो? मेरे सामने स्वयं को भिखारी कहते हो, जो प्रशान्त की कोठी के सामने न जाने कितनी कोठियां किसी को भी भीख में दे सकता है?"

"आप तो बुरा मान गए डैडी! मैंने तो मजाक में ही बात की थी।"

"कुछ बातों को मजाक में भी नहीं कहना चाहिए, किसी को दुःख दे सकती हैं। यदि वहां गए थे तो बहन को भी देखा होगा?"

"उसके पति को भी।" विकास का चेहरा गम्भीर हो गया—"देखकर दुःख ही हुआ डैडी! अंजलि बहुत बदल गई है। मुझे उससे ऐसी आशा नहीं थी।"

"उसके पति को भी तुमने देखा ही है। उसके बारे में तुम्हारे क्या विचार हैं?"

"देखने में बुरा नहीं लगा, परन्तु दाढ़ी-मूंछों के साथ उसके सिर पर लम्बे बाल पसन्द नहीं आए।"

"उसका शराब पीना?"

"हर शराब पीने वाला बुरा नहीं होता डैडी। रात वह कुछ अधिक पी गया था। जो पीते हैं, उनके साथ कभी-कभी ऐसा भी हो जाता है।"

"और जिन्हें यह पता हो कि उसकी ऐसी कोई भी हरकत हमारे परिवार के बारे में चर्चा का विषय बन सकती है, तब भी ऐसा करना चाहिए? तुम जो बात इतनी आसानी से कह रहे हो उतनी आसानी से मैं इस बात को नहीं ले सकता।" कहने के बाद राय साहब उठे। कमरे की खिड़की के पट खोल दिए। होटल के सामने ही छोटी-बड़ी इमारतों को सड़क के किनारे सिर उठाए खड़े देखते रहे।

"कुछ परेशान दिखाई दे रहे हैं डैडी?"

राय साहब ने मुड़कर बेटे के पीले चेहरे की ओर देखा। कुछ क्षण घूरते रहे फिर बोले–"समझ में नहीं आता, क्या करूं। तुम्हीं कहो बेटे, मुझे क्या करना चाहिए?"

"किस बारे में डैडी?" विकास ने कांपते स्वर में पूछा।

"पीढ़ियों से हुई मेहनत क्या बेकार हो जाएगी? क्या मेरे बाप-दादों के फैलाए हुए लम्बे-चौड़े व्यापार को सम्भालने वाला कोई नहीं? तुम अपना फैसला नहीं बदल सकते! क्या पहाड़ी से लौटकर तुम यहां नहीं रह सकते–मेरा हाथ बंटाने के लिए, मेरे बूढ़े कंधों पर बढ़ते बोझ को कम करने के लिए?"

"काश, मैं ऐसा कर सकता! मैं आपके दुःख को समझता हूं डैडी, परन्तु जो संभव नहीं, उस बारे में सोचना ही बेकार है। आपने आज कीर्ति को देखा था?"

"देखा था।" राय साहब ने गहरी सांस ली।

"वह कितनी खुश थी डैडी! उसके गालों की खोई हुई लाली लौट आई है। मेरा राजू कितना सुन्दर निकल आया है!

शहजादा लग रहा था।" विकास ने प्रसन्नता भरे स्वर में कहा।

राय साहब बेटे के क्षण भर के लिए खिले हुए चेहरे की ओर देख रहे थे। सोच रहे थे–कैसा आदमी है कि किसी गैर की बांहों में अपनों को देखकर अपने लिए खुशियां ढूंढ़ रहा है। किसी और के हाथ में अपना बेटा थमाने के बाद भी चेहरे पर प्रसन्नता ला सकता है!

"तुम्हारा बेटा?" वह व्यंग्य से बड़बड़ाए–"क्या वह जानता है कि तुम उसके पिता हो?"

"नहीं जानता तो क्या हुआ? वास्तविकता तो यही है। मेरी खुशी इसी में है कि कीर्ति और राजू खुश रहें।"

"वास्तविकता का गला तो घोंट दिया गया है। जिस सच की बात तुम कर रहे हो वह आज सच नहीं रहा। हां, राजू और कीर्ति खुश हैं। खुश दिखाई भी देते हैं। तुमने उनकी खुशी के लिए स्वयं को मिटा दिया बेटे, परन्तु मैं क्या करूं? तुम मुझसे बहुत दूर चले गए हो। मेरे निकट आने के लिए तैयार नहीं हो। मेरा पोता तुमने दूसरे को दे दिया। मेरे पास क्या है? मैं किसके सहारे यह जीवन काटूं? अपने पीछे, अपने लम्बे-चौड़े व्यापार का उत्तराधिकारी किसे समझूं?" राय साहब बहुत गहरे दुःख से बोले।

"अंजलि के पति को, अंजलि को और अंजलि के होने वाले बच्चे को। मुझे कुछ नहीं चाहिए डैडी! जब तक जीवित हूं, सेबों के बाग मेरा पेट भरते रहेंगे। बेकार जिन्दगी का बोझ ढोने में वही मेरी सहायता करेंगे।" कहते ही विकास को खांसी आई। उसके बाद वह देर तक खांसते हुए अपने सीने को सहलाता रहा। राय साहब सुन्दर तिपाई पर जालीदार कपड़े से ढके सुन्दर शीशे के जग के निकट गए। जल्दी से जालीदार कपड़ा एक ओर लापरवाही से फेंककर जग उठाया। निकट ही रखे गिलास में पानी भरा और बेटे के निकट आ गए। पानी का गिलास विकास की ओर बढ़ा दिया।

दो-चार घूंट पानी पीने के बाद विकास ने वह गिलास सोफे के बाजू के निकट ही पड़ी एक चौड़ी तिपाई पर टिका दिया। खांसी थम गई। खांसी थमने के बाद उसने पिता के चेहरे की ओर देखकर मुस्कराने की कोशिश की। उसकी आंखों में पानी भर आया।

"तुम ठीक ढंग से अपना इलाज क्यों नहीं करा लेते? शरीर आधा रह गया है, चेहरा पीला पड़ चुका है।" कहते हुए राय साहब की आंखें भर आई।

"घाव भर गए डैडी, किन्तु कभी-कभी पीड़ा की टीस उठती रहती है। इलाज तो करवा ही रहा हूं। कभी तबीयत ठीक हो जाती है, कभी अचानक ही बिगड़ जाती है। पिछले दिनों एक्स-रे करवाई थी। कहीं कोई खराबी दिखाई नहीं दी।"

"कुछ दिन यहीं क्यों नहीं रह जाते? यहां अच्छे से अच्छे डाक्टर हैं। मैं तुम्हें उन्हें दिखा सकता हूं।"

"यह सम्भव नहीं डैडी! किसी को पता चल गया कि मैं जीवित हूं तो कीर्ति के सुखी जीवन पर अन्धेरा छा जाएगा। साल में एक-दो दिन के लिए आ जाया करूंगा। आप मुझे मिल जाते हैं। किसी को सन्देह नहीं होता है। लम्बे समय तक रहने से संदेह हो सकता है। यही मैं नहीं चाहता। जिसका जीवन बहुत यत्न से संवारा है, क्या अपने ही सामने उसे बिगड़ते हुए देख सकूंगा?" कहने के बाद विकास ने गहरी सांस ली।

राय साहब फिर उसके सामने सोफे पर बैठ गए। बैठने के बाद हाथ में पकड़ी छड़ी से खेलते रहे, जैसे बहुत गहरी सोच में पड़ गए हों। कुछ देर यूं ही बैठे रहने के बाद बेटे की ओर चेहरा उठाते हुए देखा और बोले–"तुम्हारा यही निर्णय है कि अंजलि के पति को व्यवसाय में लगा लूं?"

"ऐसा तो होना ही चाहिए डैडी! किसी को परखे बिना उसके बारे में गलत राय बना लेना ठीक नहीं। क्या नाम बताया था आपने अंजलि के पति का?"

"गोपाल शर्मा।" राय साहब ने सिर हिलाते हुए कहा।

"आप गोपाल को अपने साथ काम पर लगाकर देखें। मुझे विश्वास है, वह आपकी आशाओं पर पूरा ही उतरेगा।"

"ठीक है। यदि तुम यही चाहते हो तो ऐसा भी करके देख लेता हूं, परन्तु मेरी अनुभवी आंखें उस पर विश्वास कर पाने में असमर्थ हैं।" राय साहब ने छड़ी पर शरीर का बोझ डालते हुए उठते हुए कहा।

"केवल इसलिए कि उसने रात को प्रशान्त की दी हुई पार्टी में शराब पी थी?"

"केवल यही कारण नहीं है बेटे! न जाने क्यों वह आदमी मुझे ठीक नहीं लग रहा है?"

"पहले से ही अपने मन में उसके प्रति गलत धारणा बना लेंगे तो बेचारा आपके किसी काम नहीं आ सकेगा। आपकी ऐसी बातों से अंजलि को भी दुःख ही होगा।"

"तुमने अंजलि का पहनावा देखा था?" राय साहब ठोस स्वर में बोले थे।

"जहां से वह आई है डैडी, वहां ऐसा पहनावा आम बात है। फिर भी जहां आ गई है वहां ऐसा कपड़ा पहनना कुछ ठीक नहीं है, आप उसे समझाएं। आपकी बेटी है। वह समझ जाएगी। उठकर खड़े क्यों हो गए? बैठिए। आपके लिए चाय मंगवाता हूं।"

"नहीं बेटे! मुझे कहीं जाना है। शाम को तुमसे मिलने आऊंगा।"

"मैं बारह बजे से पहले चला जाऊंगा। एक वर्ष के लिए मेरा यहां आने का काम पूरा हो गया है। अब अगले साल ही आ सकूंगा। आप तो मुझे मिलने आएंगे ही।"

"हां बेटे! तुम्हारे बारे में अंजलि से क्या कहूं?"

"यही, जो वह जानती है कि मैं जीवित नहीं हूं।" कहने के बाद विकास ने निकट ही पड़ी बैसाखियां उठाकर अपनी बगलों में दबा लीं, फिर उनके सहारे उठकर खड़ा हो गया।

"जितनी आसानी से तुम यह बात कह रहे हो, क्या मेरे लिए यह बात कहना उतना ही आसान है?" राय साहब ने बहुत दुःखी स्वर में कहा।

"कठिन है डैडी, मैं जानता हूं, परन्तु मजबूरी के सामने सिर तो झुकाना ही पड़ता है।"

राय साहब का चेहरा गम्भीर ही रहा। कुछ क्षण बेटे के चेहरे की ओर ममता भरी उदास नजरों से देखते रहे, फिर मुड़कर धीरे-धीरे दरवाजे की ओर कदम उठाते हुए बोले—"बैठ जाओ बेटे! मुझे दरवाजे तक छोड़ आने की आवश्यकता नहीं। मैं जा रहा हूं।"

दरवाजे के निकट पहुंचकर हैंडल घुमाते हुए दरवाजा खोला। दरवाजा बन्द करने से पहले मुड़कर एक नजर बेटे पर डाली। विकास सिर झुकाए सोफे पर बैठ चुका था। दरवाजा बन्द करने के बाद वह वहां से चल दिए। होटल से सीधे अपने कमरे पर पहुंचे। बरामदे के सामने कार रुकते ही उतरते हुए देखा—सामने बरामदे में अंजलि और उसका पति गोपाल कुर्सी पर

बैठे हुए चाय पी रहे थे। उन्हें बरामदे की सीढ़ियां चढ़ते देख गोपाल उठकर खड़ा हो गया। अंजलि ने भी मुस्कराते हुए उनका स्वागत किया। पूछा–"आपके लिए चाय बना दूं डैडी?"

"बना दो।" वह अंजलि के निकट ही कुर्सी पर बैठते हुए बोले। फिर गोपाल से भी बैठने को कहा। उनके आदेश पर बोला–"आई एम सॉरी डैडी! रात मुझसे भूल हो गई। फिर कभी ऐसा नहीं होगा। अंजलि ने बताया, आप मुझसे नाराज हैं। आप मुझे क्षमा कर दें।"

गोपाल की यह बात सुनकर राय साहब को खुशी हुई। सोचा, अपनी भूल का एहसास कर जो आदमी क्षमा मांग ले, वह बुरा नहीं होता। फिर बोले–"चाय पियो बेटे! कल से तुम्हें मेरे साथ ही काम पर जाना है।"

"थैंक्यू डैडी!" अंजलि ने खुश होते हुए कहा।

गोपाल की दाढ़ी-मूंछों के बीच होंठों पर मुस्कराहट रेंगी।

12

अगले दिन सुबह गोपाल राय साहब के ही साथ काम पर गया और उसके बाद प्रतिदिन जाने लगा। धीरे-धीरे एक बहुत बड़ी फैक्ट्री का पूरा बोझ राय साहब ने गोपाल पर ही डाल दिया। गोपाल खुश था। अंजलि भी खुश भी। राय साहब ने अंजलि और गोपाल के लिए नई कार खरीद दी थी। वह गोपाल के काम से सन्तुष्ट ही थे। अंजलि ने अपना पहनावा भी बदल दिया था। कभी वह और गोपाल कीर्ति और प्रशान्त से मिलने चले जाते, कभी प्रशान्त और कीर्ति राजू को साथ लेकर उनसे मिलने आ जाया करते।

जीवन ठीक ही चल रहा था। विकास को लेकर राय साहब के मन में जो कांटा-सा गड़ा था, उसकी चुभन को वह कभी भूल ही नहीं सकते थे, परन्तु वैसे उन्होंने स्वयं को समय की धारा में छोड़ दिया था। पहले वह कभी-कभी उस फैक्टरी में चले जाया करते थे, जो गोपाल के हाथों में सौंपी थी। फिर जाना बिलकुल ही बन्द कर दिया। ऐसा करने से थोड़ा-सा चैन ही मिला। काम बंट जाने से कुछ आराम भी। शाम को समय पर घर आ जाते। समय पर ही खाते। नींद तो कभी-कभी ही आती थी, तब भी समय पर लेट अवश्य जाते थे। अंजलि और गोपाल का क्लबों और पार्टियों में जाना उनकी आदत-सी बन गई थी। राय साहब इस बात को बुरा नहीं मानते थे। सोचते, दोनों युवा हैं। खेलने-खाने की उम्र है। इस आयु में उन्हीं के समान घर घुसे रहेंगे तो उन दोनों का समय कैसे कटेगा?

जिस फैक्टरी की व्यवस्था गोपाल के हाथों में सौंपी गई थी, उसका मैनेजर राय साहब को बहुत प्रिय था। युवा ही था, परन्तु अनुभवी और कुशल बुद्धि वाला। दो वर्ष पहले उसका विवाह हुआ था। पत्नी बहुत सुन्दर और सुशील थी। राय साहब उस विवाह में शरीक भी हुए थे और नव ब्याहता को कीमती उपहार भी दिया था। मैनेजर की पत्नी उन्हें किसी देवी की

मूर्ति के समान ही लगी थी। चौड़ा माथा, गौर वर्ण, उन्नत ललाट, गहरे घने लम्बे केश। वह कभी-कभी काम से अवकाश पाकर यदि उस मैनेजर की कोठी की ओर निकलते तो उस युवती के हाथ की बनी चाय की प्याली का लालच नहीं छोड़ पाते थे। एक शाम काम से लौटे ही थे कि राकेश पांडे का फोन आया। राकेश पांडे कुछ घबराया हुआ भी था और परेशान भी।

"मैं आपसे मिलना चाहता हूं राय साहब!" राकेश पांडे ने फोन पर कहा।

"कोई विशेष बात है बेटे?" राय साहब ने स्नेह भरे स्वर में पूछा। वे अपने कर्मचारियों से यों ही बात किया करते थे।

"एक जरूरी काम है राय साहब। कहिए तो इस समय मिलने आ जाऊं?"

"आ जाओ। मैं इस समय घर पर ही हूं, कहीं जाने का विचार भी नहीं है।" कहने के बाद राय साहब ने फोन रख दिया।

एक घंटे के बाद राकेश पांडे की कार बरामदे के सामने आकर रुकी। राकेश पांडे स्वयं ही कार ड्राइव किया करता था। कार रोककर उतरते समय भी उसके चेहरे पर घबराहट थी। राय साहब उस समय चाय पी रहे थे। राकेश पांडे के वहां पहुंचकर बैठ जाने के बाद राय साहब ने उसे चाय के लिए पूछा।

"मैं अभी पीकर आया हूं।" राकेश पांडे ने गम्भीर स्वर में कहा।

"कहो, क्या काम है मुझसे? तुम तो जानते हो कि मैंने फैक्टरी का सारा काम गोपाल पर ही छोड़ दिया है। फैक्टरी के सम्बन्ध में तो उन्हीं से बात करनी चाहिए। उसके अतिरिक्त यदि कोई काम हो, तो मुझसे कह सकते हो।"

"मुझे गोपाल बाबू के बारे में ही आपसे कुछ कहना है। कहना तो बहुत दिनों से चाह रहा था, किन्तु कहने में संकोच इसीलिए किया कि सुनकर आपको दुःख होगा। अब बात सीमा से आगे निकल गई है। अब कहे बिना चारा नहीं है।"

"क्या किया है उसने?"

"आपके दामाद हैं–हमारे मालिक भी। मालिक होने के नाते हमारा उन्हें आदर देना आवश्यक भी है। परन्तु मालिक तो पिता के समान होता है–भले ही आयु में कम हो या अधिक। कुछ दिन हुए, क्लब में मेरी उनके साथ भेंट हो गई थी। तब मेरी पत्नी विभा भी मेरे साथ थी। मैंने उनका अपनी पत्नी से परिचय कराया। कुछ देर बाद हम लोग बैठकर बातें करते रहे। आपकी बेटी भी उनके साथ थी। उसके बाद हम लोग चले आए।

अगले दिन मैं अपने काम पर था कि गोपाल बाबू मेरे घर पहुंच गए। विभा से कुछ देर बैठे बातें करते रहे। उसके बाद चले गए। शाम को घर लौटने पर विभा ने जब यह बात मुझे बताई तो मैंने सोचा, इधर से निकल रहे होंगे। सोचा होगा, विभा से मिलते चलें। उनका परिचय तो

क्लब में ही हो चुका था। परन्तु दूसरे दिन घर लौटकर फिर यही बात सुनने को मिली और यह जानकर दुःख हुआ कि विभा के प्रति उस दिन उनका व्यवहार ठीक नहीं था और दिन के समय शराब पिए हुए थे। आपको सुनकर दुःख होगा कि जिस ऑफिस में आप सालों से बैठते रहे हैं, आज उसी ऑफिस की अलमारी में शराब की बोतलें पड़ी रहती हैं।”

“ऐसा कब से है?” राय साहब ने सिर झुकाए पूछा। राकेश पांडे की बातें सुनकर उन्हें दुःख हुआ। गोपाल ऐसा भी कर सकता है, वह सोच भी नहीं सकते थे।

“जब से आपने फैक्ट्री जाना बन्द किया है। वे ऑफिस में शराब पिएं या कुछ भी करें, यह उनकी निजी बात है। मैं इसके बारे में शिकायत करने नहीं आया हूं। परन्तु शराब पीकर किसी के घर जाएं और उसकी पत्नी के साथ अभद्रता का व्यवहार करें, यह बात तो कोई भी सहन नहीं कर सकता। उसके अगले दिन भी वह शराब पीकर मेरे घर गए और उस दिन तो अशिष्टता की सभी सीमाएं लांघ गए। मेरी पत्नी का हाथ पकड़कर उसे अपने सीने के साथ लगा लिया। उनसे बचने के लिए मेरी पत्नी को नौकर को बुलाना पड़ा।

नौकर के आने पर गोपाल बाबू ढिठाई और लापरवाही से वहां से चले गए। रात जब मैं घर पहुंचा, पत्नी ने रोते हुए मुझे यह घटना बताई। सुनकर मुझे बड़ा दुःख हुआ। अगले ही दिन आपको सूचना देनी चाही, परन्तु उससे पहले गोपाल बाबू से बात कर लेना ठीक समझा। सोचा, सुनकर आपको दुःख होगा। आपको हम लोग देवता के समान पूजा करते हैं। वैसा ही स्वभाव विकास बाबू का भी था। आप लोगों ने हमारे लिए सदा ही कुछ-न-कुछ करने की चेष्टा की है। इसी कारण हम आपके भी आभारी हैं।

यही बातें सोचते हुए मैंने गोपाल बाबू से बात की। आपको सुनकर आश्चर्य होगा, उल्टा मुझी को फटकार दिया। कहने लगे, तुम्हें यह बात कहने का साहस कैसे हुआ? तुम्हें अपनी पत्नी को डांटना चाहिए था, जो संकेतों द्वारा दूसरे आदमियों को बुलाती है। एक कुलटा की बात सुनकर तुम मुझसे लड़ने आए हो। जानते नहीं, मैं कौन हूं? इसी समय नौकरी से निकाल सकता हूं।”

“गोपाल ने विभा के बारे में ऐसा कहा?” राय साहब गहरे दुःख से बोले—“विभा तो देवी के समान है। इस बात को कौन नहीं जानता।”

“इसी कारण मुझे बहुत दुःख हुआ था राय साहब! उस दिन के बाद वे मेरे घर तो नहीं गए, परन्तु मुझे परेशान करने की कोशिश में लगे हुए हैं। मामूली-सी बात पर और कर्मचारियों के सामने डांटते-फटकारने लगते हैं। बात-बात पर नौकरी से निकालने की धमकी देते हैं। जिन कर्मचारियों से मुझे काम लेना होता है उन्हीं के सामने डांटेंगे तो मैं उनसे काम कैसे ले सकूंगा? शायद वे यही चाहते हैं कि मैं तंग आकर नौकरी छोड़ दूं। ऐसे ही घुटन भरे दिन काटते हुए किसी तरह नौकरी कर रहा था कि कल फैक्टरी में एक और अप्रिय घटना घट गई।

सीमा कपूर को आप जानते हैं, स्वर्गीय रमाकान्त की बेटी। रमाकान्त की मृत्यु के बाद आप ही ने उसके स्थान पर उनकी बेटी को रखा था। पूरी फैक्टरी के लोग जानते हैं कि रमाकान्त बहुत ईमानदार और मेहनती कर्मचारी था। आपको भी बहुत प्रिय था। उसके घर वालों की सहायता के लिए आपने सीमा को नौकरी दी थी।"

"तुम कहना क्या चाहते हो? सीमा तो मेरी बेटी के समान है।" राय साहब के माथे पर लकीरें उभर आई थीं।

"कल गोपाल बाबू ने उसे अपने ऑफिस में बुलाया था। उस समय वे शराब पी रहे थे। उसके साथ कुछ ऐसी हरकत की कि वह रोती हुई ऑफिस से बाहर चली आई। सभी लोगों ने उसे रोते हुए बाहर निकलते देखा। उसके बाद वह देर तक अपनी सीट पर बैठी हुई जोर-जोर से रोती रही। बहुत पूछने पर जो उसने बताया, वह लज्जाजनक है। आपके सामने कहते हुए भी लाज आती है।"

"तुम कहो। सुन पाने का साहस मुझमें है।"

"बता तो चुका हूं, गोपाल बाबू उस समय शराब पिए हुए थे, सीमा से बोले, मेरे लिए व्हिस्की का गिलास बनाओ। बेचारी आश्चर्य से उनके चेहरे की ओर देखती रही। जिन लोगों के घर में प्याज तक न खाई जाती हो वे शराब का गिलास बनाना क्या जानें? उसने सहमते हुए उत्तर दिया, मैं तो यह सब जानती नहीं साहब! मैं सिखाता हूं। कहते वह उठे और सीमा के निकट आकर खड़े हो गए। उसके बाद उसके गालों को सहलाते हुए बोले, आज से पहले भी तुम्हें किसी ने बताया था कि तुम बहुत सुन्दर हो? सीमा के लिए तो यह आश्चर्य की ही बात थी। वह घबराए हुए पीछे हटने लगी तो उसके शरीर को बांहों में भींच लिया। उसे अपने साथ सटाते हुए बोले, मेरे साथ रहो। तुम्हारी पगार भी बढ़ जाएगी और काम भी नहीं करना पड़ेगा।

बहुत कठिनाई से बेचारी स्वयं को छुड़ाकर रोते हुए बाहर भाग आई। जब से फैक्टरी कर्मचारियों को इस घटना की जानकारी हुई है, वे बहुत उत्तेजित हैं। यूनियन में भी यह बात बहुत तेजी से उठी है। कर्मचारी फैक्टरी में काम करने जाते हैं। फैक्टरी उनके लिए मन्दिर के समान है जो उनके और उनके बच्चों के पेट भरने के लिए रोटी देती है। तब भी उन्हें पैसा उनके काम के बदले में मिलता है। वे वहां अपनी इज्जत नीलाम करने नहीं जाते। कर्मचारियों में उत्तेजना बढ़ी हुई है। कल को कुछ भी हो सकता है। इसी कारण मैं आपको सभी बातों से अवगत कराने आया हूं।"

"मैं तुम्हारा आभारी हूं राकेश! कल मैं फैक्टरी आऊंगा, कर्मचारियों से बात करूंगा। मेरी एक ही फैक्टरी नहीं और भी कई फैक्टरियां हैं, मैं और मेरा परिवार आज जो कुछ भी है, उन्हीं कर्मचारियों के पसीने के कारण है। आज इस फैक्टरी की बात है। कल किसी दूसरी फैक्टरी की बात हो सकती है। आग जब दामन को पकड़ती है तो केवल दामन तक ही सीमित नहीं रहती। न बुझा सकने पर पूरा लबादा ही जलाकर खाक कर देती है। कभी-कभी उसी लबादे में लिपटे

शरीर भी जल जाया करते हैं।" राय साहब को गुस्सा भी आया और दुःख भी। उनके लिए यह बात किसी रूप में कम नहीं थी।

राकेश के चले जाने के बाद भी वह दिन ढलने तक बरामदे में ही बैठे रहे। दिन ढलने के बाद रात का अन्धेरा चारों ओर छाने लगा। रात की काली चादर पर आकाश में सितारे ढंक गए थे। सर्दी कुछ बढ़ती चली गई। हवा भी तेज हो गई। गेट पर लगी बत्तियों की रोशनियां बहुत धीमी थीं। धुएं और कोहरे की हल्की-सी परत पर हर चीज को अपने दामन में समेटती चली गयी थी। जब नौकर उन्हें खाने के बारे में पूछने के लिए आया तो उन्होंने खाना खाने के लिए मना कर दिया।

उस समय उन्हें विकास की बहुत याद आई। वह फैक्टरी में जाता था तो लोगों की नजरें आदर से बिछ जाती थीं। उसका हंसमुख चेहरा और अपनापन लिए हुए हर व्यक्ति से बात करने का ढंग, ऊंच-नीच का अहसास किए बिना किसी से भी घुलमिल जाना–विकास के गुणों को याद करते हुए वे आंसू बहाते रहे। बेटे का पीला-मुझाया चेहरा और उसकी खांसी का स्वर उन्हें बार-बार याद आता रहा।

राकेश तो उन्हें यादों की पीड़ाओं में धकेलकर वहां से जा ही चुका था। अंजलि और गोपाल रात का खाना क्लब या किसी रेस्तरां में ही खाकर आया करते थे। वे कब लौटेंगे, इसका अनुमान राय साहब को नहीं था। रात अपनी मन्द गति से धीरे-धीरे सुबह की ओर बढ़ती जा रही थी। वह बरामदे में बैठे सामने फैले अंधकार की ओर देख रहे थे। वृक्षों की कांपती काली परछाइयों की ओर देखते हुए उन्हें ऐसा प्रतीत हो रहा था, जैसे अन्धेरा वृक्षों को नहीं, उनके शरीर को जकड़ता चला जा रहा है–अपने विशाल जबड़े फैलाए।

"सोएंगे नहीं साहब?" नौकर ने बरामदे में आते हुए पूछा।

वे अपने ही विचारों में इतना लीन थे कि उनको नौकर के कदमों की आहट भी नहीं सुनाई दी।

"कितना समय हो गया?" उन्होंने भीगे हुए स्वर में अपने नौकर से पूछा।

"ग्यारह बज गए हैं साहब! कुछ क्षण पहले ही तो निकट के गिरजाघर पर लगे घण्टे ने ग्यारह बार टन-टन की थी। आपने नहीं सुना?"

"मेरे कान बहरे हो चुके हैं। मेरा दिमाग काम नहीं कर रहा। लगता है, पागल हो जाऊंगा।" वे कांपते स्वर में बड़बड़ाए। पीड़ा के उन क्षणों में यह भी ध्यान नहीं रहा कि किसी नौकर से बात कर रहे हैं। अहसास होते ही संभले। फिर भारी स्वर में बोले–"मेरे कमरे का हीटर जला दो और मुझे एक प्याली चाय दे जाओ। तुम्हें पता है, अंजलि और गोपाल रात को कितने बजे लौटते हैं?"

"बारह बजे के बाद लौट ही आते हैं!" नौकर ने सहमे हुए स्वर में कहा।

राय साहब चौंके–"तुम, क्या उस समय तक जाग रहे होते हो?"

"बीबीजी उठा लेती हैं। कभी पानी गर्म करने के लिए कहती हैं, कभी गिलास लाने के लिए, कभी फ्रिज में से पानी निकालकर थर्मसों में डालकर उनके कमरों में रखने के लिए।"

"तुमने मुझे पहले क्यों नहीं बताया? तुम लोगों को दस बजे तक सो जाने की आदत है। दिन भर काम करते हो। रात को आराम नहीं करोगे तो अगले दिन काम कैसे करोगे?" राय साहब के लिए यह सूचना नई बात थी, इसलिए उनका हैरान होना उचित था।

"हम तो नौकर हैं मालिक! जो कहा जाएगा, वही करेंगे। एक बार साहब से दबी जुबान में कहा था, आप हमें आदेश दे दिया करें साहब, हम सभी काम आपके पीछे कर दिया करेंगे। बस, इतनी-सी बात बात में गुस्से में आ गए। चांटा मारते हुए बोले–जुबान चलाता है हरामजादे! नौकर है, मालिक नहीं। हम क्या कहें मालिक, इस घर में पहले तो कभी ऐसा नहीं हुआ था। डर के मारे आपके सामने भी जुबान नहीं खोली। आज आपने पूछा तो बता दिया।" कहते हुए नौकर की आंखों में आंसू भरते चले गए।

कुछ क्षण रुककर नौकर ने फिर कहना शुरू किया–"ऐसा तो इस कोठी में कभी नहीं हुआ था मालिक! आपका नमक खाया है। आपको दुःखी देखना नहीं चाहते। पहले ही आप कम दुःखी नहीं हैं। विकास बाबू तो देवता समान थे। हमारा कितना ख्याल रखते थे! बीमार हुए तो डाक्टर के पास भेज देते थे। घर से हारी-बीमारी की खबर आई और हम तनिक उदास हुए तो वह हंसकर पूछते थे, क्या बात है? चेहरा क्यों उतरा हुआ है? उनसे कुछ भी कहने में संकोच नहीं होता था मालिक। हम घर से आया पत्र उनको थमा देते थे। पत्र पढ़कर मुस्कराते हुए कहते, बस, इतनी-सी बात, कुछ दिन के लिए हो आओ। और हम जितना भी पैसा मांगते, हमको वह दे देते। कभी हमारी पगार से नहीं काटा।"

"बस करो...बस करो...मैं और नहीं सुन सकता।" राय साहब चीख उठे। नौकर ने अनजाने में ही उनके मन का दुःख बढ़ा दिया था।

नौकर सहम गया। कांपते स्वर में बोला–"हम हीटर जला देते हैं मालिक! बाहर सर्दी बहुत है। आप अन्दर चलें। हम चाय लाते हैं।" कहने के बाद नौकर मुड़ा और वहां से चल दिया। उसके जाने के बाद राय साहब ने अपने सामने फैले अंधकार की ओर देखा। धीरे से बड़बड़ाये–"विकास...मेरे लाल...लौट क्यों नहीं आता? तुम्हारे बाप को तुम्हारी बहुत जरूरत है। क्या कीर्ति के लिए अपने पिता को भी मिटा देगा, जैसे तूने उसके लिए स्वयं को मिटाया है? मेरा दोष बता बेटे!

मैंने क्या पाप किया है?"

सामने फैले हुए अन्धकार के पास उनके सवालों का कोई उत्तर नहीं था, उत्तर था विकास के पास जो बैसाखियों के सहारे ऊंची-नीची पहाड़ियों को अपने थके हुए शरीर से सहलाता हुआ बर्फानी हवाओं से टकराकर उठती अपनी खांसी को रोक रहा होगा। वह निढाल और थके हुए-से उठे। कमरे में पहुंचकर कपड़े बदले। कमरे में जलते हीटर ने शरीर को कुछ राहत दी। कुछ ही क्षणों के बाद नौकर चाय दे गया। वह धीरे-धीरे चाय पीते रहे। पीने के बाद प्याली निकट ही तिपाई पर रख दी—अखरोट की लकड़ी की बनी सुन्दर तिपाई, जिसे विकास ही कश्मीर इम्पोरियम से लाया था, उनके जन्मदिन पर खरीदकर।

नींद आंखों से कोसों दूर थी। उस काली रात की कालिमा में उन्हें कुछ कदमों की आहट की प्रतीक्षा थी। बहुत प्रतीक्षा करने के बाद कोठी के बरामदे के सामने कार रुकने का स्वर सुना। उन्होंने उठकर अपने कमरे के दरवाजे पर पड़ा पर्दा एक ओर सरका दिया। स्वयं दरवाजे के निकट ही पड़े कीमती सोफे पर बैठ गए। कुछ ही क्षणों के बाद गोपाल दिखाई दिया...शराब के नशे में धुत। सफेद वर्दी पहने ड्राइवर के गले में अपनी एक बांह डाले। ड्राइवर अपनी दोनों बांहों से उसका शरीर संभाले हुए चल रहा था। उसके पीछे अंजलि दिखाई दी।

"यहां आओ अंजलि, ड्राइवर उसे बेडरूम तक छोड़ देगा।" राय साहब का स्वर कड़ा था।

अंजलि लड़खड़ाते कदमों के साथ उनकी ओर बढ़ती चली आई। तभी गोपाल का स्वर सुनाई पड़ा—"जाग रहा

है...ओल्ड मैन अभी तक जाग रहा है। रात को केवल उल्लू नहीं सोते!" कहने के बाद उसने ठहाका लगाया। वह ठहाका किसी हथौड़े के समान ही राय साहब के दिमाग पर बार-बार चोटें कर रहा था।

"तुमने गोपाल की बात सुनी?" राय साहब ने कड़वे स्वर में अंजलि से पूछा।

"वह इस समय नशे मैं है डैडी! होश में नहीं है।" अंजलि उनके सामने सोफे पर बैठते हुए बोली।

"मेरा घर होश खोए आदमियों के लिए नहीं बनाया गया है। पीढ़ियों से हमें फूंक-फूंककर कदम रखने की आदत पड़ी है। भूल से फेंके हुए सिगरेट की चिनगारी अपना ही नहीं, अपने घर से जुड़े हुए दस-बीस घर और भी जला सकती है। आग की लपटें मेरे तक पहुंच चुकी हैं, होश या बेहोशी में। जानती हो, जिस विशाल फैक्टरी को मैंने तुम्हारे पति के हाथों सौंप दिया था, यह सोचते हुए कि वह मेरा बोझ बांट लेगा, आज वही मेरी आत्मा पर सबसे बड़ा बोझ बन गया है। तुम्हारा पति उस फैक्टरी के मैनेजर की पत्नी पर अपनी वासना भरी नजरें डाल चुका है। अपने ऑफिस में, जहां मैं कदम रखने से पहले चैखट को छूकर भगवान का धन्यवाद दिया करता था, आज उसी चैखट के अन्दर शराब पीने के बाद तुम्हारा पति उस लड़की पर हाथ डाल सकता है, जिसे मैंने अपनी बेटी के समान समझा है।"

"आप यह क्या कह रहे हैं डैडी! वे ऐसे नहीं हैं। आप किसी के बहकावे में आ गये हैं। वह उस फैक्टरी में गए हैं, हो सकता है कुछ लोगों को यह बात पसन्द न आई हो।"

राय साहब व्यंग्य से हंसे। फिर बोले–"अपने पिता से भी सच बोलने का साहस तुममें नहीं! तेज वर्षा में भीगते कपड़ों को देखते हुए मुझसे यह कहने की चेष्टा कर रही हो कि बहुत तेज धूप में कपड़े सूख रहे हैं! स्वयं को क्यों धोखा दे रही हो बेटी? दस-बीस लाख मेरा वह गंवा भी देगा तो मुझे कोई अन्तर नहीं पड़ेगा, परन्तु जिस आदमी के हाथ में तुमने अपना हाथ दे दिया है, वह दूसरी औरतों का हाथ थामता फिरे, क्या तुम सहन कर लोगी? उसने सबसे पहले मेरे विश्वसनीय मैनेजर की देवी के समान पत्नी का हाथ थामा। उसके बाद मेरे विश्वसनीय नौकर की बेटी का, जो मेरे लिए भी बेटी के समान है। मैं यह बात सहन नहीं कर सकता।

"तुम्हारा सुख मेरे लिए प्रिय है। उसकी बातें बहुत अप्रिय। चक्की के पाटों के बीच मजबूरी में पड़े किसी दाने का भाग्य तो उसका पिसना ही है। परन्तु मैंने क्या गुनाह किया है? मेरा गुनाह केवल यही है कि तुम मेरी बेटी हो। क्या तुम्हारा पिता होने की मुझे यही कीमत चुकानी पड़ेगी? यह बहुत भारी कीमत है बेटी। मुझसे दस-बीस लाख रुपए मांग लो, मैं हंसकर दे दूंगा, परन्तु मुझसे मेरी इज्जत मत छीनो। वह केवल मेरी नहीं, मेरे बाप-दादा की है। मुझपर दया करो

बेटी! मैं इससे ज्यादा नहीं कह सकता। कितनी घिनौनी बात है कि तुम्हारा पति अपने मैनेजर की अनुपस्थिति में उसकी बीवी का हाथ थाम ले और ऑफिस में काम करने वाली लड़की को वासना की निगाहों से देखे।

"अब तुम जा सकती हो, जो मैंने कहा है उसे झूठ मत समझना। इससे बड़ा सच कोई हो ही नहीं सकता। राकेश को भी मैं जानता हूं और सीमा को भी। वे अपने किसी भी स्वार्थ के लिए झूठ का सहारा नहीं ले सकते। तुम्हारा पति इतना गिरा हुआ है, मैं सोच भी नहीं सकता था!" राय साहब बहुत गुस्से में बोल रहे थे।

"मुझे दुःख है डैडी! मैं उनसे बात करूंगी।" अंजलि ने सिर झुकाए हुए कहा।

"रात के बारह बजे वह नशे में धुत लौटता है। नौकरों को गाली देता है। मारता भी है। तुम जानती हो, मेरे नौकर मेरे बच्चे के समान हैं, तब भी तुमने उसे रोका नहीं। मैं समझता हूं, तुम्हें लन्दन भेजकर मैंने भूल की थी।"

"मैं उन्हें समझा दूंगी डैडी!" अंजलि ने कहा।

"तुम उसे क्या समझाओगी? मुझे ही सोचना पड़ेगा। तुम जा सकती हो।" वह गुस्से में बोले–"इस समय तक मैं तुम्हारे लौटने की प्रतीक्षा में ही जाग रहा था। यदि गोपाल होश में होता तो मैं उससे ही बात करता। परन्तु जिस आदमी को नौकर सहारा देकर उसके बेडरूम तक छोड़ने गया हो, उससे बात करने से क्या लाभ? अच्छा तमाशा खड़ा कर दिया है तुम लोगों ने कोठी में!"

अंजलि कमरे से बाहर निकल आई। अपने कमरे की ओर जाते हुए उसका मन गोपाल के प्रति घृणा और ग्लानि से भरता चला गया। कमरे में पहुंचकर देखा, गोपाल गहरी नींद सो रहा था। कमरे की बत्ती जल रही थी। गोपाल ने कपड़े भी नहीं बदले थे। जूते तक नहीं उतारे थे। अंजलि बिस्तर के निकट पड़ी तिपाई की ओर गई। बहुत बड़े साइज का थरमस उठा लिया। थरमस भारी था। नौकर फ्रिज से ठंडा पानी भरकर रख गया था। उसने थरमस का ढक्कन खोलकर तिपाई पर रख दिया। पानी को अंगुली से छूकर देखा, पानी बहुत ठंडा था। गोपाल हड़बड़ाकर उठा। लम्बे बाल, दाढ़ी और मूंछों से पानी टपक रहा था। उसकी नशे में डूबी लाल आंखें अंजलि को घूरती रहीं।

"यह क्या बदतमीजी है?" गोपाल बालों को झटकते हुए दहाड़ा।

"तुमसे कुछ बातें करनी हैं।" अंजलि ने खाली थरमस तिपाई पर टिकाते हुए शांत स्वर में उत्तर दिया।

"बातें सुबह भी हो सकती थीं।" गोपाल गीले बिस्तर की ओर देखकर बोला।

"कुछ बातें सुबह तक नहीं टाली जा सकतीं।"

गोपाल खा जाने वाली नजरों से अंजलि की ओर देखते हुए बिस्तर से उठ गया। लड़खड़ाता हुआ बाथरूम के दरवाजे की ओर बढ़ा। हैंडल घुमाने के बाद बाथरूम का दरवाजा खोल वह अन्दर चला गया। कुछ ही क्षणों के बाद लौटा तो तौलिया उसके हाथों में था। वह तौलिए से सिर के बालों को पोंछ रहा था।

"बोलो क्या बात करनी है? रात का समय है और तुम अपने डैडी के घर में हो। कहीं और होतीं तो तुम्हारा दिमाग ठीक कर देता। यहां आते ही तुम्हारा इतना साहस बढ़ गया कि मुझे सोते देख मेरे सिर पर पानी डाल दो? कहीं और होतीं तो मैंने तुम्हें पीट डाला होता। कहो क्या कहना है?"

"तुमने मैनेजर की बीवी और सीमा नाम की लड़की के साथ क्या हरकत की थी?"

"तुम्हें किसने बताया?" गोपाल ने लापरवाही से बालों को तौलिये से रगड़ते हुए पूछा था।

"यह मेरे सवाल का उत्तर नहीं है।" अंजलि का स्वर कड़ा हो गया।

"औरतें होती किसलिए हैं? वो भी दोनों औरतें ही हैं—परन्तु सुन्दर औरतें, सुन्दर शरीर के साथ। घर के खाने से ऊबकर कभी-कभी बाहर किसी अच्छे होटल में खा लेना कोई बुरी बात भी नहीं है।" कहते हुए गोपाल हंसा।

"तुम अपनी आदतें नहीं बदलोगे?" अंजलि ने कड़े स्वर में पूछा।

"इस समय तो कपड़े बदलने की बात सोच रहा हूं।" कहते हुए गोपाल ने तौलिया बिस्तर पर उछाल दिया। फिर मुस्कराते हुए कहा—"तब तक तुम बिस्तर की चादर बदल दो। गीली हो गई हैं न।"

"तुम आदमी नहीं जानवर हो!" अंजलि उसके व्यवहार से चिढ़कर दांत पीसते हुए बोली।

अगले ही क्षण गोपाल का हाथ पूरी ताकत से अंजलि के चेहरे पर पड़ा। अंजलि लड़खड़ाते हुई बिस्तर पर जा गिरी।

"यू बिच...मुझे जानवर कहती हो!" गोपाल गुस्से से बोला।

अंजलि बिस्तर पर गिरते ही तेजी से मुड़कर उठ गई। एक हाथ गाल पर था। हाथ के तले उसका गाल जल रहा था। आंखें अंगारों के समान आग उगल रही थीं। होंठ फड़फड़ाते रहे थे।

"यू ब्रूट...हाउ डेयर यू हिट मी! तुमने मुझे मारा।

मुझे...? जो एक करोड़पति बाप बेटी है!"

"तुम केवल मेरी बीवी हो। बिस्तर की चादर बदलो। बहुत सह लिया। मैं अपनी नींद खराब नहीं करना चाहता, सोना चाहता हूं, सुबह फैक्टरी भी जाना है।"

"किसकी फैक्टरी है? वह मेरी है। मेरे डैडी की। निकल जाओ इस कमरे से! मैं तुमसे घृणा करती हूं। आई हेट यू!"

अंजलि पूरी ताकत से चिल्लाई।

गोपाल लापरवाही से मुड़ा। मुड़कर निकट ही रखी लकड़ी की बड़ी-सी अलमारी के निकट पहुंचा। अलमारी के पट खोलने के बाद स्लीपिंग सूट और ऊनी गाउन निकालकर सोफे की ओर उछाल दिए। उसके बाद वह मुड़ा। शराब की बोतल उसके हाथ में थी।

"स्साली ने नशा खराब कर दिया!" कहते हुए उसने कार्क लापरवाही से कालीन पर फेंकते हुए बोतल होंठों से लगा ली। एक ही सांस में बहुत-से घूंट भर गया। फिर उसी सोफे पर जा बैठा जिस पर पहनने के लिए कपड़े फेंके थे।

"कहां जाने के लिए कहती हो?"

"कहीं भी। मैं अब तुम्हारे साथ नहीं रह सकती। यू कैन ईवन गो टू हेल! आई हेट यू!" अंजलि ने आहत स्वर में कहा।

"तुम्हें भी मेरे साथ ही जाना होगा।" गोपाल झुककर अपने जूतों के फीते खोलते हुए हंसा–"बीवी को पति के साथ ही रहना पड़ता है।"

"मैं तुमसे तलाक ले लूंगी।" अंजलि गुस्से में भी भरी हुई थी। गाल अब भी जल रहा था।

"तुम ऐसा नहीं कर सकतीं, यह बात तुम जानती हो। शायद इस समय तुम्हें अपने बहके कदमों के निशान याद नहीं रहे। मैं ही याद दिलाता हूं। लन्दन में एक रेस्टोरेंट में प्रेम कपूर गिटार बजाया करता था। सुन्दर, सजीला, सुगठित देह वाला। वह गिटार बजाते समय झूमता तो तुम उसके साथ झूम उठतीं। उसके गोरे चौड़े माथे पर बार-बार गिरते घने काले बाल तुम्हें बहुत भा गए थे। फिर तुमने उसके निकट पहुंचने की कोशिश की। तुम उसके जीवन में आने वाली पहली लड़की नहीं थीं। उसके लिए युवतियों के शरीर गिटार के तारों के समान ही थे।

जितनी तेजी से उसकी उंगलियां गिटार के तारों पर चला करती थीं उतनी ही तेजी के साथ उसका सुगठित शरीर नित नई लड़कियों के साथ खेला करता था।

शायद तुम भूल गई हो कि तुम्हें उसके निकट जाने के बाद तीन अबोर्शन कराने पड़े थे। तुमने उसे बहुत सारे प्रेम-पत्र लिखे थे। मुझे सुनाते हुए वह हंसा करता था। पेरिस जाते समय वह सभी प्रेम-पत्र और डॉक्टरों के बिल मुझे दे गया था। वह मेरा प्यारा दोस्त था। जानती हो, जाते समय उसने क्या कहा था, शी इज वेरी गुड इन दि बेड।"

कहते हुए गोपाल हंसा। फिर बोला—"तुमसे मिलने के बाद मुझे उसकी बात सच लगी थी। तुम उससे प्रेम करती थीं, परन्तु उसका प्यार तुम्हारे शरीर तक ही सीमित था। उसके चले जाने के बाद तुम रोती थीं। तब मैं तुम्हारे निकट आया था। प्रेम कपूर की याद में बहाए हुए आंसू मेरे कंधों पर बहुत बहे हैं। सब बात मालूम होने के बाद भी जब तुमने मुझसे शादी करने की बात की, तो मैंने मना नहीं किया। प्रेम कपूर ने पेरिस जाते समय कहा था, शी इज ए बिग कैच। बहुत मालदार बाप की बेटी है। परन्तु मैं जिस औरत के साथ पेरिस जा रहा हूं, वह बहुत धनी बेवा है। सुन्दर भी है और जवान भी। इसलिए अंजलि को तुम्हारे हवाले कर रहा हूं। भावुक और मूर्ख लड़की है, आसानी से तुम्हारे काबू में आ जाएगी। हेट्स आफ टु प्रेम कपूर।"

गोपाल ने मुस्कराते हुए अपना हाथ सिर से ऊपर उठाते हुए कहा—"औरतों के बारे में वह बड़ा अनुभवी आदमी था। देख लो, आज तुम मेरी बीवी हो। तुम्हारे लिखे प्रेम-पत्र और डॉक्टरी बिल मेरे पास हैं। तुम्हारे पिता देखेंगे तो उन्हें कष्ट होगा। ये बातें सुनने के बाद भी मुझे कमरे से बाहर जाने के लिए कहोगी? मैं रात को कहां सोऊंगा?" कहने के बाद गोपाल ने मुस्कराते हुए नीचे झुककर अपने कपड़े और कालीन पर टिकाई शराब की बोतल उठा ली।

अंजलि झटके से उठी और बोली—"मुझे पता नहीं था कि तुम इतने कमीने आदमी हो। इस कोठी में बहुत-से कमरे हैं। मैं किसी भी कमरे में सो लूंगी। यू गो टु दि हेल!" कहने के बाद वह तेजी से मुड़ी और कमरे से बाहर चली गई—जाल में फंसी बेबस और लाचार मछली के समान। अंजलि के कदम एकदम विकास के बन्द कमरे की ओर उठते चले गए। गोपाल का ठहाका उसका पीछा करता रहा।

13

अंजलि उस रात सो नहीं पाई। बाहर के कमरे में पहुंचते ही कमरे की बत्ती जलाते ही उसने दीवार पर टंगी विकास की तस्वीर को देखा। तस्वीर देखते ही उसकी आंखें भरती चली गईं। अंजलि कुछ तो गोपाल की हरकतों से पीड़ित हुई थी, कुछ पिता के क्रोध से प्रभावित थी। सबसे अधिक पीड़ा उसे गोपाल की कही बातों से उत्पन्न हुई थी। जीवन में पहली बार जाना था कि कुछ आदमी कितने बड़े बहुरूपिये होते हैं।

वह अभी तक इसी धोखे में थी कि गोपाल उसके अतीत के बारे में कुछ नहीं जानता। उसने कभी प्रेम कपूर को गोपाल के साथ नहीं देखा था। प्रेम इतना गिरा हुआ इंसान होगा, उसने कभी कल्पना नहीं की थी। गोपाल ने उसे ब्लैकमेल करने के लिए शादी की है, यह बात वह सोच भी नहीं सकती थी। प्रेम कपूर के बाद गोपाल ने उसे सहारा दिया था। वह सुन्दर और जवान तो था ही, एक अच्छा चित्रकार भी था। किसी योजना के अनुसार ही गोपाल उसके निकट आया था, यह बात तो उसकी कल्पना से परे थी।

यही बातें सोचती हुई वह उस बिस्तर पर जा बैठी, जो कभी उसके भाई का हुआ करता था। उसने जेब से सिगरेट का पैकेट निकालकर सिगरेट सुलगाई और कुछ देर तक लम्बे-लम्बे कश खींचती रही। कमरे में धुंआ भरता चला गया। सिगरेट को मेज के कोने पर मसलने के बाद खिड़की खोली और खिड़की खोलते ही हवा के तेज सर्द झोंके कमरे में भरते चले गए। सिगरेट का टुकड़ा फेंकने के बाद उसने जल्दी से खिड़की बन्द कर दी। लौटकर बिस्तर की ओर जा रही थी कि उसकी नजर अलमारी की ओर उठी।

अलमारी का थोड़ा-सा पट खुला हुआ था। अलमारी के निकट पहुंचकर उसने दोनों पट पूरे खोल दिए। हैंगर्स पर टंगे हुए विकास के कपड़ों की ओर देखकर उसकी आंखें भर आईं। फिर वह विकास के कोट की आस्तीन को अपने उसी गाल पर रगड़ने लगी, जो गोपाल के चांटे के कारण अभी तक जल रहा था। ऐसा करते हुए उसे बहुत शांति मिली। आंखों में आंसू तेजी से उमड़ते चले गए थे।

वह रोते हुए उस आस्तीन से अपने गाल को सहलाती रही। कभी-कभी बड़बड़ाते हुए वह कहती—"भैया, मेरे भाई! तुम क्यों हमें छोड़कर चले गए? डैडी कितने अकेले पड़ गए हैं!" मन में उठते भाव आंसुओं की शक्ल में आंखों से बाहर निकलते रहे। न जाने यों ही कितना समय बीत गया। कोट की आस्तीन छोड़कर उसने निचले खाने पर नजर डाली।

एक ओर कीमती रूमालों का ढेर, उसके निकट ही अण्डरवियर और बनियानों का ढेर। उसके निकट ही सोने का सिगरेट केस और कीमती लाइटर। सिगरेट केस के नीचे दबे हुए उसे कुछ मुड़े हुए कागज दिखाई दिए। उसने सिगरेट केस उठा लिया। खोलने के बाद देखा, तीन सिगरेट तब भी उसमें थीं। उसके भाई का प्रिय ब्राण्ड। कांपते हाथों से उसने सिगरेट केस में से एक सिगरेट निकाली। फिर लाइटर उठाकर जलाया। शोला उभरते ही कमरा धीमे संगीत से भरता चला गया। संगीत सुनते हुए वह शोले की लौ की ओर देखती रही। फिर सिगरेट सुलगाई। शोला बुझते ही संगीत बन्द हो गया।

सिगरेट केस रखते हुए तह किए हुए कागज के बहुत छोटे-से ढेर पर उसकी नजर पड़ी। अनजाने में ही एक मुड़ा हुआ कागज उसने उठा लिया। कागज को खोलते ही वह चौंक पड़ी। अक्षर पहचाने हुए थे। यह उसके विकास भैया के हाथ का लिखा पत्र था। वह चौंकी थी, उस पत्र की तिथि देखकर। दो महीने पहले की तिथि थी। यह कैसे सम्भव हो सकता है?

उसने सोचा था। विकास भैया को मरे कई साल बीत गए। परन्तु पत्र उसके हाथों में था। वह उसे पढ़ने लगी—

प्रिय डैडी,

मैं राजू के जन्मदिन पर पहुंचूंगा, सेबों की फसल भी इस बार अच्छी हुई है। परन्तु बहुत सर्दी पड़ने के कारण कुछ वृक्षों को पाला मार गया है। तनिक-सी भूल हो गई। समय पर प्लास्टिक शीट पेड़ों पर न डाल सके। तब भी अधिक हानि न हुई। मेरी सेहत पहले से ठीक है। खांसी भी कम है। आपने पिछले पत्र में लिखा था कि यदि तुम्हें कुछ हो गया तो तुम्हारा डैडी जीवित नहीं रह सकेगा। आप ऐसा न लिखा करें। पत्र पढ़कर दुःख होता है। मैं पहले ही क्या कम दुःखी हूं। अपने अगले पत्र में कीर्ति और राजू के बारे में लिखिएगा।

आपने लिखा है, मैं वहां नहीं जा सका। यह तो गलत बात है डैडी! कीर्ति कैसी है—मैं आपके हर पत्र से जानना चाहता हूं। उसके सुखी होने का समाचार पाकर मुझे बहुत सुख मिलता है। आपने लिखा था कि अंजलि का कोई पत्र नहीं आया। आप उसे पत्र लिखें। आपके आदेश के अनुसार धनबहादुर मेरे कमरे की सफाई प्रतिदिन कर रहा है। आपको मेरा बहुत-बहुत प्यार।

आपका बेटा
विकास

अंजलि पत्र पढ़ने के बाद आंखें फाड़े उसकी ओर देखने लगी थी। जो देख रही थी, उस पर विश्वास करना उसके लिए संभव नहीं था।

"विकास भैया जीवित हैं!" वह बड़बड़ाई, फिर धीमे स्वर में बोली—"यह कैसे हो सकता है? उन्हें मरे हुए तो सालों बीत गए। परन्तु पत्र की यह तिथि...?" बड़बड़ाते हुए दिमाग चकराने लगा। पत्र हाथ में थामे लौटकर बिस्तर पर बैठ गई। बार-बार पत्र को पढ़ती रही। उसे विश्वास होता चला गया कि विकास भैया जीवित हैं।

उसने एक बार डैडी से पूछा था—'किन्नौर के बागों का प्रबन्ध आप कैसे कर रहे हैं? कभी वहां जाते नहीं? क्या नौकरों पर पूरी व्यवस्था छोड़ देना ठीक बात है?' उसके डैडी ने उत्तर दिया था—'विकास न रहने पर मुझे वहां जाने की इच्छा मन में आते ही कष्ट होता है।' पत्र पढ़ते हुए आज अपने पिता की कही हुई बात उसे झूठी लगी। विकास ने उन्हीं बागों की बात पत्र में लिखी थी। सेबों की फसल की बात।

वह बहुत देर तक उस कमरे में बैठी सोचती रही। मन किया कि डैडी के कमरे में जाकर उन्हें जगा दे। पत्र दिखाते हुए उनसे पूछे कि विकास भैया की झूठी मौत की सूचना मुझे क्यों दी गई। वह घातक सूचना, जिसने मां की जान ले ली। ऐसा क्यों किया आपने डैडी? वह अपने

पिता को झिंझोड़ते हुए पूछना चाहती थी। पत्र की ओर देखते हुए ध्यान आया कीर्ति का, फिर राजू का। लौटने पर उसके पिता ने कहा—'राजू से यही कहा गया है उसके पिता प्रशान्त हैं। वह विकास के बारे में कुछ नहीं जानता। उसके जन्मदिन की पार्टी पर जाओ तो भूल से भी किसी विकास के बारे में कुछ न कुछ न कहना। राजू को यही जानने दो कि वह विकास का नहीं, प्रशान्त का बेटा है।'

'ऐसा क्यों डैडी!' अंजलि ने पूछा था।

'राजू की खुशी के लिए। उसके सुखी भविष्य के लिए। विकास ने केवल उसे जन्म दिया और प्रशान्त ने उसे पाला है। उसे बाप का प्यार दिया है। राजू की सोचें दो भागों में बंट जाएं, यह उसके लिए कठिन नहीं होगा।'

"मुझसे इतना बड़ा झूठ बोला डैडी ने!" अंजलि पत्र की ओर देखते हुए बड़बड़ाई। फिर सोचा—'और कीर्ति...? भैया से बहुत प्यार करने का दम भरती थी। उन पर जान छिड़कती थी। आज भैया के जीवित होते हुए भी किसी दूसरे की पत्नी बनी है।' कीर्ति के लिए उसका मन गुस्से से भरता चला गया। पत्र तह करने के बाद तकिए के नीचे रख दिया। फिर विकास के बिस्तर पर लेट गई। तभी गोपाल का ध्यान आया, गोपाल उसका पति होते हुए भी उसको ब्लैकमेल करने जा रहा था। वह कभी यह बात सहन नहीं कर सकती थी कि उसके पिता प्रेम कपूर के विषय में जान लें, उन तक प्रेम कपूर को लिखे हुए पत्रों के साथ उसके तीन अबोर्शन के बिल भी पहुंचें।

गोपाल के व्यवहार से उसे विश्वास था कि यदि कुछ भी उसके विरुद्ध किया गया, तो वह कुछ भी कर सकता है।

तभी उसे अपनी पिता की कही बात याद आई—'तुम क्या समझाओगी? मुझे ही सोचना पड़ेगा।'' वह अपने डैडी के स्वभाव को जानती थी। उसके डैडी गोपाल की ऐसी हरकतें कभी सहन नहीं करेंगे। वह उसे फैक्टरी से अलग कर देंगे। यदि ऐसा हुआ तो गोपाल अपनी धमकी अवश्य पूरी करेगा। गोपाल ने पहली बार इतना पैसा देखा था। आज वह उस फैक्टरी का मालिक था, जिसमें हजारों आदमी काम करते हैं। कठिनाई से रोटी कमाने वाला चित्रकार और आज वही फैक्टरी का मालिक, जिसके संकेतों पर हजारों आदमी नाच रहे थे। उसे झुककर सलाम करते थे।

और यह स्थान उसने प्राप्त किया था अपनी निश्चित योजना के अनुसार ही, यह जानते हुए कि अंजलि एक बहुत बड़े धनी परिवार की बेटी है। उस रात की तनहाई में यह बात सोचते हुए अंजलि का दम घुटने लगा। इस मुसीबत से बचने का कोई हल उसके पास नहीं था। वह गोपाल के सामने विवश थी। बेबस और लाचार। यह सब सहन करने के अलावा उसके पास और कोई चारा नहीं था। उसने रजाई अपनी छाती तक खींच ली और आंखें बन्द करके सोना

चाहा, परन्तु नींद उससे कोसों दूर थी। सिरहाने के नीचे तह किया हुआ विकास का पत्र और निकट ही किसी कमरे में सोया हुआ गोपाल, मन की बेचैनी बढ़ती चली गई, उस रात वह नहीं सो सकी।

पर्दे के पीछे खिड़की के शीशे पर जब सुबह का उजाला उभरा तो वह रजाई एक ओर फेंकते हुए उठी। उसने अपने कमरे में झांककर देखा, गोपाल गहरी नींद सो रहा था। शराब की खाली बोतल सोफे के सामने लुढ़की हुई थी। वह कुछ देर उसे देखने के बाद वहां से लौट आई। गलियारे में बिछे भारी कालीन पर कदम रखते ही नौकर को ट्रे में चाय के बर्तन रखे आते हुए देखा।

"डैडी उठ गए?" उसने पूछा।

"जी मेम साहब! चाय उन्हीं के लिए ले जा रहा हूं।"

"ट्रे मुझे दे दो। डैडी कहां बैठे हैं?"

"बाहर बरामदे में।" नौकर उसकी ओर ट्रे बढ़ाते हुए बोला। अंजलि ने ट्रे थाम ली। नौकर से बोली–"एक खाली प्याली मेरे बरामदे में ले आओ।" और उसके बाद वह दोनों हाथों में ट्रे थामे बरामदे की ओर चल दी। बरामदे में कदम रखते ही देखा, उसके डैडी सामने लॉन की ओर देख रहे हैं। हल्की-हल्की धूप में लॉन नहाया हुआ था। वृक्ष के साये बहुत लम्बे थे। ट्रे उसने अपने डैडी के निकट ही तिपाई पर रख दी। ऐसा करते हुए उसके हाथ कांप गए। ट्रे में रखे बर्तनों से हल्का-सा स्वर हुआ। उसके डैडी ने मुड़कर देखा, उनकी नजर उसके चेहरे पर जमकर रह गई।

"नौकर कहां है?" राय साहब ने भारी स्वर में पूछा।

"मेरे लिए प्याली लेने गया है। मैं आपके लिए चाय बनाती हूं।"

राय साहब उसके चेहरे को घूरते रहे। अंजलि चाय बनाने लगी। उसके हाथ तब भी कांप रहे थे। चाय बनाने के बाद चाय की प्याली उसने अपने डैडी की ओर बढ़ा दी। चाय की प्याली थामते हुए राय साहब कुछ नहीं बोले, चाय का घूंट भरने के बाद पूछा–"गोपाल सो रहा है।"

"जी!"

"तुमने उससे बात की? मैं रात भर नहीं सो सका अंजलि, यही सोचा है कि फैक्ट्री चलाना उसके बस की बात नहीं। तुम लोग महीने में जितनी भी रकम अपने खर्च के लिए चाहो, मैं दे दूंगा, परन्तु मैं यह नहीं सहन कर सकता कि मेरी फैक्टरी में कर्मचारी भड़क उठें। मैंने गोपाल को फैक्टरी से अलग कर देने का फैसला किया है।" राय साहब ने दृढ़ स्वर में कहा।

"यह ठीक नहीं होगा डैडी! आप उन्हें एक अवसर और दें। वह पछता रहे हैं। कहते हैं भविष्य में ऐसा कोई भी अवसर नहीं दूंगा कि आप तक शिकायतें पहुंचे।"

"मुझे उसकी बातों पर विश्वास नहीं।" राय साहब ने गहरी सांस ली।

"आप मुझ पर विश्वास करें डैडी! क्या अपनी बेटी का सुख आप नहीं देखेंगे?"

"तुम्हारे सुख के लिए मैं हजारों का सुख छीन लूं, क्या तुम ऐसा चाहती हो? फैक्टरी में आग भड़क उठी है। उसे आज बुझा सकता हूं, शायद कल न बुझा सकूं। तुम लोगों को क्या चाहिए!" राय साहब गम्भीर स्वर में बोले।

"इस दुनिया में पैसा ही सब कुछ नहीं है डैडी!" यह बात कहते हुए अंजलि का स्वर कांप गया। वह जानती थी कि इस युग में पैसा ही सब कुछ है। गोपाल ने उसके साथ शादी केवल पैसे के लिए की थी।

"पैसा बहुत बड़ी चीज है अंजलि। तुम्हारे लिए न हो, किसी और के लिए हो सकता है। तुमने कैसे आदमी से शादी की?" राय साहब ने गहरे दुःख से कहा।

"जैसे भी हैं डैडी, आपके सामने हैं। मेरे भविष्य के लिए उन्हें फैक्टरी में जाने दें। काम पर लगे रहेंगे तो बेकार की बात नहीं सोचेंगे।" अंजलि ने कांपते स्वर में कहा।

"सब तुम लोगों का ही है बेटी! मरते समय मुझे अपने साथ कुछ नहीं ले जाना है। परन्तु अपने जीवित रहते मैं कुछ भी सहन नहीं कर सकता।"

"उन्हें क्षमा कर दें डैडी! फिर कभी ऐसी भूल नहीं होगी। आपसे एक बात पूछनी है डैडी, क्या सच कह सकेंगे?" अंजलि का स्वर कांपा।

"तुम्हारे पिता ने कभी झूठ नहीं बोला है।"

"बहुत बड़ा झूठ बोला है आपने डैडी! इतना बड़ा कि सोचकर आत्मा कांपती है। आप जानते हैं कि विकास भैया जीवित हैं?"

राय साहब बुरी तरह कांप गए। हाथों में पकड़ी प्याली खनखना उठी। बहुत कठिनाई से रोकी।

"तुम्हें किसने बताया?" राय साहब अंजलि के चेहरे को हैरानी से देखते हुए बोले।

"कल रात मैं भैया के कमरे में गई थी। सिगरेट-केस के नीचे आपके नाम लिखे भैया के पत्र पड़े थे। एक पत्र दो महीने पहले का है। आपने ऐसा क्यों किया डैडी?"

"मैं विवश था बेटी। मुझे विकास ने ही विवश कर दिया था।" कहते हुए राय साहब अंजलि को पूरी बात बताते चले गए।

"ऐसा क्यों किया भैया ने? आपको ऐसा नहीं करने देना चाहिए था। कीर्ति भी इस घर से गई। उसके साथ राजू भी।" अंजलि ने गहरे दुःख से कहा।

"स्वयं बीमार रहता है। हरदम उसे खांसी रहती है। जब भी उससे मिलने गया हूं या वह मुझसे मिलने आया है, पहले से कमजोर ही दिखाई दिया है।"

“आपको उन्हें ले आना चाहिए।”

“नहीं मानता। कहता है, कीर्ति को उसके जीवित होने की बात का पता नहीं चलना चाहिए। समझ में नहीं आता क्या करूं। विकास के दुःख ने तो मुझे अधमरा कर दिया है। न जाने किन पापों का फल भोग रहा हूं।” कहते हुए राय साहब का गला भर आया।

“शहर से बाहर भी तो हमारा एक बंगला है डैडी! बन्द ही रहता है। भैया को वहां क्यों नहीं ले जाते? किसी को पता भी नहीं चलेगा और उनका ठीक प्रकार इलाज भी हो सकेगा। यहां अच्छे-से-अच्छे डॉक्टर हैं।”

“तुम मेरा साथ दोगी बेटी?” राय साहब ने कांपते स्वर में पूछा।

“आप कैसी बात कर रहे हैं डैडी? विकास मेरा भाई है। मैं उसके लिए कुछ भी कर सकती हूं। आप जाकर उन्हें ले आइए। मैं आज ही नौकर को साथ लेकर उस कोठी की सफाई करवानी शुरू कर देती हूं।”

“यह बात किसी और से नहीं कहना बेटी! अपने पति से भी नहीं। सालों से वह एक सच को छिपाने की कोशिश में लगा हुआ है। यदि उस सच्चाई का किसी और को पता चल गया, तो विकास हमें कभी क्षमा नहीं करेगा।”

“किसी को नहीं कहूंगी डैडी! आप निश्चिन्त रहें।” अंजलि ने विश्वास-भरे स्वर में कहा।

तभी शामसिंह बरामदे के सामने पहुंचा। राय साहब से बोला—“फैक्टरी से भीष्म, राजेन्द्र और कल्याण आए हैं। आपसे मिलना चाहते हैं।”

राय साहब ने अंजलि की ओर देखा। धीरे-से बोले—“तीनों यूनियन के लीडर हैं। समझ सकती हो, क्यों आए होंगे।” फिर शामसिंह से बोले—“उन्हें अन्दर आने दो।”

शामसिंह चला गया। उसने जाकर फाटक खोल दिया। तीन स्वस्थ युवक बरामदे की ओर बढ़ते चले आए। बरामदे के सामने पहुंचकर तीनों ने झुकते हुए राय साहब के सामने हाथ जोड़े।

“मैं जानता हूं, आप किसलिए आए हैं।” राय साहब ने गम्भीर स्वर में कहा—“मैं आज फैक्टरी आ रहा था।”

“आपका नमक खाया है साहब, इसलिए कुछ भी करने से पहले आपसे मिलने चले आए। अभी तक हम मजदूरों को रोके हुए हैं, नहीं तो वे न जाने क्या कर देते। समय बहुत बदल गया है साहब! आज मजदूर की इज्जत से कोई आसानी से नहीं खेल सकता। गुस्से में आकर मजदूर फैक्टरी को आग भी लगा सकते हैं।” भीष्म ने कहा।

“मुझे धमकी देने आए हो?” राय साहब ने मुस्कराते हुए पूछा।

"इतना साहस हममें नहीं है। आप देवता हैं। आज तक आपकी फैक्टरियों में कभी कोई अप्रिय घटना नहीं हुई। हम केवल आपको सूचित करने आए हैं। आप फैक्टरी में आ नहीं रहे। जिनके हाथों में आपने इन सबका भविष्य दे दिया है, उनके बारे में आप जान ही चुके हैं।"

"तुम ठीक कह रहे हो भीष्म, फैक्टरी में बहुत अप्रिय घटना घटी है। परन्तु जो हो चुका है, उसे कोई भी नहीं मिटा सकता। मैं उसके लिए शर्मिंदा हूं। मजदूरों के भड़कने का कारण भी जानता हूं। बलराम, जिसे सीमा प्यार करती है, उस फैक्टरी में काम करता है। वह सीमा का अपमान कैसे सहन कर सकता था? परन्तु तुम सभी इस बात को जानते हो कि सीमा को मैं अपनी बेटी के समान ही मानता हूं। दो महीने बाद उसकी बलराम से शादी होने वाली है। कन्यादान मुझे ही करना है। हर काम का प्रायश्चित होता है। बोलो, मुझे क्या करने के लिए कहते हो? तुम चाहो तो मैं सबके सामने खड़े होकर तुम लोगों से क्षमा मांग सकता हूं।" कहते ही राय साहब का गला भरता चला गया।

"आप ऐसा न कहें मालिक! हम आपके एक संकेत पर कट सकते हैं।" कहते हुए राजेन्द्र की आंखें भर आईं। इतना बड़ा आदमी मजदूरों से क्षमा मांगने के लिए तैयार है। हैरानी की बात है।

"मजदूरों ने जो फैसला किया है मालिक, वही फैसला हम आपके सामने रखने आए हैं।" कल्याण अपने गम्भीर स्वर में बोला।

"क्या फैसला किया है कल्याण?" उसकी ओर मुड़ते हुए राय साहब से पूछा।

"गोपाल बाबू को बलराम और सीमा से क्षमा मांगनी होगी। तभी मजदूरों का गुस्सा शांत होगा।"

"ठीक है। तुम लोग जाओ, मैं आज फैक्टरी आ रहा हूं। तुम जैसा चाहोगे, वैसा ही हो जायेगा।"

भीष्म, राजेन्द्र और कल्याण हाथ जोड़ते हुए मुड़े और फाटक की ओर चल दिए।

"यह आपने क्या कह दिया डैडी? मालिक और नौकर से क्षमा मांगेगा? गोपाल ऐसा कभी नहीं करेंगे। मैं उनकी आदत जानती हूं।" अंजलि ने कहा।

"जो बात मैं करने को तैयार हूं क्या वह नहीं कर

सकता?" कहते हुए राय साहब उठ गए—"मालिक को यह अधिकार किसी ने नहीं दिया कि वह अपने कर्मचारी की इज्जत लूटने की कोशिश करे। यदि उसे फैक्टरी में जाना है तो उसे सीमा से क्षमा मांगनी ही होगी। नहीं तो उससे कह देना कि आज के बाद फैक्टरी में कदम रखने की आवश्यकता नहीं। मैं तैयार होने जा रहा हूं। मुझे समय पर फैक्टरी पहुंचना है।" कहने के बाद राय साहब मुड़े और अपने कमरे की ओर चल दिए।

उनके जाने के बाद अंजलि उठी। उठते ही, रात को जो अपमान उसने सहा था वह आंखों के सामने उभर आया। वह रात भी गुस्से से रोती रही थी। अपने कमरे की ओर जाते हुए बार-

बार एक ही बात सोच रही थी कि शायद उसने जीवन में दो ही भूलें की हैं। पहली तो प्रेम कपूर से प्यार करके और दूसरी गोपाल से विवाह करके। परन्तु जो होना था, वह हो चुका था। यही सोचते हुए वह अपने कमरे में पहुंची। गोपाल अलमारी के निकट सोफे पर बैठा सिगरेट पी रहा था। अंजलि को आते देख मुस्कुराया।

"बहुत गुस्से में हो अंजलि?" उसने मुस्कराते हुए पूछा।

"चाय पी ली?" अंजलि उसके सामने बिस्तर पर बैठते बोली।

"नौकर दे गया था। यह भी बता गया था कि तुम अपने डैडी के साथ बरामदे में बैठी चाय पी रही हो। मुझे कल रात की बातों का दुःख है। मैं नशे में था और तुमने मुझे जानवर कह दिया। मेरा हाथ तुम पर उठ गया। भविष्य में ऐसा कुछ नहीं होगा। तुम विश्वास करो।"

"मैं नहीं जानती थी गोपाल कि मैं तुमसे नहीं, एक ब्लैकमेलर से शादी करने जा रही हूं। योजना बनाकर तुमने मुझसे शादी की थी न! मैं पूरी रात यही सोचती रही।"

गोपाल सिगरेट को ऐश-ट्रे में मसलते हुए उठकर खड़ा हो गया, फिर गाउन की जेब में हाथ डालकर सिगरेट का पैकेट निकालने के बाद नई सिगरेट सुलगाई। सिगरेट का लम्बा कश खींचने के बाद ढेर-सा धुंआ उगल दिया। धुंआ उगलते हुए अंजलि की ओर देखकर मुस्कराया।

"जीवन में आसानी से कुछ नहीं मिलता अंजलि! पाने के लिए जोड़-तोड़ तो करना ही पड़ता है।"

"और मैं कल रात तक यही समझती रही कि तुम मुझसे प्यार करते हो।" अंजलि ने गहरी लम्बी सांस ली।

"प्यार तो अब भी करता हूं। कल रात भी करना चाहा था, परन्तु तुम्हीं कमरे से बाहर निकली चली गई थीं।" कहते हुए गोपाल धीरे से हंसा।

"मैं सदा ही समझा करती थी कि आर्टिस्ट बहुत भावुक होते हैं। वह जी-जान से किसी को प्यार करते हैं और जिनसे प्यार करते हैं, उनके लिए कुछ भी कर सकते हैं। यहां तक कि मिट भी सकते हैं। आज सोचती हूं कि ये मूर्खता की बातें हैं। यही मूर्खता मुझे प्रेम कपूर के निकट ले गई थी और उसके बाद तुम्हारे निकट। वह संगीतकार था और तुम चित्रकार। अपनी मूर्खता पर आज पछतावा है। नहीं तो भगवान ने मुझे क्या नहीं दिया है!

"पैसे की मुझे कमी नहीं थी। मुझे यदि शारीरिक सुख की ही तलाश होती तो मैं न जाने कितने मर्दों को अपनी अंगुलियों पर नचा सकती थी। मेरी बात छोड़ो। तुम्हारी ही बात करती हूं। यह बात स्पष्ट है कि तुमने मुझसे केवल मेरे पैसे के कारण ही शादी की थी या मेरे पिता की अपार सम्पत्ति के कारण ही। तुम्हारी अपनी आदतें तुम्हें उस सम्पत्ति से वंचित कर सकती हैं। कुछ ही क्षण पहले फैक्टरी से यूनियन के तीन लीडर आए थे...तुम्हारी काली करतूत का रोना

रोते हुए। जिस फैक्टरी के आज तुम मालिक हो, उसमें तुम तभी जा सकोगे, जब तुम सीमा और उसके होने वाले पति बलराम से क्षमा मांग लोगे।”

“नानसेंस! मैं नौकरों से क्षमा मांगूंगा?”

“फैक्टरी का मालिक बना रहना है तो ऐसा करना ही होगा। अभी-अभी तुमने कहा था कि पाने के लिए कुछ जोड़-तोड़ तो करना ही पड़ता है। गुनाह तुमने किया, परन्तु उस गुनाह की क्षमा डैडी मजदूरों से मांगने को तैयार हैं।”

“तुम्हारे डैडी मूर्ख हैं।’ मैं...।”

“शटअप!” अंजलि चीखते हुए उठी–“मेरे डैडी को कोई गोली दी तो मुझसे बुरा कोई न होगा! कल रात तुमने उनको उल्लू तक कह दिया। तुम नशे में थे, इसलिए मैं सहन कर गई। यदि आज के बाद एक भी अप्रिय शब्द मेरे डैडी के लिए प्रयोग किया, तो मैं इन नाखूनों से तुम्हारा मुंह नोंच लूंगी।” कहते ही अंजलि ने नेल पालिश से रंगे अपने नाखून गोपाल के सामने हथेली खोलते हुए फैला दिए। वह गुस्से से कांप रही थी।

“सॉरी डार्लिंग! न जाने कभी-कभी मेरे मुंह से उल्टी-सीधी बातें क्यों निकल जाती हैं।”

“इसलिए कि तुम अशिष्ट आदमी हो। ऐसे अशिष्ट आदमी, जो कुछ पाने के लिए शिष्टता का लबादा ओढ़े रहते हैं।” अंजलि अब भी गुस्से में थी।

“और गाली सहन नहीं कर सकूंगा अंजलि! कोशिश करूंगा कि तुम्हारे डैडी के लिए कोई भी गलत शब्द, मेरे मुंह से न निकले, परन्तु तुम्हें एक काम करना होगा। अभी जाकर डैडी को समझाओ वह मुझे क्षमा मांगने पर विवश न करें। मैं ऐसा नहीं कर सकूंगा। फैक्टरी का समय निकट ही है और मुझे तैयार होकर वहां समय पर ही पहुंचना है। कुछ लोगों को मिलने का समय दे रखा है।”

“मैं अपने डैडी को जानती हूं। यदि फैक्टरी में जाना है, तो तुमको उन लोगों से क्षमा मांगनी ही होगी। तुम्हारी इज्जत मेरे डैडी से बड़ी नहीं है। जब वह उनसे क्षमा मांगने के लिए तैयार हैं तो तुम क्यों नहीं क्षमा मांग सकते? किसी की इज्जत लूटने की कोशिश तुमने की है, किसी और ने नहीं। तुम्हारी किसी ब्लैकमेल की धमकी मुझसे पिताजी के निर्णय को नहीं बदलवा सकती, क्योंकि यह बात मेरे वश में नहीं है। इसके बाद तुम्हें सोचना है कि तुम्हारे लिए क्या ठीक है और क्या गलत।”

गोपाल कुछ देर बाद कमरे में टहलते हुए सोचता रहा। फिर जाकर सोफे पर बैठ गया। सिगरेट के कश पर कश खींचता रहा। फिर सिगरेट का टुकड़ा तिपाई के कोने पर पड़ी ऐश-ट्रे में मसल दिया और अंजलि की ओर देखते हुए बोला–“तुमने मुझे बहुत मुसीबत में डाल दिया है अंजलि!”

"मैंने नहीं, जो कुछ किया है, तुमने किया है और जब तक तुम अपनी आदतें नहीं बदलोगे, इसी प्रकार स्वयं को मुसीबतों में डालते रहोगे। आज सोचती हूं, मैंने तो शायद जीवन भर के लिए मुसीबत उसी दिन मोल ले ली थी, जिस दिन तुमसे विवाह किया था। फैक्टरी जाने के लिए तैयार होना चाहते हो तो जाओ, परन्तु फैक्टरी के अन्दर डैडी की शर्त पर ही जा सकोगे। मैं जा रही हूं। तुम्हारी फिजूल की बातें सुनकर अपना दिमाग खराब नहीं करना चाहती!" कहते हुए अंजलि बाहर जाने के लिए मुड़ी।

"रुको अंजलि, डैडी से कह देना, मैं उनसे क्षमा मांग लूंगा। मैं समझता हूं, शायद इसके सिवा और कोई चारा भी तो नहीं है।"

"हां, फैक्टरी का मालिक बना रहने के लिए यह तो करना ही पड़ेगा।" अंजलि ने गहरे व्यंग्य से कहा और उसके बाद कमरे से बाहर निकल गई।

उसके जाने के बाद गोपाल तैयार होने लगा। तैयार होते हुए लन्दन के वे दिन याद आ गए, जब कभी-कभी उसे बासी रोटी पर ही जीना पड़ता था। चित्रकार होने से ही कुछ नहीं हो जाता। असल बात यह है कि उन चित्रों के बदले में धन कितना मिलता है। इस मामले में वह भाग्यशाली नहीं था। वर्षो बिताए थे दूसरों के सहारे। उनमें एक प्रेम कपूर भी था। इसी प्रकार सोचते हुए वह तैयार हो गया और फिर डाइनिंग रूम में पहुंचा, राय साहब डाइनिंग टेबल के निकट बैठे थे। अंजलि नौकर के हाथ में पकड़ी ट्रे में से नाश्ते का सामान उठाकर मेज पर लगा रही थी।

"गुड मॉर्निंग डैडी!" गोपाल झुकते हुए आदर से बोला।

राय साहब ने पेपर से नजर उठाकर एक क्षण के लिए उसके चेहरे की ओर देखा—फिर बिना कुछ कहे पेपर देखने लगे।

"आप मुझसे नाराज हैं डैडी?" गोपाल ने पूछा।

नाश्ते का सामान मेज पर रखते हुए अंजलि ने गोपाल की ओर देखा। सोचा, कुछ आदमी कितने ढीठ होते हैं! यह आदमी जानता है कि रात को इसने मेरे डैडी के लिए अपशब्द इस्तेमाल किए थे और अभी फैक्टरी में जाकर इसे क्षमा भी मांगनी है, तब भी इसके चेहरे पर मुस्कराहट है।

राय साहब ने पेपर पर से सिर ऊपर उठाया। कुछ क्षण गोपाल के चेहरे को घूरते रहे—"तुम मेरी बेटी के पति हो, मुझे केवल इतनी ही बात याद है। कोशिश करना मेरे सामने कम आने की, मुझे तुम्हारी आवाज सुनकर भी दुःख होता है।" कहने के बाद राय साहब उठ गए। उठकर वहां से चल दिए।

“नाश्ता तो कर लीजिए डैडी!” अंजलि ने पुकारा।

राय साहब नहीं रुके। वह बरामदे की ओर बढ़ते चले गए। कुछ ही क्षणों के बाद अंजलि ने कार के इंजन के स्टार्ट होते स्वर को सुना। यह स्वर धीरे-धीरे कम होता हुआ मिट गया।

“तुम्हारे डैडी को भूख नहीं होगी आज।” गोपाल अपने सामने प्लेट को रखते हुए बोला। अंजलि खामोश रही। गोपाल के सामने बैठकर धीरे-धीरे नाश्ता करने लगी। नाश्ता करते हुए बोली–“डैडी चले गए हैं मुझे भी कहीं जाना है। फैक्टरी जाते हुए मुझे छोड़ते हुए चले जाओगे?”

“कहां जाना है तुम्हें?”

“शहर के बाहर हमारा एक बंगला है। प्रायः बन्द ही पड़ा रहता है। उसी की सफाई करवानी है।”

“क्यों, वहां किसी को ठहराना है या डैडी का आदेश है कि मैं और तुम जाकर उस बंगले में रहने लगें? तुम देख ही चुकी हो कि तुम्हारे डैडी को मेरा चेहरा पसन्द नहीं।”

“पसन्द तुम्हारी आदतें नहीं हैं और अपनी आदतों के बारे में तुम जानते हो। डैडी ने हमें वहां रहने का आदेश नहीं दिया है। हां, अगर तुम्हारी आदतें नहीं बदलीं तो शायद हमें यह आदेश भी मिल जाए। दिन भर खाली पड़ी रहती हूं। सोचा, उस कोठी को सजाने-संवारने में मेरा कुछ समय ही कट जाएगा। मैं नौकर को साथ लेकर वहीं जा रही हूं।”

दोनों नाश्ता करते रहे, उसके बाद जब कार में बैठे, तो नौकर पिछली सीट पर बैठ गया। अंजलि के निर्देशानुसार गोपाल कार को सड़कों पर मोड़ता रहा। कुछ समय बाद वह शहर की सीमा पार कर गया। इस जगह कहीं-कहीं ही कोई मकान दिखाई देता था, वह भी खेतों के बीच या वृक्षों में घिरा हुआ।

“कहां है वह बंगला? हम तो बहुत दूर निकल आए हैं!”

गोपाल ने पूछा।

“अभी कुछ दूरी पर है। भैया ने ही कभी वह बंगला खरीदा था। साथ में बहुत बड़ी जमीन भी है। उन्हें एकान्त बहुत प्रिय था। कीर्ति से मिलने से पहले, वह कुछ दिन गुजारने के लिए उस बंगले में जाकर ठहर जाया करते थे। कहा करते थे, वहां जाने से मन को बहुत शान्ति मिलती है...दूर तक फैले हुए वृक्ष और खेतों की हरियाली, उससे परे घना जंगल।”

“तुम वहां कभी नहीं गईं, अपने किसी बॉयफ्रेंड के साथ?” गोपाल ने मुस्कराते हुए पूछा।

“शटअप! तुम्हें इतनी भी तमीज नहीं कि एहसास कर सको कि पीछे नौकर भी बैठा है?” अंजलि दबे स्वर में बोली।

“सॉरी! तुम्हारे चेहरे की ओर देखते हुए यह याद नहीं रहता कि इस दुनिया में और लोग भी रहते हैं।”

“ऐसी बातें तुमने शादी से पहले बहुत की थीं और मैंने विश्वास भी कर लिया था, परन्तु आज...इस बारे में तुम स्वयं ही सोच लो।”

गोपाल ने कुछ नहीं कहा। वह कार चलाता रहा। कार चलाते हुए उसके होंठों पर मुस्कराहट थी। बहुत देर तक कार भागती रही। फिर अंजलि के ही बताने पर उसने कार रोकी। गोपाल को सड़क से कुछ हटकर लम्बे-लम्बे वृक्षों के बीच एक पुरानी-सी कोठी दिखाई दी। उस कोठी के आस-पास बहुत दूर-दूर तक खेती और वृक्षों के अलावा और कुछ भी दिखाई नहीं देता था।

“इस कोठी में कोई किसी का कत्ल भी कर दे, तो कोई जान नहीं सकेगा।” गोपाल बोला।

“शैतान सदा ही शैतानी की बातें सोचता है। आश्चर्य होता है, कभी तुम सुन्दर चित्र भी बनाया करते थे! तुम्हारे स्थान पर यदि कोई और होता तो कहता, कितना सुन्दर स्थान है। हरियाली से घिरा, सन्तरियों के समान ऊंचे वृक्षों के कारण सुरक्षित दो प्यार भरे दिलों को मिलने की बहुत सुन्दर कड़ी, जहां दो प्रेमी बांहों में बांहें डाले घंटों घूम सकते हैं। परन्तु तुम्हारी वे सोचें आज नहीं रहीं। वे मुझसे शादी से पहले की थीं। आज तुम्हारी आंखों पर स्वार्थ की इतनी मोटी पट्टी बंधी हुई है कि मैं तुम्हें दिखाई ही नहीं दे रही।” कहते हुए अंजलि कार से उतर गई। पिछली सीट पर से नौकर उतरकर पहले ही कुछ दूरी पर जा खड़ा हुआ था।

गोपाल ने बिना कुछ कहे कार मोड़ी और वहां से चल दिया। फैक्टरी का गेट उसकी कार देखते ही खुल गया। उसने कार गैरेज में खड़ी की। अपने ऑफिस की ओर जाते हुए कलाई पर बंधी घड़ी पर समय देखा। वह बीस मिनट लेट था।

“द विच, स्साली ने लेट कर दिया।” वह बड़बड़ाया। ब्रीफकेस हाथ में उठाए वह चला गया। ऑफिस का दरवाजा धकेलते हुए उसने ऑफिस के बाहर खड़े वर्दीधारी चपरासी पर नजर डाली, जो सिर झुकाए खड़ा था। उसकी सीट पर राय साहब बैठे थे। वे फाइलों को देख रहे थे।

“बैठो। जिन चार आदमियों को तुमने मिलने का समय दिया था, वे आए थे। मैंने उन्हें कल आने के लिए कह दिया है। मैंने फाइलें देखी हैं। बहुत माल उधार देने लगे हो? वह भी उन फर्मों को, जिनका मैंने कभी नाम भी नहीं सुना।”

“नई फर्में हैं डैडी। किस रेट पर माल दिया है, वह भी तो देखिए।” वह राय साहब के सामने बैठते हुए बोला।

“देख चुका हूं, परन्तु तुमने माल उधार बेच दिया है। ऐसा पहले कभी इस फैक्टरी में नहीं होता था। हमारे माल की इतनी मांग है कि व्यापारी हमें अग्रिम राशि देने के लिए तैयार रहते हैं। खैर, फैक्टरी की व्यवस्था तुम कर रहे हो। मैं इन बातों के बारे में सोचना नहीं चाहता। मैं प्रतीक्षा कर रहा था तुम्हारे आने की। अब मैं जा रहा हूं। मेरे जाने के बाद सीमा और बलराम

यहीं आ जाएंगे। मजदूरों की मांग यही थी कि तुम सभी के सामने उनसे क्षमा मांगो, परन्तु मैंने उन्हें इस बात पर राजी कर लिया है कि जब तुम क्षमा मांगो तो इस कमरे में केवल सीमा और बलराम के सिवा कोई न हो। इससे अधिक मैं तुम्हारे लिए कुछ नहीं कर सकता था।

"आज के बाद कोई भी अप्रिय घटना मैं सहन नहीं करूंगा, मैं ही क्यों, इस फैक्टरी में काम करने वाला कोई भी मजदूर सहन नहीं कर पाएगा।" कहते हुए फाइलों को एक ओर धकेलते हुए राय साहब उठ गए। उन्होंने अपना ब्रीफकेस उठाया और ऑफिस से बाहर चले गए। उनके जाने के बाद गोपाल उठकर उस कुर्सी पर जा बैठा, जो कुछ ही क्षण पहले राय साहब ने छोड़ी थी। बैठने के बाद वह उस सुन्दर ढंग से सजे ऑफिस को चारों ओर नजर घुमाकर देखता रहा। उसके बाद गोदरेज की अलमारी के निकट पहुंचकर उसे खोला। उसमें रखी व्हिस्की की बोतल उठाकर कार्क खोला। फिर बोतल को मुंह से लगाते हुए एक ही सांस में उसे बहुत-सा खाली कर दिया। बोतल फिर अलमारी में टिका दी।

"ब्लडी रास्कल!" शराब के प्रभाव तले उसने एक गाली राय साहब की ओर उछाली। फिर कुर्सी पर बैठते हुए बड़बड़ाया—"क्षमा मांगनी होगी। चलो मांग लेते हैं। मेरी सेहत पर क्या असर पड़ेगा।"

उसी क्षण दरवाजा खोलकर सिर झुकाते हुए चपरासी ने ऑफिस में कदम रखा। आदर से बोला—"सीमा और बलराम आपसे मिलना चाहते हैं साहब।"

"भेज दो।" वह कड़े स्वर में बोला।

चपरासी के बाहर जाते ही सीमा और बलराम उस कमरे में आए।

"तुम चाहते हो, मैं तुम लोगों से क्षमा मांगूं?" अन्दर आते ही गोपाल उनसे बोला।

"हम तो बहुत कुछ चाहते थे। परन्तु राय साहब हमारे माई-बाप हैं। अंजलि हमारी बहन के समान हैं। उन लोगों की शराफत को देखते हुए, जो राय साहब ने कहा, हमने मान लिया।"

"ठीक है। मैं सीमा से क्षमा मांगता हूं। उस दिन कुछ नशे में था, अनजाने में ही ऐसा हो गया।"

"इस बात का ध्यान रहे कि फिर ऐसा न हो।" बलराम गुर्राहट भरे स्वर में बोला।

"देखो, मुझे गर्मी मत दिखाओ। गुस्सा मुझे भी बहुत जल्दी आता है। मैंने क्षमा मांग ली है। अब जाओ। जाने के बाद इस बात का ढिंढोरा पीटो पूरी फैक्टरी में। अब आप दोनों जा सकते हैं। मुझे बहुत काम करना है।"

सीमा और बलराम मुड़े। उनके कमरे से बाहर निकलते ही दरवाजा स्वयं ही बन्द हो गया।

"स्साले!" वह गुस्से से दांत भींचते हुए उठा। अलमारी में से बोतल निकालकर मेज पर टिकाई और फिर धीरे-धीरे बोतल को होंठों से लगाते हुए छोटे-छोटे घूंट भरने लगा। कुछ क्षणों के बाद चपरासी दरवाजा धकेलकर फिर कमरे में आया।

"अब क्या है?" गोपाल दहाड़ा।

"आपसे सामंत मिलना चाहता है साहब!"

"सामंत कौन?"

"राजेन्द्र से पहले फैक्टरी में यूनियन का प्रधान वही था।"

"उसे अन्दर भेज दो।" कहने के बाद गोपाल ने बोतल फिर होंठों से लगा ली। दरवाजा खोलकर जिसने कमरे के अन्दर कदम रखा, उसे गोपाल ने कई बार देखा था। लम्बा-चौड़ा शरीर, किसी पहलवान के समान, सिर के बाल छोटे, मूंछे लम्बी, गहरा सांवला रंग, तंग माथा।

"तुम्हें क्या कहना है?" गोपाल का स्वर कड़ा था।

"बहुत चर्चा हो रही है साहब कि आपने सीमा और बलराम से क्षमा मांगी है। सुनकर दुःख हुआ। मालिक होकर नौकर से क्षमा मांगें, ऐसा तो कभी सुना नहीं था। वह भी एक छोकरी से, जो बलराम के साथ इश्क लड़ा रही है!"

"तुम कहना क्या चाहते हो?"

"आपका नमक खाता हूं हुजूर! बंदे को सेवा का मौका दो। बंदा आपके एक संकेत पर कुछ भी कर सकता है। सीमा और बलराम का तना हुआ सिर भी झुका सकता है।"

"तुम मेरे लिए ऐसा क्यों करोगे?"

"क्योंकि मैं भी कभी सीमा को चाहता था। उसने मेरे मुंह पर एक दफा थप्पड़ मारा था। मैं उस अपमान से आज तक जल रहा हूं। दूसरी बात, आप हमारे मालिक हैं। आपका साथ दूंगा तो...आप जानते ही हैं कि मुझे पहलवानी का शौक है। इस पगार में यह शौक पूरा नहीं होता।"

"सीमा-बलराम से मेरे अपमान का बदला कैसे लोगे?" गोपाल ने मुस्कराते हुए पूछा।

"आप जब चाहें, जहां चाहें, सीमा को वहीं से उठा लाऊं। औरत की लाज जब एक बार लुट जाती है, तो वह जीवन में कभी अपना सिर नहीं उठाती। आपने केवल उस पर हाथ डाला है साहब परन्तु वह अधूरी बात थी। क्या उसे पूरा नहीं करना चाहेंगे?"

"आदमी काम के हो।" कहते हुए गोपाल की आंखों के सामने उस निर्जन स्थान पर बनी कोठी का रूप उभर आया, जहां कुछ ही देर पहले उसने अंजलि को छोड़ा था। उस कोठी की चाबी प्राप्त करना गोपाल के लिए कठिन नहीं था। उस पहलवान सरीखे दैत्याकार सामंत के चेहरे की ओर देखते हुए गोपाल यही बात सोचता रहा। फिर मुस्कराते हुए उठा और दुबारा बोला—"आदमी काम के दिखाई देते हो।"

"मेरा काम देखियेगा साहब, मैं अकेला ही नहीं, मेरे कुछ साथी भी हैं, जो कट जाएंगे, परन्तु आपका नाम नहीं लेंगे।"

गोपाल अलमारी के निकट पहुंचा। नोटों की एक गड्डी उठाकर सामंत की ओर उछाल दी और बोला–"एक हजार रुपये हैं। एक हजार काम हो जाने के बाद।"

सामंत ने गड्डी लपक ली। कुछ क्षण नोटों को घूरता रहा, फिर बोला–"कम हैं साहब! मेरे साथ और भी तो हैं। उन्हें भी तो कुछ देना ही पड़ेगा और आप जानते ही हैं, काम जोखिम का भी है।" सामंत के होंठों पर मक्कारी भरी मुस्कराहट थी।

गोपाल ने मुड़कर अलमारी से एक गड्डी और उठाई और उसे भी सामंत की ओर उछाल दिया।

"काम पूरा हो जाने के बाद इतने ही और साहब!" सामंत ने गड्डी थामते हुए कहा।

"काम पूरा हो जाने पर।" गोपाल ने सिर हिलाया। सीमा का सुगठित शरीर और चेहरा उसकी आंखों के सामने उभर आया, उसके शरीर के लिए उसकी प्यास बढ़ती चली गई।

सामंत के बाहर जाते ही उसने बोतल फिर उठा ली। कड़वी शराब के घूंट गले के नीचे उतारते हुए सामने दीवार पर लगी विकास की तस्वीर की ओर देखा।

"एक ही साले साहब थे, वह भी नहीं रहे। भगवान जब देता है तो छप्पर फाड़कर देता है। अब तो पूरा माल ही अपना है।" कहने के बाद गोपाल ने ठहाका लगाया और उसके बाद देर तक हंसता रहा।

14

राजू स्कूल जा चुका था। प्रशान्त काम पर जाने के लिए तैयार हो रहा था। कीर्ति उसके निकट ही खड़ी हुई थी। नौकर को नाश्ता लगाने का आदेश चुकी थी।

"सोचती हूं, आज अंजलि के पास चली जाऊं। पार्टी के बाद उससे मिली नहीं। हो सकता है, डैडी से भी भेंट हो जाए। राजू आज स्कूल के बच्चों के साथ स्कूल छुट्टी के बाद पिकनिक पर जा रहा है। उसकी मैडम ने कहलवा भेजा था कि वे आठ बजे से पहले नहीं लौटेंगे। तुम मुझे शाम की छुट्टी हो जाने के बाद वहीं से ले लेना। जब तुम आ जाओगे तो हम राजू को स्वयं जाकर ले आएंगे। विकास की जो जंगल में कोठी है न, उससे पांच मील पर नहर पर ही वे पिकनिक मनाने गए हैं।"

"ठीक है। बहुत दिन हो गए हैं बाहर गए हुए। इसी बहाने लांग ड्राइव हो जाएगी।" प्रशांत टाई की नाट बांधते हुए मुस्कराकर बोला।

"लांग ड्राइव!" कीर्ति बड़बड़ाई थी। विकास का चेहरा उसकी आंखों के सामने उभर आया था। यह तो उसी का शौक था और इस शौक के लिए वह दीवानगी की सीमा तक बहुत दूर निकल जाता था।

"क्या हुआ तुम्हें कीर्ति?" प्रशान्त ने हैरानी से उसके उतरे हुए चेहरे की ओर देखते हुए पूछा।

"कुछ नहीं। मैं नाश्ता लगवा रही हूं।" कहते हुए कीर्ति तेजी से मुड़ी और कमरे से बाहर चली गई।

जब प्रशान्त तैयार होकर खाने की मेज पर पहुंचा, तो नाश्ता लग चुका था और कीर्ति बैठी हुई उसकी प्रतीक्षा कर रही थी। प्रशान्त के साथ रहते उसने एक ही बात जानी थी कि प्रशान्त समय का बहुत पाबन्द है। वह अपने ऑफिस कभी एक मिनट देर से नहीं पहुंचता। प्रशान्त को देखते ही कीर्ति सके हुए टोस्टों पर मक्खन लगाने लगी।

"कुछ दिनों से तुमसे कहना चाह रहा था कीर्ति, कि गोपाल के बारे में बहुत-सी उल्टी-सीधी बातें सुनने को मिल रही हैं। हर फैक्टरी में इसी बात की चर्चा है कि गोपाल ने फैक्टरी मैनेजर राकेश पांडे की बीवी पर हाथ डालने के बाद अपनी फैक्टरी की एक लड़की सीमा की इज्जत पर भी हाथ डालने की कोशिश की, सुनकर अच्छा नहीं लगा।"

"वह आदमी कुछ भी कर सकता है। पहले दिन उसे देखते ही मेरे मन में उसके प्रति घृणा जाग उठी थी। सोच नहीं पाती, अंजलि ने उस आदमी में क्या देखा था। वह सुन्दर भी तो नहीं है। अंजलि के लिए अच्छे से अच्छा लड़का ढूंढ़ा जा सकता था। कितनी सुन्दर है अंजलि और कितने अमीर घर की है! मैं समझती हूं, बेचारी ने अपना भाग्य फोड़ डाला।" कहते हुए मक्खन लगे टोस्टों की प्लेट कीर्ति ने प्रशान्त की ओर बढ़ा दी। इसके बाद दोनों खामोशी से नाश्ता करते रहे।

नाश्ते के बाद प्रशान्त उठा। उठते हुए बोला–"कहो तो तुम्हें अंजलि के यहां छोड़ दूं?" उसने घड़ी की ओर देखते हुए कहा।

"आपको देर तो नहीं हो जाएगी?"

"नहीं। फैक्टरी पहुंचने के लिए मेरे पास बीस मिनट हैं। कार से रास्ता पन्द्रह मिनट का है। तुम्हें वहां छोड़कर जाने में देर नहीं होगी। परन्तु मुझे कोठी के अन्दर जाने के लिए विवश नहीं करना, यह मेरे लिए सम्भव नहीं होगा।"

"आप चलिए, मैं अपना पर्स उठाकर आती हूं।"

"पर्स में पैसे भी हैं?" प्रशान्त ने मुस्कराते हुए पूछा।

"परसों आपने एक हजार रुपया मुझे दिया था। आप इतनी जल्दी भूल गए?" कीर्ति ने हंसते हुए कहा।

"मैं नहीं भूला कीर्ति, तुम पैसे को खर्च करना भूल जाती हो। तुम्हें खर्च करने के लिए देता हूं, पर्स में डालकर रखने के लिए नहीं।"

"सब कुछ तो है मेरे पास। खर्च किस पर करूं?"

"पुराने कपड़े नौकरों को दे दिया करो। उनकी जागीरें नहीं हैं। वे लोग हमारे सहारे की तलाश में ही रहते हैं। अपने लिए नये कपड़े खरीद लिया करो। फैशन तो हर दिन बदलते हैं।"

"जैसी हूं, क्या मैं आपको अच्छी नहीं लगती?"

"मेरी बात करती हो? तुम रजाई ओढ़कर भी बैठी रहो, तो मुझे सुन्दर लगोगी।"

"कार की ओर जाइए? पांच मिनट का समय बीत गया तो आप कह देंगे कि अब मेरे पास तुम्हें छोड़ने का समय नहीं रहा, तब मुझे नौकर को भेजकर टैक्सी मंगवानी पड़ेगी।"

"तुम्हें बीस बार कह चुका हूं कि अपने और राजू के लिए नई कार खरीद लो, लेकिन तुम मानती ही नहीं।"

"मैं आपके बिना कहीं जाती हूं। फिर यूं ही पैसा क्यों फूंका जाए?" कीर्ति गहरे अपनेपन से बोली।

प्रशान्त मुस्कराते हुए मुड़ा और वहां से चल दिया। गैराज में पहुंचकर उसने कार निकाली और बरामदे के सामने पहुंचा। तब तक कीर्ति अपना पर्स उठाकर बरामदे में पहुंच चुकी थी। नौकर उसके निकट ही खड़ा था। बरामदे के सामने कार रुकते ही प्रशान्त ने झुककर कार की अगली सीट की दूसरी ओर का दरवाजा खोल दिया।

"मेरा खाना नहीं बनेगा और साहब का खाना समय पर बनवा देना।" कहते हुए कीर्ति प्रशान्त के साथ अगली सीट पर बैठ गई। उसके दरवाजा बन्द करते ही कार आगे बढ़ गई।

आज बहुत दिनों के बाद प्रशान्त ने राय साहब की विशाल कोठी के सामने कार रोकी थी। कोठी को देखते हुए उसके मन में एक टीस उठी। जीवन में उसका एक ही गहरा मित्र था और आज वह जीवित होते हुए भी स्वयं को संसार से अलग कर चुका है। लोग आज यही जानते हैं कि वह जीवित नहीं। सोचते हुए उसका मन भरता चला गया। कैसा अनोखा बलिदान विकास ने किया है! जिसको प्यार करता था, उसकी खुशी के लिए उसे किसी गैर को दे दिया!

"आप अन्दर नहीं जाएंगे?" कीर्ति ने मुस्कराते हुए पूछा।

"नहीं कीर्ति, मैंने तुम्हें चलते समय ही कह दिया था कि मेरे पास इतना समय नहीं है।" प्रशान्त भारी स्वर में बोला। शामसिंह ने कीर्ति को देखते ही फाटक खोल दिया। कीर्ति फाटक की ओर मुड़ गई और प्रशान्त की कार आगे बढ़ गई।

"नमस्ते मेमसाहब! आप तो इस घर का रास्ता ही भूल गई!" शामसिंह हाथ जोड़ते हुए बोला।

"ऐसी बात नहीं शामसिंह! बस, कुछ दिनों से आना नहीं हुआ। सर्दी अधिक है न।" कीर्ति ने अपने कोट के कालर को सहलाते हुए कहा। फिर पूछा—"अंजलि घर पर ही हैं?"

"जी मेमसाहब! साहब और मालकिन के पति तो काम पर जा चुके हैं।"

कीर्ति तेजी से बरामदे की ओर चल दी। बरामदे के बाद ड्राइंगरूम में तभी उसे नौकर दिखाई दिया–"अंजलि कहां हैं?"

कीर्ति ने पूछा। विकास के बन्द कमरे की ओर देखते हुए कीर्ति के दिल में एक धक्का-सा लगा, क्योंकि विकास के साथ बिताये क्षणों की बहुत-सी मीठी यादें उससे जुड़ी थीं।

"आइये मेमसाहब।" नौकर उठते हुए बोला और अंजलि के कमरे के दरवाजे के आगे संकेत करते हुए आगे बढ़ गया। पर्दा हटाते ही कीर्ति ने बिस्तर पर बैठी अंजलि को रोते देखा। वह बार-बार रूमाल से अपनी आंखें साफ कर रही थी।

"अंजलि, क्या बात है अंजलि? तुम रो क्यों रो रही हो?"

कीर्ति जल्दी से उसकी ओर बढ़ते हुए बोली।

"तुम अचानक कैसे? फोन भी नहीं किया?" अंजलि ने आंसू पोंछते हुए मुस्कराने की कोशिश की।

"बस, यों ही चली आई। बहुत दिनों से तुम्हें मिलने के लिये तड़प रही थी। कैसी हो अंजलि? देख ही चुकी हूं, तुम रो रही थीं, क्या बात है?"

"लगता है कीर्ति, यह रोना आज का नहीं, पूरे जीवन के लिए है। तुम सदा ही मेरे बहुत निकट रही हो। तुमसे कुछ भी नहीं छिपाऊंगी। मन पर बहुत बड़ा बोझ पड़ा हुआ है। शायद तुम्हें बताने से थोड़ा बोझ हलका हो जाए। मैंने भूल से जिसे हीरा समझा था, वह पत्थर निकला।"

"गोपाल की बात कर रही हो? बहुत-सी बातें उसके बारे में सुनने को मिल रही हैं। परन्तु सुनकर भी विश्वास करने को जी नहीं चाह रहा। तुम्हारी जैसी सुन्दर लड़की को भूलकर वह कभी मैनेजर की बीवी, कभी फैक्टरी में काम करने वाली एक लड़की...।"

"ये बातें सच हैं कीर्ति! जिसे देवता समझकर कभी अपनाया था, वह शैतान निकला, ब्लैकमेलर।"

"तुम्हारा पति और ब्लैकमेलर! यह तुम क्या कह रही हो?"

"ठीक कह रही हूं कीर्ति! पहले तुम आराम से बैठो, फिर सब सुनाऊंगी।"

कीर्ति अंजलि के पास ही बैठ गई।

जीवन के उन कमजोर क्षणों में अंजलि उसे वास्तविकता बताती चली गई–प्रेम कपूर के साथ उसके सम्बन्ध और उसके बाद गोपाल के साथ उसकी शादी। बताने के बाद मन का बोझ बहुत सीमा तक हल्का हो गया। केवल विकास के जीवित होने की बात अंजलि ने नहीं बताई। दोपहर का खाना खाने के बाद जब दोनों लौटकर अंजलि के बेडरूम में आराम करने के लिए गईं तो अंजलि ने करवट लेकर कीर्ति के चेहरे की ओर देखकर कहा–"यह दुनिया

बहुत विचित्र है कीर्ति! आदमी को पहचान पाना कठिन है। लगता है, आदमी, आदमी नहीं रहा, बहुरूपिया हो गया है, वर्षों पहले जब मैं बहुत छोटी थी, मां ने मुझे कहानी सुनाई थी—सती अनुसूइया की कहानी, जो अपने कोढ़ी पति को हाथ-गाड़ी में ढकेलती हुई मीलों घूमती रही थी—इस तीर्थ से उस तीर्थ तक। इस आशा से कि शायद कहीं उसका पति ठीक हो जाए। क्या आज इस युग में यह सम्भव है?”

“हो सकता है!” कीर्ति ने धीमे स्वर में उत्तर दिया।

“मैं ऐसा नहीं सोच सकती। यह आज सम्भव नहीं है। समय बहुत तेजी से बदल रहा है। लन्दन में तो लोग सुबह शादी करते हैं और शाम को तलाक ले लेते हैं। किसी को पति के खर्राटे सहन नहीं होते तो तलाक। सच भी है कीर्ति, यह मर्द है न, शादी होने से पहले अपनी सब बुरी आदतें बहुत खूबसूरती से छिपाने की क्षमता रखता है। सुन्दर बीवी घर में होते हुए भी दूसरी औरतों की लालसा नहीं छोड़ पाता। मान लो कीर्ति, शादी के बाद किसी का पति अपंग और विकृत हो जाए, तो उसकी पत्नी को क्या करना चाहिए?”

“अपने पति की सेवा। उससे अधिक प्यार। यह बात आदमी के लिए नहीं है। शादी के बाद किसी दुर्घटना के कारण पत्नी के साथ भी तो ऐसा हो सकता है। तब क्या उसका पति उठाकर उसे किसी गंदी नाली में फेंक देगा?” कीर्ति ने उत्तर दिया।

“सो जाओ।” अंजलि ने करवट बदलते हुए कहा और करवट बदलने के बाद उसकी आंखें भरती चली गईं। मन में एक ही विचार बार-बार उठ रहा था कि विकास भैया ने कितनी बड़ी भूल की है। वह कीर्ति को नहीं समझ सके। रात भर वह जागती रही थी। कीर्ति से बात करने के बाद मन को थोड़ी शान्ति मिली। वह आंखों में आंसू लिए कुछ क्षणों में ही सो गई।

कीर्ति ने ही अंजलि को झिंझोड़ते हुए जगाया। उसने अलसाई हुई आंखों से कीर्ति के चेहरे की ओर देखा और बोली—“क्या समय हुआ है?”

“पांच बज गये। कुछ ही देर बाद प्रशान्त आने वाले हैं। मुझे जाना भी है। इसलिए जगा दिया।”

“चलो उठो, चाय पिएं। डैडी लेट आने के लिए कह गये थे और जो मेरे पति हैं, उनका कोई भरोसा नहीं, वह कितने बजे आएंगे।”

दोनों ने जब चाय समाप्त की तो प्रशान्त की कार फाटक के पास रुकती दिखाई दी। शामसिंह के गेट खोलते ही कार कोठी के अन्दर आई। कार को बरामदे के सामने रोकने के बाद प्रशान्त मुस्कराते हुए कार से उतरा। अंजलि ने उससे चाय के लिए पूछा। उसने चाय पीने की स्वीकृति दे दी। चाय पीने के बाद प्रशान्त कीर्ति को अपने साथ लेकर उस कोठी से चल पड़ा, उस नहर की ओर जाने के लिए, जहां उसका बेटा पिकनिक पर गया हुआ था। जब वे

उस कोठी के सामने से गुजरे, जहां कभी कीर्ति विकास के साथ जाया करती थी, तो कीर्ति ने बताया कि यही वह कोठी है, जो विकास के न रहने के बाद वीरान पड़ी हुई है।

जब वे नहर पर पहुंचे तो बच्चे खेल रहे थे। राजू भी उनके साथ खेल रहा था। कीर्ति राजू की मैडम को जानती थी। उसकी मैडम का स्वभाव बहुत अच्छा था। भारी शरीर की बहुत प्यारी औरत थी, जिसके चेहरे पर सदा ही मुस्कान रहती थी। कीर्ति बहुत देर तक उससे बातें करती रही और समय बिताने के लिए प्रशान्त बच्चों के साथ खेलता रहा। अंधेरा हो जाने के बाद वे वहां से लौटे। प्रशान्त की कार जब उस कोठी के सम्मुख से गुजर रही थी तो उसने ब्रेक लगा दिये। उस कोठी के कमरे में बत्ती जली देखकर उन्हें हैरानी हुई। कोठी के बरामदे के सामने एक कार भी दिखाई दी।

"इस समय कोठी में कौन हो सकता है?" प्रशान्त ने उस कार की ओर देखते हुए पूछा।

कीर्ति ने मुड़कर उस ओर देखा। वह उस कार को पहली बार ही देख रही थी–"शायद डैडी ने किसी को ठहरा दिया हो।" कीर्ति अनुमान करती हुई बोली।

"शहर से इतनी दूर! क्या उनकी अपनी कोठी में कम स्थान है?"

तभी एक नारी कंठ का चीत्कार सुनाई दिया–"बचाओ।" कोई नारी चीखी थी।

प्रशान्त ने एक क्षण के लिए ही कीर्ति की ओर देखा, फिर तेजी से कार का दरवाजा खोलता हुआ नीचे उतर गया। नारी स्वर की पुकार फिर नहीं सुनाई दी। वह बहुत तेज भागता हुआ बरामदे में पहुंचा। पूरी ताकत से दरवाजे को थपथपाते हुए चीख उठा–"अन्दर कौन है?"

उत्तर में कोई कुछ नहीं बोला। उसने फिर दरवाजा थपथपाया। जब उसे उत्तर नहीं मिला, तो उसने दरवाजे के साथ कान लगा लिया। किसी की दबी-दबी कराहट सुनाई दी। साथ ही तेज सांसों का क्रम भी।

उसने फिर दरवाजा खटखटाया और चीखते हुए बोला–"दरवाजा खोलो, नहीं तो मैं इसे तोड़ दूंगा।" तब भी कोई उत्तर नहीं मिला।

"अन्दर कौन है?"

स्वर सुनकर प्रशान्त ने पीछे मुड़कर देखा, राजू का हाथ थामे कीर्ति बरामदे में खड़ी थी। उसके चेहरे पर घबराहट थी।

"कोई उत्तर नहीं दे रहा, परन्तु इतना अवश्य है कि कमरे में कोई स्त्री है। यदि कुछ क्षण दरवाजा नहीं खुला, तो मैं दरवाजे को तोड़ दूंगा।"

तभी दरवाजा खुला। दरवाजे में गोपाल खड़ा था। कपड़े अस्त-व्यस्त। सिर के बाल बिखरे हुए।

"तुम!" प्रशान्त को हैरानी हुई।

गोपाल अपने बालों में अपनी अंगुलियों से कंघी करते हुए मुस्कराया और बोला—"आप लोग इधर कैसे? क्या दरवाजा आप ही पीट रहे थे? मैं तो गहरी नींद सोया हुआ था।"

"अन्दर कौन है?" प्रशान्त का स्वर कड़ा हो गया।

"कोई भी नहीं। यहां कौन हो सकता है! ऐसे ही घूमने के लिए निकला था। अंजलि ने कहा था, उस कोठी तक हो आना। हम सोच रहे हैं, डैडी का घर छोड़कर दोनों यही आ जाएं। अंजलि का ही निर्णय है कि हम लोग अलग ही रहें। यही कारण है कि वह पिछले कुछ दिनों से इस कोठी की सफाई करवा रही है।"

"क्या अंजलि भी कोठी में है?" प्रशान्त का स्वर तब भी कठोर था।

"नहीं तो, मैं अकेला ही हूं।"

"तब कुछ ही क्षण पहले ही इस कोठी के अन्दर कौन-सी नारी चीखी थी?"

गोपाल हंसा। हंसते हुए ही बोला—"आपको भ्रम हुआ है। यहां तो कोई भी नहीं। मैं अकेला ही हूं।"

परन्तु प्रशान्त नहीं हंस सका और न ही गोपाल की बातों पर विश्वास कर सका। वह दृढ़ कदमों के साथ आगे बढ़ा। गोपाल को दरवाजे के बीच में से न हटते देख उसने अपने बाजू की ताकत से उसे एक ओर हटा दिया। फिर कमरे के अन्दर जाकर चारों ओर देखा। कमरा खाली था।

"यह क्या बदतमीजी है? क्या किसी की कोठी में घुसने से पहले कोठी के मालिक से आज्ञा लेनी जरूरी नहीं?" गोपाल ने गुस्से से कहा, परन्तु तब दरवाजे के निकट कालीन के ऊपर टूटी हुई चूड़ियों के टुकड़ों पर प्रशान्त की नजर पड़ गई। उसने झुकते हुए एक टुकड़ा उठा लिया। टुकड़े की नोंक पर खून की नन्हीं-सी बूंद थी। चूड़ी के टुकड़े को थामे वह अंधेरे में डूबे कमरे में चला गया। उसे कमरे के अंधेरे में 'गों-गों' का स्वर सुनाई दिया। दबा-दबा, घुटा-घुटा स्वर। स्विच को टटोलने के बाद प्रशान्त ने उसका बटन दबा दिया।

अगले ही क्षण कमरे में प्रकाश फैल गया। दीवार के साथ औंधे मुंह एक युवती पड़ी हुई थी। शरीर पर साड़ी नहीं थी। पेटीकोट कई जगह से फटा हुआ था। ब्लाउज था ही नहीं। ब्रेसियर की हुक टूटी हुई थी। वह उस युवती के गोरे शरीर के तले फंसी हुई पड़ी थी। युवती के मुंह पर कपड़ा कसा हुआ था।

युवती भयभीत नजरों से प्रशान्त के चेहरे की ओर देखती रही।

प्रशान्त उसके मुंह पर बंधे कपड़े को खोलने के लिए धीरे-धीरे उसकी ओर बढ़ता चला गया। तभी कीर्ति का चीखता हुआ स्वर सुनाई दिया—"बचो प्रशान्त!" स्वर सुनते ही प्रशान्त

एक ओर कूद गया और उसके कूदते ही एक भारी चीज सामने दीवार के साथ टकराई और टनटनाती हुई दीवार से फिसलकर नीचे लड़की के निकट ही गिरी। कमरे के बीच गोपाल खड़ा था और उसके पीछे कीर्ति और राजू। दीवार से टकराकर कालीन पर गिरने वाली भारी चीज पीतल का फूलदान था।

प्रशान्त गोपाल की ओर झपटा। झपटते हुए बोला—"तुम इस लड़की को संभालो कीर्ति, मैं इसे सम्भालता हूं।" इतना कहते ही उसने लपककर गोपाल का कालर थाम लिया। गोपाल की सांसों की बू से यह समझते देर नहीं लगी कि गोपाल ने बहुत अधिक शराब पी रखी थी। यह उसे घसीटता हुआ दूसरे कमरे में ले आया। प्रशान्त के शरीर के सामने गोपाल बेबस था। वैसे भी उसने बहुत अधिक शराब पी रखी थी।

दूसरे कमरे में पहुंचते ही प्रशान्त ने पूरी ताकत से अपनी टांग मोड़कर गोपाल के पेट में दे मारी। गोपाल 'हाय' का स्वर करता हुआ सामने सोफे से टकराकर औंधा हो गया। तभी दूसरे कमरे से कीर्ति और राजू बाहर निकले। उनके बीच सहमी हुई अर्द्धनग्न वही युवती, प्रशान्त ने दीवार पर से रेशमी चादर खींची और कीर्ति की ओर उछालते हुए बोला—"इसे ओढ़ाकर कार में ले जाओ। मैं अभी आता हूं।" कीर्ति ने वैसा ही किया। वह और राजू उस लड़की के साथ बाहर चले गए। गोपाल कराहते हुए उठकर सोफे पर बैठ गया।

"यह तुमने अच्छा नहीं किया प्रशान्त!" गोपाल गुस्से से बोला।

"यह लड़की कौन है?" प्रशान्त ने कड़े स्वर में पूछा।

"मैं निजी बातें औरों से नहीं किया करता। आज के बाद केवल यही बात याद रखना कि तुमने मुझे मारा है और गोपाल ऐसा अपमान सहन नहीं किया करता।"

"तुम्हें शर्म नहीं आती गोपाल? तुम्हें देवता-समान ससुर मिला है और देवी समान पत्नी। तुम क्यों उनकी मान-मर्यादा को धूल में मिलाने पर तुले हुए हो? वह युवती कौन है, मैं उसी से पूछ लूंगा। तुमसे केवल इतना ही कहना है कि ये आदतें छोड़ दो। राय साहब को पता चला, तो तुम नहीं जानते, उन्हें कितना दुःख होगा।"

"तुम कौन होते हो मुझे समझाने वाले। मैं अपना भला-बुरा स्वयं ही समझ लूंगा। तुम यहां से जा सकते हो।"

प्रशान्त ने जेब से सिगरेट का पैकेट निकालकर सिगरेट सुलगाई। कश लेते हुए गोपाल के चेहरे की ओर देखता रहा। फिर बोला—"कुछ आदमी कमीने होते हैं। कुछ आदमी बहुत अधिक कमीने होते हैं। तुम्हारी गिनती दूसरी श्रेणी में आसानी से की जा सकती है।" कहने के बाद वह वहां से चल दिया।

सड़क के किनारे अपनी कार के निकट पहुंचकर प्रशान्त ने देखा कि वह युवती शरीर पर रेशमी चादर लपेटे कीर्ति के साथ ही बैठी है। राजू अगली सीट पर बैठा हुआ था। प्रशान्त कार

में बैठ गया। कार स्टार्ट करते हुए बोला—"इस बेचारी को अपनी कोठी पर ही ले चलते हैं कीर्ति। तुम इसे अपने कपड़े दे देना। यह कपड़े पहनकर अपने घर चली जाएगी। ऐसी हालत में घर पहुंचेगी तो इसे देखकर इसके घर वालों को दुःख होगा। तुमने इससे पूछा, वह कौन है?"

"सीमा।" कीर्ति गहरी सांस लेते हुए बोली।

"यह इस कोठी में कैसे पहुंची?"

"पहुंची नहीं, पहुंचाई गई। फैक्टरी से छुट्टी के बाद अपने घर जा रही थी। एक कार झटके के साथ इसके निकट आकर रुकी और उसमें से चार-पांच आदमी कार से बाहर निकले। उन्होंने इसकी नाक पर भीगा हुआ-सा रुमाल रखा, जिसमें से तेज गंध उठ रही थी और उसके बाद इसे उठाकर कार में डाल दिया। उसके बाद इसे होश नहीं रहा। जब यह बेचारी होश में आई तो गोपाल इसके सामने बैठा था और शराब पी रहा था। गोपाल के पास पैसा है और शहर में गुंडों की कमी नहीं है। किसी भी बेबस और लाचार लड़की को उठवाकर कोठी में मंगवा लेना गोपाल के लिए कठिन नहीं।"

"आपको कैसे धन्यवाद दूं भाई साहब! आप समय पर न आ जाते तो मैं बर्बाद हो जाती।" वह युवती रोते हुए बोली।

"मेरी बात मनोगी बहन?" प्रशान्त ने सड़क की ओर देखते हुए कहा—"इस घटना का जिक्र किसी से भी नहीं करना। तुम्हारी फैक्टरी के कर्मचारी पहले ही भड़के हुए हैं। गोपाल की यह हरकत सहन नहीं कर पाएंगे। गोपाल का तो क्या बिगड़ेगा, परन्तु राय साहब को तो बहुत कुछ सहना पड़ सकता है। शायद उतना वह सह न सकें।"

"नहीं कहूंगी भाई साहब!" वह युवती आंसू पोंछते हुए बोली।

कार भागती जा रही थी।

प्रशान्त की कोठी में पहुंचने के बाद कीर्ति ने उस लड़की को पहनने के लिए कपड़े दिए। फिर उसे चाय पिलाकर टैक्सी मंगवाई और विदा कर दिया।

15

राय साहब चाय पी चुके थे। अंजलि उनके निकट ही बैठी थी। नौकर चाय के बर्तन अभी तक उठाकर नहीं ले गया था। गम्भीर स्वर में राय साहब अंजलि से बोले—"अपने ही घर में यदि कोई चोरी करे, तुम उसके बारे में क्या सोचोगी?"

"मैंने तो कभी ऐसा देखा नहीं डैडी, न ही ऐसा सुना है। कोई अपने ही घर में चोरी क्यों करेगा?"

राय साहब मुस्कराए—"मैं नहीं समझ पा रहा, तुमने कैसे आदमी से शादी की है। जानती हो, उसने क्या किया! पिछली बार जब मैं फैक्टरी गया था, तो राकेश ने मुझे एक फाइल दी

थी। उसे देखकर मालूम हुआ कि कुछ नई पार्टियों को, जिनके बारे में हम नहीं जानते, बहुत बड़ी रकम का माल उधार दिया गया है। कल रात मुझे पता चला है कि उस नाम की फर्म है ही नहीं। जाली नामों पर दूसरे शहर में माल बेच दिया गया है और फिर अपने ही किसी खरीदे हुए गुलाम को वहां भेजकर माल छुड़वा भी लिया है। हमारा माल बिकने में तो कोई कठिनाई है ही नहीं। माल उसी शहर में बेचकर पैसे गोपाल के पास पहुंच गए हैं। मेरी समझ में नहीं आता कि जिस फैक्टरी का मैंने उसे मालिक बनाया है और मेरे मरने के बाद सब कुछ जिसका होना है, वही ऐसी बातें क्यों कर रहा है। बहुत दुःख होता है बेटी! दो-तीन लाख से मुझे कोई अन्तर नहीं पड़ता, परन्तु उसकी नीयत? बहुत शर्म की बात है। राकेश को संदेह हुआ, तभी तो उसने मुझे फाइल दी। वह उसके बारे में क्या सोच रहा होगा?" कहने के बाद राय उठे। तभी सीने पर बायीं ओर हाथ रखते हुए बैठ गए।

"क्या हुआ डैडी?" अंजलि ने चौंकते हुए पूछा।

"अचानक चक्कर-सा आ गया बेटी! जरा डॉक्टर को फोन करना। मैं तबीयत सम्भलते ही अपने कमरे में चला जाऊंगा। पहली बार ऐसा दर्द उठा है।" राय साहब ने सीने को सहलाते हुए कहा।

अंजलि भागी हुई कमरे में गई और डॉक्टर को फोन किया। फोन करने के बाद जब वह बरामदे में लौटी तो देखा कि राय साहब कुर्सी पर आंखें बन्द किए हुए अधलेटे-से पड़े हैं–"फोन कर दिया है डैडी! डॉक्टर साहब आ रहे हैं। अब कैसी तबीयत है आपकी?" अंजलि सहमे हुए स्वर में बोली।

बाईं ओर सीने के नीचे तो दिल ही होता है और दिल के नीचे ही उसके डैडी का हाथ टिका हुआ है। इसका मतलब यह हुआ कि पीड़ा भी वहीं होगी। उसने सोचा।

"मुझे सहारा देकर कमरे तक ले चलो। मैं लेटना चाहता हूं।"

अंजलि ने उन्हें सहारा देकर बिस्तर पर पहुंचाया। उनके पांवों से जूते निकालने के बाद उन्हें लिटाकर रजाई ओढ़ा दी। राय साहब आंखें बन्द किए लेटे रहे। कुछ देर के बाद डॉक्टर आया। राय साहब का परीक्षण किया। दवाई पिलाई। अंजलि डॉक्टर के साथ बाहर आ गई। डॉक्टर ने उसे बताया–"राय साहब को हल्का-सा हार्ट-अटैक हुआ है। चिन्ता की कोई बात नहीं है, परन्तु आराम की बहुत जरूरत है। सप्ताह, दस दिन काम पर न जाएं, इनके लिए यही ठीक रहेगा, इन्हें काम पर मत जाने देना बेटी!"

अंजलि ने डॉक्टर को आश्वासन दिया कि वह ऐसा ही करेगी। उसके बाद वह डैडी के कमरे में लौटी। उसके डैडी सो रहे थे। वह अपने कमरे की ओर चल दी। कमरे में पहुंचते ही देखा कि गोपाल काम पर जाने के लिए तैयार हो चुका है। उसके चेहरे की ओर देखते हुए

अंजलि ने सोचा जब शाम को लौटेगा, तभी उससे यह बात करेगी–जो बात कुछ क्षणों पहले डैडी ने उससे की है।

"काम पर जा रहे हो?" अंजलि उसके सामने बैठते हुए बोली।

"हूं!" गोपाल ने गर्दन हिलाई–"शाम को छः बजे लौट आऊंगा। तब क्लब चलेंगे। तुम तैयार रहना।"

"शाम की बात शाम होने पर सोचेंगे। डैडी की तबीयत ठीक नहीं। डॉक्टर अभी आया था–उसने बताया है कि उन्हें हल्का-सा हार्ट-अटैक हुआ है।"

"पुअर ओल्ड मैन, अब कैसे हैं? मैं उनसे मिल सकता हूं?" गोपाल ने पूछा।

"इस समय तो सो रहे हैं। शाम को लौटकर मिल लेना।"

गोपाल ने नाश्ता किया और काम पर चला गया। अंजलि अपने डैडी के कमरे में लौट आई। डैडी का मन बहलाने की चेष्टा करती रही। कभी लन्दन की बातें सुनाती, कभी विदेश के दूसरे शहरों की, जिनके बारे में वह जानती थी–जहां उसने बहुत साल बिताए थे। राय साहब की तबीयत धीरे-धीरे सम्भलती चली गई। दोपहर को थोड़ा खाया भी। खाने के बाद राय साहब ने अंजलि से कहा–"तुम भी जाकर थोड़ी देर आराम कर लो। मैं थोड़ी देर सोना चाहता हूं।"

अंजलि उनके कमरे से उठकर अपने कमरे में आ गई और लेटे हुए कुछ ही देर हुई थी कि नौकर घबराया हुआ उसके कमरे में आया। उसके चेहरे पर घबराहट देख वह भी सहम गई। मन में यह विचार उठा कि कहीं डैडी की हालत फिर से खराब तो नहीं हो गई। वह हड़बड़ाकर उठी और कांपते हुए स्वर में नौकर से पूछा–"क्या बात है?"

"बहुत बुरा समाचार है मेमसाहब! कैसे कहूं? फैक्टरी से मैनेजर साहब का फोन आया है। किसी बलराम नाम के व्यक्ति के साथ मिलकर कुछ मजदूरों ने...।" नौकर के होंठ कांपकर रह गए। बात पूरी नहीं कर सका।

"क्या हुआ? बोलते क्यों नहीं?" अंजलि एकदम घबरा गई।

"छोटे साहब की हत्या कर दी।"

अंजलि का पूरा शरीर कांप उठा। गोपाल की कोई हत्या भी कर सकता है, वह सोच भी नहीं सकती थी। वह भी तब, जब कि वह सीमा और बलराम से क्षमा मांग चुका था। समझ में नहीं आया कि क्या करे। डैडी को यह सूचना कैसे दे। डैडी की हालत पहले ही ठीक नहीं है। ऐसी हालत में वह यह सदमा कैसे सह सकेंगे?

सोचते हुए अंजलि के मन में विचार आया कि काश, विकास भैया यहां होते! वह बौखला गई। तभी उसे कीर्ति और प्रशान्त का ध्यान आया। वह सीधी फोन की ओर चली गई और कीर्ति के वहां फोन करने लगी। प्रशान्त तो घर पर नहीं था, उसने कीर्ति को पूरी बात बता

दी। कीर्ति ने उसे आश्वासन दिया कि वह कुछ ही देर में टैक्सी से सीधी वहीं आ रही है। वह प्रशान्त को भी फोन कर देगी कि वह सीधे कोठी पहुंच जाए। उसके बाद उसने फैक्टरी में मैनेजर को टेलीफोन किया। जो सुनने को मिला, वह उस पर विश्वास नहीं कर सकी।

मैनेजर ने उसे बतलाया, कल शाम सीमा को उस समय उठवा लिया गया, जब वह अपने घर लौट रही थी। गुण्डे उसे उठाकर जंगल वाली कोठी में ले गए। उसी स्थान पर साहब ने उसकी लाज लूटने की कोशिश की। आपकी सहेली के पति प्रशान्त यदि समय पर वहां न पहुंच जाते तो न जाने सीमा के साथ क्या हुआ होता। सीमा ने यह बात किसी और को तो नहीं बताई, परन्तु बलराम से कह दी। बलराम भड़क उठा। उसने फैक्टरी पहुंचकर यह बात सबमें फैला दी।

"कुछ लोगों ने बलराम के साथ मिलकर साहब की उनके ऑफिस में हत्या कर दी। फैक्टरी को भी नुकसान पहुंचाया। फैक्टरी के एक भाग में आग लगा दी। कुछ हानि तो हुई है, परन्तु आग पर नियंत्रण कर लिया गया है। पुलिस फैक्टरी में पहुंच चुकी है। पूछताछ कर रही है। मैं आपको आधे घंटे बाद फिर फोन करूंगा। अभी उन लोगों के साथ स्थिति पर काबू पाने की कोशिश कर रहा हूं।"

फोन पर बात करने के बाद वह दोनों हाथों से सिर थामे फोन की मेज के निकट ही बैठ गई। जो हुआ था, उसके सोचों के विपरीत हुआ था। उसे गोपाल के मरने का दुःख था, उसके साथ खेद भी कि कुछ लोग न जाने अपने ही जीवन से बेदर्दी के साथ क्यों खेलते हैं! वह वहीं बैठी हुई थी कि उसने बाहर किसी कार के रुकने का स्वर सुना। उसके बाद कोई बहुत तेज चलता हुआ उसके निकट आया। कुछ ही क्षणों के बाद कीर्ति उसके पास पहुंच गई।

"साहस से काम लो अंजलि! जो होना था, वह तो हो चुका।" कीर्ति ने उसके निकट बैठते हुए कहा—"डैडी को पता नहीं चला?"

"अभी तो नहीं। तुम्हें उनकी हालत के बारे में फोन पर बता ही चुकी हूं। क्या करूं कीर्ति, कुछ समझ में नहीं आ रहा है।"

"प्रशान्त को आने दो। बस पहुंचने ही वाले होंगे।" कीर्ति ने ढाढस बंधाते हुए कहा।

"कल शाम को प्रशान्त ने सीमा को बचाया था?" अंजलि ने पूछा।

"तुमसे किसने कहा?" कीर्ति ने चौंकते हुए पूछा।

"मैं पूरी बात जान चुकी हूं कीर्ति! छिपाने से कोई लाभ नहीं। कल गोपाल के जाने के बाद मुझे ही उस कोठी में जाना था। कोठी की तालियों का गुच्छा ढूंढ़ती रही, कहीं नहीं मिला, सोचा कहीं रखकर भूल गई हूं। परन्तु गुच्छे का इस घर में न होने का रहस्य अब पता चल गया और इस बात का पता अभी चला है कि गोपाल कल शाम को न तो यहां आया, न ही क्लब

गया। जब कल रात मैंने उससे इस बारे में पूछा, तो उसने उत्तर दिया था कि वह फैक्टरी के काम के सिलसिले में ही किसी से मिलने चला गया था।"

वे दोनों बातें कर रही थीं कि कोठी के बरामदे के सामने कार के रुकने का स्वर सुनाई दिया, वे दोनों प्रशान्त के आने की प्रतीक्षा करती रहीं। कुछ ही क्षणों के बाद प्रशान्त उनके निकट था। तीनों मिलकर सोचते रहे कि इन परिस्थितियों में क्या करना उचित होगा। बहुत विचार करने के बाद कुछ समय तक राय साहब से इस घटना को छिपाने का ही निश्चय किया गया। वे तीनों जानते थे कि अधिक देर तक यह बात छिपाई नहीं जा सकेगी। परन्तु जब तक छिपाई जा सके, छिपाना ही ठीक समझा।

प्रशान्त के सुझाव पर अंजलि ने डॉक्टर को भी फोन किया। डॉक्टर भी उसके विचारों से सहमत था। उसने परामर्श दिया था कि लाश का पोस्टमार्टम होगा, उसके बाद ही वह मिलेगी।

शाम से पहले लाश मिलने की आशा नहीं थी। डॉक्टर ने कहा–"जब गोपाल की लाश लेकर आप लोग कोठी लौटें, तो मुझे फोन कर दें। मैं किसी भी स्थिति को सम्भालने के लिए राय साहब के पास बैठा रहूंगा।"

सभी बातें सोचने-विचारने के बाद तीनों जैसे ही कमरे से निकलकर कोठी के लम्बे बरामदे में आए, राय साहब को अपने कमरे के सामने खड़ा पाया। तीनों के चेहरे उतर गए थे। इस स्थिति के बारे में उन्होंने सोचा भी नहीं था। अंजलि ने फोन पर यही कहा था कि वह सो रहे हैं। राय साहब को देखते ही तीनों ठिठककर रुक गए। राय साहब ही उनकी ओर बढ़ते चले आए।

"क्या बात है?" उन्होंने प्रशान्त से पूछा। स्वर गम्भीर था और चेहरे पर चिन्ता।

"कुछ नहीं डैडी! ऐसे ही हम अंजलि को साथ लेकर बाहर जा रहे थे।" प्रशान्त ने बनावटी हंसी हंसकर कहा।

राय साहब उदास-सी हंसी हंसे और बोले–"उस झूठ को छिपाने से क्या लाभ, जो छिपाया न जा सके। जो तुम तीनों के चेहरे पर लिखा है, उसे तो कोई मूर्ख भी पढ़ लेगा। बोलो, क्या बात है? आज तक कभी ऐसा नहीं हुआ कि कीर्ति कुछ मिनट पहले टैक्सी पर आए और उसके बाद तुम अपनी कार पर इस कोठी में पहुंचो। तुम दोनों के उठते हुए तेज कदमों की आहट मुझसे क्या कहना चाहती है? तुम शायद मुझसे इसलिए छिपा रहे हो कि मेरा दिल कमजोर है, परन्तु इतना कमजोर नहीं।" राय साहब का स्वर थका हुआ था।

"बहुत अप्रिय घट गया है डैडी! गोपाल की बलराम और उसके साथियों ने कुछ ही देर पहले हत्या कर दी।" प्रशान्त ने डरते-डरते ही कहा।

राय साहब किसी पत्थर के बुत के समान कुछ देर प्रशान्त के चेहरे की ओर देखते रहे, फिर गहरी लम्बी सांस लेते हुए बोले–"होनी को कोई टाल नहीं सकता। तुम लोग फैक्टरी जा रहे थे?"

प्रशान्त ने सिर हिला दिया–"हां।"

"आओ, चलें, मैं भी चलूंगा।" वह मुड़ते हुए बोले–"भड़के हुए मजदूर तुम लोगों से नहीं सम्भल सकते। लगता है, गोपाल ने मेरी बात नहीं मानी। अवश्य ही कुछ किया होगा। मैं अपनी फैक्टरी के मजदूरों को जानता हूं। जो कुछ भी किया होगा, पहले से भी अपमानजनक होगा।" कहते हुए राय साहब बरामदे की ओर बढ़ते चले गए। उसके बाद चारों प्रशान्त की कार में जा बैठे और फैक्टरी की ओर चल दिए।

मजदूरों की भीड़ फैक्टरी के अहाते में जमा थी। फायर ब्रिगेड की दो गाड़ियां और आग बुझाने वाले लोग अपने काम पर लगे हुए थे। फैक्टरी का एक भाग सुलग रहा था। ऑफिस के सामने पुलिस के बहुत आदमी खड़े थे। प्रशान्त ने राय साहब को अन्दर नहीं जाने दिया। राय साहब को कीर्ति और अंजलि के साथ छोड़कर वह स्वयं ही ऑफिस में गया।

पुलिस के फोटोग्राफर और कुछ ऑफिसर लाश के फोटोग्राफ ले रहे थे। मेज के निकट ही खून के तालाब में गोपाल की लाश औंधे मुंह पड़ी थी। पीठ में बहुत लम्बा चाकू घुसा हुआ था। प्रशान्त ने पुलिस अफसर को अपना परिचय दिया। कुछ देर उससे बातें करने के बाद बाहर आया तो देखा कि राय साहब कीर्ति और अंजलि को ऑफिस के बाहर खड़ा छोड़ कहीं जा चुके थे।

"डैडी कहां हैं?" प्रशान्त ने अंजलि से पूछा।

"बाहर मजदूरों से बातें कर रहे हैं। आपके ऑफिस के अन्दर जाते ही वह उनसे मिलने चल दिए थे–बहुत रोकने पर भी।"

तीनों वहां से चलकर बाहर मजदूरों के बीच खड़े राय साहब के निकट पहुंचे। कुछ मजदूर उनसे कुछ कह रहे थे। राय साहब उनकी बातें सिर हिलाते हुए पूरी गम्भीरता से सुन रहे थे। मजदूर शान्त थे। आवेश और उत्तेजना अब नहीं रही थी। उनसे बात करने के बाद राय साहब मुड़े और चलते हुए प्रशान्त, कीर्ति और अंजलि के निकट आ गए। बहुत थके स्वर में बोले–"बलराम के साथ फैक्टरी के आठ और कर्मचारियों को पुलिस पकड़कर ले जा चुकी है।

तुमने लाश देखी प्रशान्त?"

"जी, चाकू पीठ में लगा है।"

"यह तो होना ही था, किसी की इज्जत के साथ खेलना आसान काम नहीं। मैं पूरी बातें मजदूरों से सुन चुका हूं। बलराम सीमा का होने वाला पति था। कोई भी पति यह कैसे सह

पाता कि उसकी पत्नी की लाज कोई लूट ले? परिस्थितियां जीवन में कैसे-कैसे भयानक मोड़ ले आती हैं! सीमा का जीवन बर्बाद हुआ। न जाने कब तक बलराम को जेल में रहना पड़े और सीमा को कितने वर्ष उसकी प्रतीक्षा करनी पड़े!” राय साहब ने गहरे दुःख से कहा।

प्रशान्त के पास उनकी बातों को कोई उत्तर नहीं था, न कीर्ति और अंजलि के पास। वे सिर झुकाए उनके सामने खड़े थे। पुलिस अपनी कार्रवाई में लगी थी। कुछ देर के बाद पुलिस की एम्बूलेंस आई। जब वह लाश को पोस्टमार्टम के लिए ले गए, तो प्रशान्त की कार उस एम्बूलेंस के पीछे थी, जिसमें कीर्ति, अंजलि और राय साहब थे। समाचार आग की तरह फैल गया। राय साहब के मिलने-जुलने वाले कम नहीं थे। बहुत सारी और कारें भी प्रशान्त की कार के पीछे भाग रही थीं।

पोस्टमार्टम के बाद शाम से पहले ही उन्हें लाश मिल गई। दिन ढलने से पहले गोपाल का अन्तिम संस्कार कर दिया गया। उसके बाद सब लोग कोठी लौट आए। धीरे-धीरे लोगों की भारी भीड़ राय साहब से विदा लेते हुए कोठी से बाहर जाती रही। उसके बाद रह गये–कीर्ति, अंजलि, प्रशान्त, राय साहब और डॉक्टर। कोठी पर मातम-सा छाया हुआ था। मौत अपने पीछे वीरानी का शब्द लिख देती है।

प्रशान्त अपनी कोठी पर नौकर को फोन पर कह चुका था कि वह राजू का ध्यान रखे। जब बहुत देर हो गई, तो राजू बार-बार फोन करने लगा। वह बार-बार एक ही बात कहता–“आप लोग कब आ रहे हैं? मैं तो आ गया हूं। मेरा तो मन ही नहीं लग रहा।” हर बार प्रशान्त को यही कहना पड़ता कि हम थोड़ी ही देर बाद लौटेंगे।

यही कहते-कहते शाम के आठ बज गए और आठ बजे फिर फोन आया, तब भी प्रशान्त ने वही बात दोहराई। तब राय साहब को कहना ही पड़ा–“तुम लोग जाओ बेटे! बच्चा परेशान हो रहा है। मैं भी अपने कमरे में जाकर लेटता हूं। बहुत थक गया हूं। तुम भी जाओ डॉक्टर। मुझे कुछ नहीं होगा। न जाने मुझे इस जीवन में और क्या-क्या सहना होगा!”

कहने के बाद वह जैसे ही उठे, उनका हाथ सीधा सीने पर गया। उनका शरीर लड़खड़ाया और वह कालीन पर लुढ़क गए।

डॉक्टर ने तेजी से अपना बैग उठाते हुए कहा–“इनका शरीर सीधा करो। इन्हें उठाना नहीं।” उसके बाद प्रशान्त, कीर्ति और अंजलि ने राय साहब का शरीर सीधा किया और डॉक्टर उनके उपचार में लग गया। आधे घंटे बाद राय साहब होश में आए। होश में आने के बाद मुस्कराते हुए बोले–“दिस टाइम इज वाज वेरी नियर थिंग डॉक्टर!”

प्रशान्त को मानना ही पड़ा कि राय साहब में बहुत बड़ा साहस है और यही बात डॉक्टर के चेहरे पर भी थी। डॉक्टर ने प्रशान्त से कहा–“नौकरों को बुलाओ। इन्हें इनके बेडरूम तक पहुंचा दें।”

डॉक्टर की बात सुनते ही राय साहब धीरे से हंसे। वह धीरे-धीरे उठते हुए बोले–"मुझे अपाहिज न बनाओ

डॉक्टर! तुम नहीं जानते, जीवन में अपाहिज होने की पीड़ा कितनी होती है। उसके पास कुछ भी नहीं रहता डॉक्टर! तुम नहीं समझ सकोगे, परन्तु मैं जानता हूं।"

सुनते ही अंजलि की आंखें भरती चली गई। वह समझ गई कि उसके डैडी के मन में इस समय क्या विचार उठ रहे हैं। वह विकास के बारे में सोच रहे थे।

प्रशान्त और कीर्ति का सहारा लेकर राय साहब अपने बेडरूम में पहुंचे। लेटने के बाद बोले–"घर जाओ प्रशान्त! राजू बहुत परेशान हो रहा होगा।"

"आपको इस हालत में छोड़कर हम कैसे जाएं डैडी?" कीर्ति ने भरे गले से कहा।

राय साहब धीरे से हंसे–"पगली, क्या तू मुझ पत्ते के भाग्य को नहीं जानती? उसे शाख से टूटकर गिरना ही है। चिन्ता करो नई कोपलों की जिनसे जीवन महकता है जिनसे सुन्दरता बिखरती है। तुम लोग घर जाओ, नहीं तो मुझे दुःख होगा। तुम्हें न सही, मुझे राजू की चिन्ता है।"

उसके बाद जोर देकर ही उन्होंने प्रशान्त और कीर्ति को भेज दिया। डॉक्टर कुछ देर बैठा रहा, अब राय साहब की तबीयत सम्भल चुकी थी, खतरा टल चुका था अतः डॉक्टर भी अंजलि को समझाने के बाद चला गया। अंजलि को तो अपने डैडी के कमरे में ही रहना था।

16

अंजलि रात भर जागती रही। राय साहब ने कई बार कहा भी–"तू अपने कमरे में जाकर सो जा बेटी! कब तक यों ही लेटी रहेगी? परन्तु अंजलि नहीं मानी। उसके मन में एक अजीब-सा भय समाया हुआ था। आधी रात बीतने के बाद राय साहब को नींद आई। अंजलि उनके सामने सोफे पर बैठी अपने पिता के चेहरे की ओर देखती रही। उसके पिता ने जितनी स्वतन्त्रता उसे जीवन में दी थी, शायद किसी पिता ने न दी हो।

उस बढ़ती हुई रात में अंजलि के तन में अपने ही प्रति घृणा और ग्लानि भरती चली गई, यह सोचते हुए कि उसने अपने पिता की उदारता का अनुचित लाभ उठाया। यही बातें सोचते हुए उसकी आंखें भारी होती चली गई। उसे कब नींद आई, याद नहीं। जब आंखें खुली तो देखा कि उसके ऊपर कंधों से लेकर पांव तक एक भारी ऊनी कम्बल पड़ा था। सामने राय साहब का बिस्तर खाली था। वह कम्बल फेंकती हुई तेजी से उठी और कमरे से बाहर आई। गलियारे में आते ही नौकर दिखाई दिया। वह चाय की ट्रे हाथ में लिए बरामदे की ओर जा रहा था।

"डैडी कहां हैं?" उसने घबराए हुए स्वर में पूछा।

"बरामदे में बैठे हैं। चाय उन्हीं के लिए ले जा रहा हूं।"

अंजलि नौकर की बात सुनते ही एकदम मुड़ी और बहुत तेजी से चलती हुई बरामदे में पहुंची। देखा, डैडी सामने लॉन की ओर देख रहे थे, जहां दो गिलहरियां घास पर फुदक रही थीं।

"आप बाहर क्यों आए डैडी?" अंजलि उनके निकट ही कुर्सी पर बैठते हुए बोली। उसके स्वर में चिन्ता थी–गहरा अपनापन।

"सामने देखो, सूर्य ने धरती पर सोना बिखरा दिया है। पक्षियों को कौन जगाता है? ये ही सूर्य की किरणें न! सामने का वृक्ष देखो, जिसका तना अंग्रेजी के अक्षर 'वी' के समान है। सुबह का यह दृश्य कितना सुहावना है बेटी! ओस से भीगे हुए फूल, हवा में झूमते वृक्ष, उड़ते-चहचहाते पक्षी। इस दुनिया में बहुत सुन्दरता बिखरी हुई है। इस दुनिया को छोड़ना क्या इतना ही सहज है? नहीं बेटी! मैं इतनी आसानी से मरने वाला नहीं हूं। यह सुन्दरता मुझे जीवित रहने के लिए उकसा रही है। मूर्ख हैं वे लोग, जो आत्महत्या करते हैं। उनमें से एक तुम्हारा पति था।"

"मैं आपके लिए चाय बनाती हूं डैडी!" अंजलि ने पिता के विचारों को बदलने की कोशिश करते हुए कहा। प्राकृतिक सौन्दर्य को देखते हुए दोनों ने बरामदे में ही बैठकर चाय पी। उसके बाद राय साहब नहाने के लिए चले गये। उन्हें देखते हुए लगता ही नहीं था कि उन्हें दो बार दिल का दौरा पड़ चुका है। नाश्ता भी उन्होंने ठीक ही किया। फिर अपनी फैक्टरियों में फोन भी किये। मैनेजरों को आवश्यक आदेश भी दिये। कुछ लोग मिलने के लिए कोठी में आये, परन्तु अंजलि ने अपने पिता की हालत बताते हुए उन्हें मिलने से रोक दिया।

उसके बाद डॉक्टर आया। राय साहब का परीक्षण किया। इसके बाद उसने अंजलि से कहा–"अब चिन्ता की कोई बात नहीं, परन्तु उन्हें आराम की बहुत आवश्यकता है–शारीरिक भी और दिमागी भी।"

दवा और निर्देश देकर डॉक्टर चला गया। दोपहर का खाना डॉक्टर के निर्देशानुसार राय साहब ने बहुत हल्का लिया। उसके बाद वह सोने के लिए जाने लगे। जाते हुए अंजलि से बोले–"अंजलि, डाक आये तो तुम्हीं देख लेना, कोई जरूरी पत्र हो तो मुझे बताना। मैं कुछ दिन तक डाक भी देखना नहीं चाहता। हां, यदि विकास का पत्र आये तो मुझे अवश्य दे देना। बाकी पत्रों को पढ़कर तुम स्वयं ही मैनेजरों को आदेश दे सकती हो, या उनके उत्तर दे सकती हो।"

अंजलि ने उन्हें आश्वासन दिया कि आप चिन्ता न करें। मैं सब संभाल लूंगी। तब राय साहब ने बेटी के चेहरे की ओर देखते हुए कहा–"आज तुम्हारी बात सुनकर लगता है कि तुम मेरी बेटी हो, तुममें हर परिस्थिति का सामना करने का साहस है। जानता हूं, तुमने बहुत बड़ा

आघात सहा है, परन्तु बेटी, जब तक सांस है, हमें अपने कर्म को नहीं भूलना चाहिए।” कहने के बाद राय साहब अपने कमरे की ओर चले गए।

डाक आई तो नौकर उसे अंजलि को ही दे गया। डाक में आये एक पत्र को पढ़ते ही अंजलि का पूरा शरीर कांप गया। पत्र किन्नौर के बागों के मैनेजर का था। उसने लिखा था—

साहब एक बाग से लौट रहे थे। अचानक बैसाखी फिसली और वह पहाड़ी पर से लुढ़कते हुए बहुत नीचे तक गिरते चले गए, हम उन्हें किन्नौर के अस्पताल में ले गए हैं। उनकी हालत गम्भीर है। आप तुरन्त चले आएं। वह पत्र राय साहब के नाम ही था। अंजलि आंखें फाड़े उसे देख रही थी और सोच रही थी, डैडी से कैसे कहूं! पत्र देखते ही उन पर क्या बीतेगी, इसका अनुमान वह सहज ही लगा सकती थी।

गोपाल की बात तो उन्होंने सह ली थी, परन्तु विकास भैया के बारे में यह पढ़ते ही न जाने उन्हें क्या हो जाये? परन्तु मैनेजर ने तुरन्त आने के लिए कहा है। डैडी को बताए बिना चारा भी नहीं। यदि बताती हूं तो हालत बिगड़ने का डर है। सोचते हुए उसे फिर कीर्ति और प्रशान्त का ध्यान आया। फोन की ओर जाने के लिए उठी, परन्तु अगले ही क्षण ठिठककर रुक गई। नहीं, ऐसा करना सम्भव नहीं। वर्षों से जिस सच्चाई को उसके डैडी और विकास भैया छिपाते चले आ रहे हैं, वह उनसे पूछे बिना उस सच्चाई को कीर्ति से कैसे कहे? वह कह तो भी नहीं सकती थी। विकास भैया की हालत के बारे में जानने के बाद, जिन्होंने इतना बड़ा बलिदान दिया है—वह क्या उसकी यह भूल सहन कर पाएंगे?

वह बहुत देर तक यही बातें सोचती रही। उसका मन तड़प रहा था। आंखें बार-बार भर आती थीं। शाम के पांच बजे तक वह कुछ तय नहीं कर पाई। फिर चाय का समय हो गया और नौकर आकर सूचित कर गया कि उसके और राय साहब के लिए वह राय साहब के कमरे में चाय रख आया है और राय साहब उसकी प्रतीक्षा कर रहे हैं। जब तक वह अपने डैडी के कमरे में पहुंची—तो तकियों के सहारे वे बिस्तर पर बैठे थे। तबीयत कुछ संभली हुई लगती थी। चेहरे पर पीलापन नहीं था।

“तुम्हारा चेहरा क्यों उतरा हुआ है बेटी?” राय साहब ने गम्भीर स्वर में पूछा—“जो गया, उसे धीरे-धीरे भूलने की कोशिश करो।”

“आपसे एक बात कहनी है डैडी! यदि आप कहें तो मैं भैया से मिल आऊं। मेरा यहां मन नहीं लग रहा।”

राय साहब सोच में पड़ गए। कुछ देर सोचने के बाद बोले—“अभी कैसे जा सकोगी? गोपाल...।”

"आप ही ने कहा है डैडी कि आदमी में परिस्थितियों से सामना करने का साहस होना चाहिए। विकास भैया को यहां लाने की बात हम सोच ही चुके हैं। क्या वह अधिक बीमार हो जाएं तभी उन्हें यहां लाना होगा?" अंजलि ने कांपते हुए स्वर में कहा।

"सालों से वह वहां रह रहा है। कुछ देर और रुक जाने पर अन्तर नहीं पड़ेगा। जमाने के साथ तो चलना ही पड़ता है। लोग कोठी में गोपाल का शोक मनाने आएंगे। इन हालात में तुम्हारा यहां से जाना ठीक नहीं।" राय साहब ने समझाते हुए कहा।

"मुझे अपने भाई की चिन्ता है, लोगों की चिन्ता नहीं। मैं सुबह ही जा रही हूं डैडी।" अंजलि ने दृढ़ स्वर में कहा।

राय साहब बहुत ध्यान से अपनी बेटी के चेहरे की ओर देख रहे थे। बोले–"तुम कुछ छिपा रही हो। सच-सच कहो, क्या बात है?"

तब अंजलि स्वयं को नहीं संभाल पाई। उसकी आंखों से आंसू भरते चले गए। रोते हुए बोली–"विकास भैया को मिलने के लिए मेरा मन बहुत तड़प रहा है।"

राय साहब कुछ क्षणों तक उसके तेजी से आंसुओं से भीगते चेहरे की ओर देखते रहे। वे भारी स्वर में बोले–"आज की डाक ले आओ। तुम्हें तुम्हारे डैडी की सौगंध है, कोई भी पत्र अपने पास मत रखना।"

"डैडी...!" अंजलि रोते हुए चीखी।

"कहा न। पत्र ले आओ।" राय साहब का स्वर शांत और स्थिर था।

"मैं ऐसा नहीं कर सकती डैडी। अपनी सौगन्ध वापस ले लीजिए। मैं सभी पत्र आपको नहीं दिखा सकती।"

"जीवन और मौत ईश्वर के हाथ में है। हम उसके हाथ में कठपुतली हैं। पत्र नहीं दिखाना चाहतीं तो यही बता कि विकास के बारे में क्या पत्र आया है।"

"विकास भैया पहाड़ी से फिसल गए हैं डैडी, इस समय बहुत गम्भीर स्थिति में हैं।"

"तुम्हें कब पत्र मिला था?"

"दो बजे के करीब डैडी!" अंजलि से रोते हुए उत्तर दिया।

राय साहब रजाई फेंककर झटके से उठे और गम्भीर स्वर में बोले–"तब भी हम यहीं बैठे हैं। कभी-कभी बीतता हुआ समय बहुत महंगा पड़ा करता है बेटी। हो सकता है कि यह दो और पांच के बीच का समय हमें बहुत महंगा पड़े। शायद हम विकास को जीवित न देख सकें। तुमने ही तो कहा है कि उसकी हालत गम्भीर है!"

"मैनेजर ने यही लिखा है डैडी!" अंजलि तब भी रो रही थी।

"ड्राइवर को कहो गाड़ी ले आये। पांच मिनट का समय तुम्हें तैयार होने के लिए देता हूं। हमें पांच मिनट के बाद यहां से चल देना है।"

"मैं आपके कपड़े सम्भाल दूं डैडी। पहाड़ों पर तो इससे भी अधिक सर्दी पड़ती है।" अंजलि ने उठते हुए कहा।

"तुम्हारे बाप के शरीर में अब भी इतनी ताकत है कि वह जीवित ही अपने घायल बेटे तक पहुंच सकेगा। अपनी अटैची उठाकर पांच मिनट में बरामदे में पहुंचो। मुझे जो चाहिए, मैं ले लूंगा, इससे अधिक मैं तुम्हारी प्रतीक्षा नहीं कर सकूंगा।"

अपनी अटैची हाथ में लेकर जब अंजलि बरामदे में पहुंची तो राय साहब उसे बरामदे में कुर्सी पर बैठे मिले। नौकर उनके निकट ही खड़ा था।

"आपकी अटैची कहां है?" अंजलि ने पूछा।

"डिक्की में रखी जा चुकी है। अपनी अटैची नौकर को दे दो, यह रख देगा।"

अंजलि ने अपनी अटैची नौकर को थमा दी। राय साहब नौकर की ओर देखते हुए बोले—"सुनो, हमारे पीछे बहुत लोग आएंगे। उनसे तुम्हें एक ही बात कहनी है कि मेरी तबीयत बहुत बिगड़ गई थी। डॉक्टरों ने वायु-परिवर्तन का सुझाव दिया था, इसलिए वह अपनी बेटी के साथ कहीं चले गए हैं, कहां गये हैं, उसके बारे में बताकर नहीं गए। कब आएंगे, यह भी निश्चित नहीं।"

नौकर सिर हिलाते हुए कार की ओर बढ़ गया। उसके बाद राय साहब उठे और अंजलि के कंधे पर हाथ टिकाये कार के निकट पहुंचे। फिर पिछली सीट पर बैठकर पीछे की ओर सिर टिकाते ही आंखें बन्द कर लीं। जब नौकर द्वारा अटैची डिक्की में रखे जाने के बाद डिक्की बन्द होने का स्वर सुना, तो ड्राइवर को आदेश दिया—"चलो, सफर लम्बा है और समय कम। इस बार देखना है कि तुम कार कितनी तेज भगा सकते हो।"

राय साहब का वाक्य समाप्त होते ही कार उछलकर आगे बढ़ी और बहुत तेज गति से कोठी से बाहर निकल गई।

"कार की गति थोड़ा कम करवा दो डैडी!" अंजलि ने सहमे स्वर में कहा।

"किन्नौर के अस्पताल का नाम क्या लिखा है!" राय साहब ने अंजलि से पूछा।

"अस्पताल का नाम नहीं लिखा है डैडी!"

"तो समय और भी कम है। कार की गति और भी तेज कर दो ड्राइवर!" राय साहब दृढ़ स्वर में बोले।

कार हवा से बातें करने लगी। सहमी हुई अंजलि एक ही बात सोचती रही कि किसी भी क्षण कुछ भी हो सकता था। परन्तु उसके पिता को इस बात की चिन्ता नहीं। दिल का मरीज इतने मजबूत दिल का मालिक हो सकता है, आश्चर्य की ही बात थी।

एक रात रास्ते में कट गई थी। दूसरी रात भी रास्ते में ही। जब वह किन्नौर से परे सड़क की बाईं ओर लम्बे देवदार के वृक्ष के निकट ही छोटे-छोटे कई वृक्षों की कतार की ओर देखते हुए

कार से उतरे तो सामने सूर्य की किरणों से नहाई तथा बर्फ से ढकी हुई पहाड़ी चोटी दिखाई दी। ड्राइवर को वहीं रुकने का आदेश देकर राय साहब बेटी का सहारा लिए ढलान की ओर उतरते चले गए। उनके साथ उतरते हुए अंजलि ने घबराये हुए स्वर में कहा—"वही सामने कोठी है न डैडी? आप इस हालत में नीचे उतरकर ऊपर कैसे चढ़ सकेंगे? आप जाकर कार में बैठें, मैं कोठी में जाकर भैया के बारे में पूछ आती हूं। आप इतना चढ़ना-उतरना नहीं सहन कर पाएंगे।"

राय साहब धीरे से हंसे और बोले—"बेटे से पहले यदि बाप को मौत आ जाए, इससे बड़ा सुख बाप के लिए और नहीं।"

"डैडी!" कहते ही अंजलि की आंखें भरती चली गईं। वह डैडी को सहारा दिए नीचे उतरती चली गई। गिरधर उन्हें कोठी के सामने ही खड़ा मिला। वह सेब तोड़ने वाली औरतों को टोकरियां बांट रहा था। राय साहब को देखते ही वह भागकर उनके निकट पहुंचा और बोला—"मैनेजर साहब तो किन्नौर में हैं मालिक—साहब की हालत ठीक नहीं है।"

"तुमने अस्पताल देखा है?" राय साहब ने हांफते हुए पूछा।

"देखा है मालिक।"

"हमारे साथ चलो।" राय साहब ने मुड़ते हुए आदेश दिया।

"तनिक सुस्ता लें मालिक! बहुत लम्बी चढ़ाई से आप उतर कर आये हैं।" गिरधर ने घबराये स्वर में कहा।

राय साहब ने अंजलि की ओर देखा—"चल सकोगी, या सुस्ताना चाहती हो?"

"आपके लिए ठीक नहीं होगा।" अंजलि डैडी के चेहरे पर उसी क्षण लौटने की दृढ़ता देख सहमे हुए स्वर में बोली।

"ठीक और गलत की बात तो मैं विकास को देखकर ही सोचूंगा। मेरा दिल कमजोर है बेटी, परन्तु यही दिल बेटे के लिए वर्षों से बेचैन रहा है। इसकी धड़कन बेटे को देखे बिना बन्द नहीं हो सकती। यदि बन्द भी हो गई तो समझ लेना, एक सूखा पत्ता टहनी से टूटकर तेज हवाओं की दया पर कहीं न कहीं तो गिरेगा ही।"

उसके बाद अंजलि ने कुछ नहीं कहा। वह चढ़ाई चढ़ते चले गए। वह अपने डैडी के थके हुए शरीर में से उठता हांफने का स्वर सुनती रही, जो हर आगे बढ़ते कदम के साथ तेज होता चला जा रहा था। उसे वह पहाड़ी रास्ता बहुत लम्बा लगा। उतरते समय ऐसा अहसास नहीं हुआ था। ऊपर सड़क पर पहुंचने के बाद उसके डैडी निढाल-से होकर कार में गिर-से गये। गिरधर ड्राइवर के साथ अगली सीट पर बैठ गया। अंजलि डैडी के साथ बैठने के बाद उनके सीने को सहलाते हुए चिन्ता भरे स्वर में बोली—"आपकी तबीयत तो ठीक है न डैडी?"

उसके डैडी ने 'हां' में सिर हिला दिया। शायद बोलने की शक्ति उनमें नहीं थी। कार किन्नौर की ओर दौड़ने लगी। सफर लम्बा नहीं था, परन्तु अंजलि को बहुत लम्बा लगा था। गिरधर के निर्देश के अनुसार वह जल्दी ही अस्पताल के सामने थे, फिर कार से उतरने के बाद ही गिरधर के पीछे चलते हुए उस कमरे में पहुंचे, जहां पट्टियां बंधा हुआ विकास लेटा था।

विकास को देखते ही अंजलि और राय साहब का मन कराह उठा। वह विकास नहीं था। विकास का ढांचा मात्रा ही रह गया था। विकृत का चेहरा हल्दी के समान पीला था। सीना रजाई से ढंका था। पट्टियां आधी कटी टांग और पूरी टांग पर स्थान-स्थान पर बंधी थीं। ऐसा मालूम पड़ता था जैसे विकास के निचले शरीर को पट्टियों में पैक कर दिया गया हो।

"अंजलि!" विकास धीमे स्वर में बड़बड़ाया।

"भैया!" कहते हुए अंजलि लड़खड़ाते हुए कदमों से आगे बढ़ी और उसके बिस्तर के निकट झुकते हुए अपने भाई के माथे पर होंठ टिकाते हुए फफककर रो उठी।

"तुम्हें किसने बताया कि मैं जीवित हूं?" विकास एक हाथ से उसके बालों को सहलाते हुए बोला।

"तुम्हारा पत्र पढ़ लिया था।" अंजलि रोते हुए बोली।

"यही हो सकता था। मेरे डैडी मुझसे विश्वासघात नहीं कर सकते थे। तुम्हारे पति कैसे हैं? उन्हें समझाओ कि चेहरे की दाढ़ी और मूंछें कटवा दें। उनके चेहरे की सुन्दरता दाढ़ी और मूंछों के कारण छिप गई है। वह भी क्या तुम्हारे साथ आये हैं?"

"नहीं बेटे!" राय साहब ने आगे बढ़ते हुए कांपते स्वर में कहा—"उसे वहीं छोड़ना पड़ा। काम की देखभाल के लिए किसी का वहां रहना जरूरी था।" कहते हुए राय साहब की आंखें भरती चली गईं।

"आप रो रहे हैं डैडी! रोइये मत वरना मुझे दुःख होगा। मैं आपको कभी सुख नहीं दे सका। सदा मांगा ही है और आप विशाल हृदय से बेटे को देते ही रहे हैं। मैंने आपको बहुत दुःख दिया है डैडी! कीर्ति कैसी थी?"

"ठीक थी बेटे। मैं तो तुम्हें लेने आया हूं। इस बार ना नहीं सुनूंगा। यदि तुम मेरे साथ नहीं लौटे तो मैं यहां से कभी जाऊंगा नहीं।"

विकास के पीले चेहरे पर मुस्कराहट उभर आई। अंजलि उसके सीने पर सिर टिकाये रो रही थी। वह उसके बालों को सहलाते हुए बोला—"आपकी मैंने कभी कोई इच्छा पूरी नहीं की। इस बार आपकी इच्छा पूरी किये देता हूं। बहुत दिनों से डॉक्टरों के चेहरों पर अपने लिए निराशा ही नजर आ रही है। वे सोचने लगे हैं कि मैं अधिक दिन तक जीवित नहीं रहूंगा।"

"बेटे!" राय साहब रोते हुए चीखे।

"भैया!" अंजलि उसके चेहरे पर सिर रगड़ते हुए बोली।

"ऐसा मत कहो बेटे!" राय साहब रोते हुए बोले।

"ले चलिए डैडी मुझे, अब तो सांसों की गिनती ही शेष रह गयी है। कोशिश करूंगा कि सांसों की कड़ियां कहीं राह में ही टूट न जाएं। सफर बहुत लम्बा है डैडी और मेरे शरीर में शक्ति नहीं रही।" विकास ने कांपते हुए स्वर में कहा।

उसके बाद डॉक्टरों के कहने पर विकास को कार की पिछली सीट पर लिटा दिया गया। अंजलि उसका सिर अपनी गोद में रखे हुए बैठ गई। राय साहब ड्राइवर के साथ अगली सीट पर बैठते हुए एक ही बात सोचते रहे थे, जो चलते समय डॉक्टर ने कही थी, यदि विकास बाबू पहली दुर्घटना के बाद मैदान में लौट जाते, तो आज इनकी वह स्थिति न होती। चोटें सर्दियों में उभर आती हैं, और पहाड़ों पर सर्दी के सिवा कुछ नहीं। इसलिए आपके मैनेजर को कहना पड़ा था कि नीचे ले जाने पर शायद यह बच जाएं। पहाड़ों में रहते इनका बचना संभव नहीं। दोनों फेफड़े बेकार हो चुके हैं, चोटों और अधिक सिगरेट पीने के कारण।

कार भागती रही और राय साहब सोचते रहे। राय साहब जंगल के बीच बनी कोठी की चाबियों का गुच्छा साथ लेकर चले थे। सोचा था, विकास को लौटाकर वहीं ठहरा देंगे, परन्तु विकास की हालत देखते हुए यह बात सम्भव नहीं थी। शहर पहुंचते ही वह उसे सीधे अस्पताल में ले गए...शहर के सबसे बड़े सुप्रसिद्ध अस्पताल में, जहां चिकित्सा का उच्चतम प्रबन्ध था। विकास के लिए विशेष एयर कण्डीशंड कमरे की व्यवस्था की गई।

राय साहब पानी के समान पैसा बहाने के लिए तैयार थे, परन्तु डॉक्टरों ने विकास का परीक्षण करने के बाद कहा—"इसे दवा की नहीं दुआ की आवश्यकता है। इस स्थिति में हम कुछ नहीं कर सकते हैं। एक टांग तो पहले ही काट दी गई थी। दूसरी टांग भी बेकार हो चुकी है। घुटने से ऊपर गैंगरीन रान तक पहुंच चुका है। अगले कुछ ही घंटों में पेट तक पहुंच जाएगा। उसके बाद धीरे-धीरे पूरे शरीर में। इनका जीवित रहना बस कुछ ही समय की बात है। घंटों की भी हो सकती है और दिनों की भी, परन्तु दो दिन से अधिक नहीं।"

सच्चाई जानने के बाद जब अंजलि और राय साहब विकास को देखने गए, तो दोनों की आंखों में से आंसू बह रहे थे।

दोनों को रोते देखकर विकास के पीले चेहरे के तले मुझाए होंठों पर मुस्कराहट बिखर गई। मुस्कराते हुए बोला—"तुम्हारे और डैडी के चेहरे पर मैं अपनी मौत देख रहा हूं अंजलि, परन्तु इस मौत का अहसास तो मैंने किन्नौर में ही कर लिया था। आज कहता हूं अंजलि, मैं कीर्ति से मिलना चाहता हूं, अपने राजू से मिलना चाहता हूं। मरने से पहले उन्हें एक बार देखना चाहता हूं। क्या तुम मेरी इच्छा पूरी कर सकते हो?"

अंजलि किसी पागल के समान मुड़ी और मुड़ते हुए बोली–"मैं उसे अभी लेकर आती हूं भैया! तुमने कीर्ति को समझने में भूल की थी। उसे देखते ही समझ जाओगे कि वह आज भी तुम्हें ही चाहती है।"

उसके बाद वह तेजी से भागती हुई कमरे से बाहर निकली। अस्पताल से बाहर निकलकर कार में जा बैठी। कार में बैठते ही अंजलि ने ड्राइवर को कीर्ति के घर चलने का आदेश दिया। प्रशान्त की कोठी पहुंचने पर जब वह कार से उतरने के बाद बरामदे में पहुंची तो देखा कि प्रशान्त राजू के साथ लॉन में खेल रहा था। उस समय प्रशान्त के सामने जाने का साहस उसमें नहीं था। ड्राइंगरूम में कदम रखते ही वह कीर्ति को सोफे पर बैठे देख ठिठककर रुक गई। आंसू तेजी से आंखों में भरते चले गए।

कीर्ति उसके सामने बैठी स्वेटर बुन रही थी...गहरे लाल रंग का स्वेटर। ऊन का गोला उसके कदमों के निकट कालीन पर पड़ा था। अंजलि को देखते ही कीर्ति ने स्वेटर और सलाइयां सोफे पर ही एक ओर रख दीं–"तुम!" कहते हुए हैरानी से उठी। हैरानी अंजलि के चेहरे के भाव देखते हुए हुई थी–"क्या बात है, अंजलि तुम रो क्यों रही हो!" उसने कांपते हुए स्वर में पूछा।

"तुमसे और राजू से विकास भैया मिलना चाहते हैं।" अंजलि रोते हुए बोली।

"विकास...!" कीर्ति बड़बड़ाई–"क्या तुम पागल हो गई हो? क्या हुआ है तुम्हें अंजलि? विकास इस संसार में कहां है? वह तो वर्षों पहले मुझसे बिछुड़ गये थे, मुझ अभागिन को रोते हुए छोड़कर। तुम्हें मैंने शराब पीते देखा था। क्या इस समय भी तुम पीकर आई हो?"

"नहीं...!" अंजलि बहुत जोर से चीखी–"वह सच नहीं था। सच यह है कि विकास भैया जीवित हैं, परन्तु कुछ ही समय के मेहमान हैं। मरने से पहले वह तुमसे मिलना चाहते हैं।" कहने के बाद अंजलि ने रोते हुए कीर्ति के सामने वह सारा सच उगल दिया जो घटित हुआ था।

"उफ़, इतना बड़ा झूठ। मुझसे इतना भारी फरेब! यह विकास ने क्या किया, मैं तो उनकी यादों के सहारे जीवन काट सकती थी। तुम्हारी बात सुनकर भी मुझे विश्वास नहीं हो पा रहा। यदि मैं अपाहिज हो जाती तो क्या विकास मुझे त्याग देते!"

कहते हुए उसकी टांगें लड़खड़ा गईं। सोफे पर बैठते ही आंखें बन्द होती चली गईं। बन्द आंखों से भी आंसू बाहर बह निकले।

अंजलि उसके सामने खड़ी रो रही थी और कीर्ति आंखें बन्द किए बैठी थी। कदमों की आहट सुनकर कीर्ति ने आंखें खोलीं। दरवाजे के अन्दर मुस्कराते हुए प्रशान्त ने कदम रखा था। कीर्ति झपटकर उठी। लपककर प्रशान्त के कोट के दोनों कालर थाम लिए और कहने लगी–"तुमने मुझसे क्यों झूठ बोला था? बोलो, क्यों मुझसे झूठ बोला था? किस स्वार्थ के

कारण? मैं आज तक तुम्हारी पूजा करती रही पर क्या आज मैं घृणा करूं? तुमने मुझसे वह क्यों छिपाया कि विकास जीवित है? वह वर्षों से बैसाखियों के सहारे अपने आहत लड़खड़ाते शरीर को संभाले रहा। तुमने मुझे उसकी बैसाखी बनने का भी अवसर नहीं दिया। तुम लोगों ने ऐसा क्यों किया?"

चीखते हुए कीर्ति रो पड़ी।

अंजलि मुड़ी और उसके कन्धे पर हाथ टिकाते हुए बोली—"प्रशान्त भैया को दोष मत दो कीर्ति! इनका कोई दोष नहीं। विकास भैया ने ही ऐसा चाहा था। यह समय बातों का नहीं है। भैया तुम्हारी और राजू की राह देख रहे हैं।"

"विकास!" प्रशान्त हैरानी से बड़बड़ाया, "विकास यहीं है?" वह यूं बड़बड़ाया, जैसे उसे सच पर विश्वास कर पाना कठिन हो रहा हो।

"हां प्रशान्त भैया! वे यहीं हैं। जीवन और मृत्यु के बीच लड़ते हुए। उन्होंने कीर्ति और राजू को याद किया है। डॉक्टर उनकी हालत देखते हुए जवाब दे चुके हैं। उनके बचने की कोई उम्मीद नहीं है। मैं इसीलिए यहां आई थी।" अंजलि ने रोते हुए कहा।

"मैं तो तुम्हारी कार देखकर आश्चर्य में पड़ गया था। तीन दिन पहले फोन किया था, तो कोठी से पता चला था कि तुम डैडी को लेकर वायु परिवर्तन के लिए कहीं चली गई हो। तुम्हारी कार देखकर आश्चर्यचकित होना स्वाभाविक ही था। इतनी जल्दी लौटने की सम्भावना नहीं थी। परन्तु इस समय तुम्हारी बातें सुनकर सकते की हालत में हूं। क्या हुआ है विकास को?"

अंजलि ने रोते हुए उसे पूरी बात बता दी।

उसके बाद वे राजू को साथ लिए कार में बैठे और सीधे अस्पताल पहुंच गए।

विकास के कमरे में पहुंचते ही कीर्ति अपने बेटे की अंगुली थामे ठगी-सी खड़ी रह गई। वह विकास के जिस चेहरे की ओर देख रही थी, वह चेहरा उसे बिलकुल अपरिचित-सा लगा। उस चेहरे पर विकास के वास्तविक चेहरे की झलक मात्रा ही थी। कहां विकास का वह हंसमुख स्वस्थ चेहरा और कहां उभरी हड्डियों पर विवशता से तना हुआ मांस! शरीर को जीवित रखने की विवशता। कीर्ति ने रोते हुए अपने बेटे का हाथ छोड़ दिया और धीरे-धीरे विकास के बिस्तर की ओर बढ़ती चली गई।

"विकास!" वह रोती हुई बोली—"तुमने यह क्या किया विकास! क्या तुम मुझे समझ नहीं सके? या समझने का साहस तुममें नहीं था? मैंने तो तुम्हारे सिवा किसी को नहीं चाहा था। फिर तुमने मेरे साथ इतना बड़ा अन्याय क्यों किया कि मैं एक पति के होते दूसरे की पत्नी बनूं? मुझ पापिन को भगवान कभी क्षमा नहीं करेगा। परन्तु ऐसा तो मैंने नहीं चाहा था।"

"ऐसा मत कहो कीर्ति!" विकास अपना कमजोर हाथ उठाते हुए बोला–"तुम्हारा कोई दोष नहीं। मैंने जो ठीक समझा वही किया। मैं अपने अपाहिज शरीर की बैसाखियां तुम्हें नहीं बनाना चाहता था।" विकास की आंखें भर आईं।

कीर्ति घुटनों के बल झुककर विकास के बिस्तर के निकट बैठ गई। रजाई से ढके उसके सीने पर हाथ रखते हुए बोली–"तुमने मुझे पहचानने में भूल की विकास! तुम्हारी बैसाखी बनने में मुझे जितना सुख मिलता, वह सुख मुझे मेरा शेष जीवन नहीं दे सकेगा।" वह रोते हुए बोली।

विकास का हाथ कीर्ति के सिर पर टिक गया। वह प्रशान्त के निकट खड़े राजू की ओर देख रहा था। कांपते स्वर में बोला–"राजू को मेरे पास लाओ प्रशान्त।"

प्रशान्त राजू का हाथ थामे धीरे-धीरे आगे बढ़ा और राजू को धकेलकर विकास के निकट खड़ा कर दिया। कीर्ति के सिर पर टिका हाथ उठकर राजू के सिर पर जा टिका–"कैसे हो बेटे?" विकास ने भरे गले से पूछा।

"यह कौन हैं डैडी? बहुत बीमार लगते हैं और मम्मी क्यों रो रही हैं?" राजू ने प्रशान्त की ओर मुड़ते हुए कहा।

प्रशान्त के कुछ कहने के लिए होंठ खुले थे, परन्तु विकास का संकेत पाते ही बन्द हो गए।

"मैं तुम्हारा अंकल हूं बेटे! क्या अंकल से प्यार नहीं करोगे?"

"नहीं! यह सच नहीं है।" कीर्ति चीख उठी।

"पागल न बनो कीर्ति। यही सच है। तुम्हें मेरी सौगन्ध। यही सच रहने दो और मेरी आत्मा की शान्ति के लिए इसी को सच रहना होगा।"

राय साहब फफककर रो उठे। कोने में खड़े हुए वह बार-बार अपनी आंखें साफ कर रहे थे। अंजलि भी रो रही थी।

"जाओ कीर्ति, बहुत थक गई हो। बस, तुम्हें और राजू को एक बार देखना चाहता था।" विकास ने टूटी आवाज में कहा।

"नहीं, मैं यहां से नहीं जाऊंगी। मैं यहीं रहूंगी।" कीर्ति उसके सीने को सहलाते हुए बोली।

तभी डॉक्टर कमरे के अन्दर आया। अपने भारी गम्भीर स्वर में बोला–"आप लोग बाहर जाइए। मरीज के पास अधिक देर तक रुकना ठीक नहीं।"

उसकी बात सुनने के बाद भी कोई अपने स्थान से नहीं हिला, सभी रो रहे थे। केवल राजू के चेहरे पर हैरानी के भाव थे। वह कभी इस चेहरे की ओर कभी उस चेहरे की ओर हैरानी से देख रहा था।

"रात को केवल एक ही व्यक्ति इनके पास रहेगा। इनके लिए यही अच्छा है कि इनको कुछ आराम मिल सके। इस कमरे में भीड़ नहीं होनी चाहिए।" डॉक्टर ने फिर कहा।

राय साहब ने झुककर कीर्ति को उठाया। रोते हुए बोले–"चलो बेटी। विकास के लिए यही ठीक है।"

"नहीं डैडी! मुझे इनके पास ही रहने दें।" कीर्ति रोते हुए बोली।

"ऐसा सम्भव नहीं बेटी! बाहर चलो मैं तुमसे बात करूंगा।" वह कीर्ति को सहारा दिए बाहर ले गए। अंजलि राजू का हाथ थामे बाहर निकल आई। प्रशान्त और डॉक्टर ही कमरे में रह गए। डॉक्टर ने विकास का परीक्षण किया। परीक्षण करने के बाद उसके चेहरे पर निराशा थी, प्रशान्त ने वह निराशा देखी।

"किसी एक को रात के समय इनके पास रहना होगा।" डॉक्टर ने विकास के बिस्तर के पीछे दीवार पर लगे चार्ट पर कुछ लिखते हुए कहा। उसके बाद वह मुड़ा और कमरे से बाहर चला गया। डॉक्टर के जाने के बाद विकास और प्रशान्त एक-दूसरे की ओर देखते रहे। दोनों की आंखों में आंसू थे। मेरे गले नहीं मिलेगा मेरे यार! यह हमारा अन्तिम मिलन है!"

विकास ने रोते हुए कहा।

"विकास...!" कहते हुए प्रशान्त आगे बढ़ा और विकास के कटे-फटे शरीर के साथ लिपट गया। बहुत देर तक दोनों बिलखते रहे। फिर जब विकास कुछ संभला तो उसने प्रशान्त के बालों को सहलाते हुए कहा–"मैं तुम्हारा आभारी हूं

दोस्त! तुमने मेरी कीर्ति के जीवन को संवार लिया। मरते समय मुझे कोई दुःख नहीं होगा। तुमसे एक ही विनती है, इस समय कीर्ति और राजू को यहां से ले जाओ और डैडी के निर्देशानुसार केवल अंजलि ही रात को मेरे कमरे में रहेगी। अंजलि ने बहुत दुःख सहा है प्रशान्त!"

"हां!" प्रशान्त रोते हुए बोला।

"जाओ प्रशान्त। लगता है, बहुत कमजोर पड़ता जा रहा हूं। कुछ देर आराम करना चाहता हूं।" विकास थके हुए स्वर में बोला।

प्रशान्त ने झुककर विकास का माथा चूमा। फिर मुड़कर अपने आंसू पोंछता हुआ दरवाजे की ओर चल दिया। जब दरवाजे से बाहर निकला तो सभी ने उसे बार-बार आंसू पोंछते देखा। प्रशान्त ने आंसू बहाते हुए विकास की कही बात सबसे कह दी। राय साहब तो गहरी सांस लेकर खामोश हो गए, परन्तु कीर्ति और अंजलि रात को विकास के पास रुकने के लिए आपस में जिद करती रहीं। तब राय साहब को ही कहना पड़ा कि वही होगा जो विकास चाहता है। उनकी आज्ञा के सामने सभी को सिर झुकाना पड़ा।

अंजलि को अस्पताल में छोड़कर सभी लोग लौट गए। रात को नौकर अंजलि का खाना ले गया जिसे अंजलि ने छुआ तक नहीं। वह विकास का सिर अपनी गोद में रखकर उसके सीने को सहलाती रही। आधी रात बीत जाने के बाद विकास की हालत बिगड़ती चली गई। वह बेचैनी से बार-बार करवटें लेने लगा। अंजलि तेजी से नाइट ड्यूटी के लिए उपस्थित डॉक्टर को बुलाने के लिए भागी। डॉक्टर और नर्सें विकास को बचाने का संघर्ष करते रहे, परन्तु सब व्यर्थ गया। सुबह पांच बजे विकास इस दुनिया से उठ गया।

विकास के न रहने के बाद अंजलि रोते हुए अपने डैडी को सूचना देने को बाहर निकली, तभी प्रशान्त नाइट सूट के ऊपर ऊनी गाउन पहने कमरे की ओर आता दिखाई दिया। अंजलि को रोते देखकर ही उसका मन शंका से भर गया। फिर भी उसने अंजलि से पूछा–“कैसा है विकास?”

“ही इज नो मोर!” अंजलि रोते हुए बोली–“मैं डैडी को फोन करने जा रही हूं।”

“नहीं अंजलि, ऐसा मत करो। तुम कोठी चली जाओ। तुम राय साहब की हालत तो जानती ही हो। फोन पर बताने से वह यह सदमा सहन नहीं कर पाएंगे। मेरी कार नीचे खड़ी है। ड्राइवर उसमें है। उसे ले जाओ। मैं यहीं रहूंगा।”

अंजलि रोती-भागती नीचे पहुंची। कार में बैठते ही ड्राइवर को अपनी कोठी चलने का आदेश दिया। कोठी पहुंचते ही वह भागती हुई अपने डैडी के कमरे में पहुंची। कमरे की बत्ती जली हुई थी। उसके डैडी बहुत-से तकियों के सहारे बैठे थे। खुली आंखों से अपने सामने दीवार पर टंगी विकास की तस्वीर की ओर देख रहे थे। वह रोते हुए डैडी के चेहरे की ओर देखती रही। चेहरा कुछ अजीब-सा लग रहा था और खुली आंखें भी वीरान-सी।

वह लड़खड़ाती टांगों से रोती हुई आगे बढ़ी। डैडी के कन्धे पर हाथ रखते हुए बोली–“विकास भैया नहीं रहे डैडी!”

उसके डैडी ने कोई उत्तर नहीं दिया। वह वैसे ही विकास की तस्वीर की ओर देखते रहे।

“डैडी!” वह उनके कन्धे को झिंझोड़ते हुए चीखी और उसके डैडी का निर्जीव शरीर एक ओर लुढ़क गया। उसकी चीख सुनते ही नौकर भागते हुए आए। अंजलि ने तभी जाना कि उसके डैडी अब इस संसार में नहीं रहे। डैडी के सिरहाने बिस्तर के निकट ही तिपाई पर कुछ लिखा हुआ एक कागज पड़ा था। रोती हुई अंजलि ने कागज उठा लिया और पढ़ने लगी।

लिखा था–“बहुत थक गया हूं। लगता है, जीवन में लड़ते-लड़ते हार गया हूं। बहुत मजबूत दिल था मेरा। अब नहीं रहा। मेरे बेटे की जिन्दगी और मौत के बीच कुछ ही दूरी रह गई है। भगवान से प्रार्थना है कि वह मुझे मेरे बेटे की मौत का समाचार न सुनाए। उससे पहले ही मुझे उठा ले तो मैं समझूंगा, भगवान ने मेरे साथ अन्याय नहीं किया।”

बस इतना ही लिखा था। इससे अधिक कुछ नहीं।

दो अर्थियां एक साथ उठी थीं। जली भी एक साथ ही थीं। शायद राख का ढेर भी एक साथ ही बनी होंगी। क्योंकि राख एक साथ ही बहाई भी गई थी।

कीर्ति और प्रशान्त जब दुःख सहने के योग्य हुए तो अंजलि से मिलने गए। तब तक राय साहब की वसीयत पढ़ी जा चुकी थी। अंजलि ने रोते हुए बताया–"डैडी ने आधी सम्पत्ति मेरे नाम छोड़ी है और आधी विकास के नाम। विकास के न रहने पर राजू के नाम। मैं दुनिया से उकता चुकी हूं कीर्ति। हर ओर स्वार्थ-ही-स्वार्थ दिखाई देता है। अपने लिए छोड़ी सम्पत्ति से मैं मानव सेवा करने जा रही हैं। मैं अशोक राय अस्पताल खोलने जा रही हूं और विकास राय के नाम से गरीब बच्चों के लिए स्कूल, जहां उन्हें शिक्षा के लिए पैसा नहीं देना पड़ेगा। विकास के न रहने पर आधी सम्पत्ति तुम लोगों की है। उस बारे में तुम लोगों को ही सोचना है!"

"नहीं अंजलि, जो कार्य तुम करने जा रही हो, उसके लिए हम लोग वह सम्पत्ति भी तुम्हें दे रहे हैं। डैडी और विकास की याद अमर रहे, हम यही चाहते हैं। हमारा सहयोग सदा ही तुम्हारे साथ रहेगा। क्यों प्रशान्त?" कीर्ति ने रोते हुए प्रशान्त के चेहरे की ओर देखा।

"यदि तुम यह न कहतीं कीर्ति, तो मैं कहता।" प्रशान्त रोते हुए बोला।

उसके बाद तीनों देर तक रोते रहे। मरने वालों की याद में केवल आंसू ही बहाए जा सकते हैं।

* * *

व्यक्तित्व विकास की श्रेष्ठ पुस्तकें

डायमंड बुक्स X-30, ओखला इंडस्ट्रियल एरिया, फेज-II नई दिल्ली-110020 फोन : 011- 40712200
ई-मेल : sales@dpb.in Shop online at www.diamondbook.in

व्यक्तित्व विकास

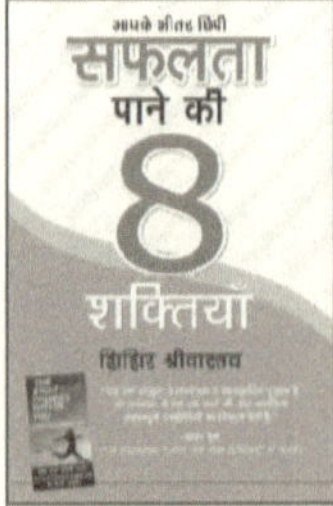

डायमंड बुक्स

X-30, ओखला इंडस्ट्रियल एरिया, फेज-II नई दिल्ली-110020 फोन : 011- 40712200
ई-मेल : sales@dpb.in Shop online at www.diamondbook.in

व्यक्तित्व विकास की श्रेष्ठ पुस्तकें

डायमंड बुक्स X-30, ओखला इंडस्ट्रियल एरिया, फेज-II नई दिल्ली-110020 फोन : 011- 40712200
ई-मेल : sales@dpb.in Shop online at www.diamondbook.in

व्यक्तित्व विकास

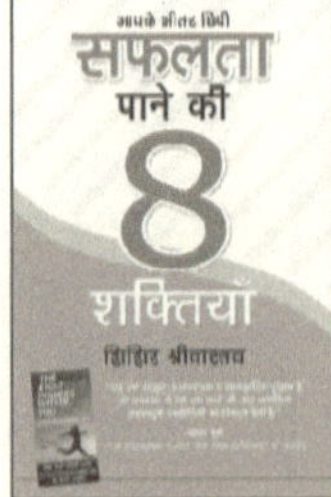

डायमंड बुक्स
X-30, ओखला इंडस्ट्रियल एरिया, फेज-II नई दिल्ली-110020 फोन : 011- 40712200
ई-मेल : sales@dpb.in Shop online at **www.diamondbook.in**

डायमंड में प्रकाशित श्रेष्ठ साहित्य

डायमंड बुक्स

X-30, ओखला इंडस्ट्रियल एरिया, फेज-II नई दिल्ली-110020 फोन : 011-40712200
ई-मेल : sales@dpb.in Shop online at www.diamondbook.in

www.ingramcontent.com/pod-product-compliance
Lightning Source LLC
LaVergne TN
LVHW091717190726
843493LV00001B/350